KB175592

브레인
임플란트

브레인 임플란트

ⓒ이혜원 2017

초판1쇄 인쇄	2017년 9월 1일
초판1쇄 발행	2017년 9월 5일
지은이	이혜원
펴낸이	박대일
편집	이문영 · 임유리 · 신지연 · 전보라
교정	박준용
마케팅	송재진 · 임유미
디자인	박현주
펴낸곳	새파란상상(파란미디어)
출판등록	2004년 9월 14일 제313-2004-00214호
주소	04072 서울시 마포구 성지1길 32-36(합정동)
전화	02.3141.5589(영업부) 070.4616.2012(편집부)
팩스	02.3141.5590
이메일(원고 투고)	paranbook@gmail.com
카페	http://cafe.naver.com/paranmedia
페이스북	http://www.facebook.com/paranbook
ISBN	978-89-6371-465-3(03810)

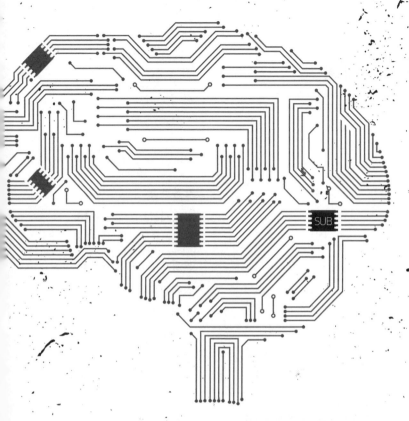

브레인 임플란트

이혜원 장편소설

새파란상상

차례

프롤로그　　　— 7

아버지들　　　— 18

테러　　　— 34

권정호 I　　　— 44

김해건 I　　　— 56

신재규 I　　　— 76

김해건 II　　　— 80

빨간불　　　— 95

협박　　　— 105

오세영 I　　　— 110

조사　　　— 115

오세영 II　　　— 125

김해건 III　　　— 129

행방　　　— 139

합의　　　— 148

권정호 II　　　— 156

김해주 I	— **172**
갈등	— **184**
타깃	— **194**
유태환 I	— **204**
미행	— **215**
오세준 I	— **220**
카페	— **236**
방문	— **251**
권정호 III	— **261**
김해건 IV	— **265**
김해주 II	— **269**
김해건 V	— **278**
도피	— **284**
추적	— **291**
도주	— **297**
빛	— **303**
에필로그	— **316**

프롤로그

꽈앙!

오은경이 필사적으로 붙잡으려던 세계는 그 소리와 함께 사라졌다.

쾅! 꽈앙!

연속된 금속끼리의 마찰음. 은경이 안다고 생각하던 세계의 종언을 알리는 소리였다.

몇 분 전까지만 해도 은경은 이런 일이 일어날 줄은 전혀 몰랐다. 은경은 관심 있는 선배와 함께 그녀가 꿈꾸던 광경을 연출하고 있었다. 날 좋은 오후에 세종문화회관 미술관에서 나오는 젊은 남녀. 은경은 미술관 유리문에 비치는 둘의 인영을 보며 미소 지었다. 자신은 제법 예쁘장해 보였고 옆에 선 선배는 학교 안에서 볼 때보다 더 멋있었다.

나 오늘 좀 세련된 여대생 같은데. 선배 옆에 있어도 전혀 꿀리지 않아 보여. 은경은 기분이 좋아졌다. 구제 전문 상점 몇 곳을 돌며 발품을 판 보람이 있었다. 그녀가 발랄한 목소리로 물었다.

"선배는 전시회 어땠어요?"

"나야 좋았지. 나 원래 사진에 관심 있잖아. 넌 어땠어?"

"블로그에서 볼 때도 좋았지만 이렇게 크게 프린팅해서 보니까 멋있더라고요."

"블로그도 봤어?"

선배는 그녀를 기특하다는 듯이 내려다봤다.

"굉장하지? 그냥 사진 잘 찍고 포토샵 잘하는 사람은 많지만 에릭 요한슨은 정말 남달라. 사물에 대한 관찰력과 직관이 자유로운 상상력을 만났는데, 그걸 표현할 기술도 있는 거지. 대단해. 우리나라에선 나올 수 없는 스타일이야."

은경은 애매하게 웃었다. 선배의 이야기는 한참 더 이어졌다. 우리나라에는 포토샵 기술자가 참 많은데 상상력 있는 사람은 없다는 것이 주요 골자였다. 은경은 선배의 말에 고개를 끄덕이며 손에 쥔 사진전 팸플릿을 보았다. 얼어붙은 밭 한가운데에 허공을 향해 쭉 뻗은 나선형 계단이 있는 초현실적인 사진이 전면을 채우고 있고, 그 아래 '에릭 요한슨 사진전'이라는 문구가 붙어 있었다.

사실 그녀는 이런 이야기 말고 다른 이야기가 하고 싶었다. 어떤 이야기? 은경은 스스로에게 되물었다. 선배와 함께 더 있고 싶어서 스타벅스 쿠폰을 샀다는 이야기? 그 쿠폰을 최저가로 구하기 위해 또 새로 생긴 사이트에 가입한 이야기? 혹시 모를 기대를 안고, 어쩌면 저녁까지 먹게 될까 봐 아르바이트하는 곳 점장에게 사정한 이야기?

아니, 선배는 그런 구질구질한 이야기 싫어할 거야. 할머니는 늘 못 배운 티 내지 말라고 하셨다. 부모 없이 자랐다고 얕보이면 안 된다고 하셨다. 없어 보이면 안 돼. 어쨌든 이런 어디서 들은 것 같지만 와 닿지 않는 겉만 핥는 이야기 말고 다른 이야기가 하고 싶었다.

저는 이 사진이 너무 싫어요, 선배. 이 계단이요. 이 얼어붙은 밭 한가운데에 진짜 아무것도 없이 혼자 덩그러니 있는 이 계단이요. 하늘까지 닿을 것 같지 않아요? 하늘까지 아무것도 없이 계단만 있을 것 같지 않아요? 저는 그런 거 너무 무서워요. 이렇게, 이렇게 열심히 하는데 아무것도 안 잡히고 아무 보상도 없는 게요. 그런데 계속 올라가야 하는 게요.

상신 오빠가 저한테 그랬거든요. 뭘 그렇게 애쓰면서 사냐고. 어차피 우린 못 올라가는데, 없는 사람이 없는 티 내는 게 뭐가 그렇게 부끄러운 일이냐고. 제가 대학 갈 거라고, 장학금 받을 거라고 그럴 때마다, 보육원 나갈 때 달랑 500만 원 쥐여주는데 그걸로 입학금, 등록금 내면 뭐 먹고 살 거냐고, 거긴 너보다 잘 먹고 고생 안 하고 공부만 열심히 하는 애들 천지라고, 뼈 빠지게 돈 벌면서 공부해 봤자 취업 안 되면 학자금 대출이니 병원비니 다 빚이라고, 자기는 나처럼은 안 살 거라고 그랬어요. 그냥 보내 주는 대로 고등학교만 나와서, 숙식 제공해 주는 공장 들어가서 돈 모을 거라고. 그러다가 여자 친구 생기면 살림 차리고 애 생기면 결혼하고, 그렇게 살 거라고 그랬어요.

그런데요 선배, 그 상신 오빠가 죽었대요. 다니던 공장 기숙사에서 뛰어내렸대요. 왜 그랬을까요? 다른 사람도 아니고 상신 오빠가 왜 그랬을까요?

쾅!

광화문 일대를 울리는 큰 소리에 은경은 정신을 차렸다. 그리고 자신이 손에 팸플릿을 구겨질 정도로 꽉 쥔 채 떠들고 있었다는 것을 깨달았다. 옆에 선 선배의 얼굴을 볼 수가 없었다. 내가 왜 그랬을까?

콰앙!

두 번째 굉음에 은경은 소리가 난 방향으로 고개를 돌렸다. 그제야 옆의 선배가 왜 조금 전부터 꼼짝도 안 하고 굳어 있는지 알 수 있었다.

크레인의 노란색 신축 붐이 이순신 장군 동상의 머리 위로 떨어지고 있었다.

쾅!

꼿꼿이 선 이순신 동상 앞에 선명한 노란색 크레인 트럭이 박을 듯이 바짝 붙어, 기다란 신축 붐을 장군 머리 위에 얹은 채 부르르 떨었다. 계속 들려왔던 소리에도 불구하고 은경은 생각했다.

사고겠지?

실수겠지?

신축 붐이 끼익대며 다시 올라갔다.

쾅!

그러고는 또다시 이순신 동상의 머리를 치고 어깨에 떨어졌다.

은경은 갑자기 오는 길에 들렀던 교보문고의 아수라장이 생각났다. 책을 읽으러 왔다고는 상상도 할 수 없을 만큼 난폭하게 굴던 아이들. 그런 아이들을 제대로 제지하기는커녕 손이 먼저 올라가던 부모들. 여기까지 책을 보러 왔으면 독서와 교육에 관심 많은, 예의 바른 아이들과 그 부모 아니었나 싶어서 속으로 당황했던 기억.

콰앙!

그녀 옆에 서 있던 선배는 뭐라고 소리를 지르면서 크레인을 향해 달려가고 있었다. 건너편 건물에서도 사람들이 소리치면서 뛰어나왔다. 뭔가 이해 못 할 일이 벌어지고 있었다. 은경은 사방에서 사람들이 몰려오는 와중에도 계속 이순신 동상을 치는 크레인 기사를 바라보았다.

크레인 운전실의 기사는 웃고 있었다.

쾅!

그 말도 안 되는 소음이 마치 그녀가 필사적으로 붙잡으려던 세계의 종언을 알리는 소리처럼 느껴져서, 은경은 손에 든 팸플릿을 더 꽉 쥐었다.

쾅 하는 소리와 함께 누군가 범퍼를 들이받았다.

허리께에 찌르르한 충격을 느낀 한 씨는 백미러를 노려봤다. 뒤차 운전자가 하얗게 질려서 그의 뒤통수를 쳐다보고 있었다. 뭘 그렇게 세상 무너진 얼굴을 하고 그러시나. 그는 혀를 차며 차창 밖으로 손짓했다.

갓길에 차를 대자 나란히 주차한 뒤차 운전자가 내렸다. 안경을 쓴 젊은 남자였다. 한 씨는 그가 어물어물 다가오는 모습을 보면서 천천히 창문을 내렸다.

"아니, 왜 남의 차를 박고 그러십니까."

한 씨가 점잖게 운을 떼었다. 기선 제압하면서 시작해야 된다는 사람도 있지만 한 씨는 그런 건 별것 없는 놈들이 하는 소리라 치부하는 쪽이었다. 유도 선수처럼 떡 벌어진 어깨와 살집이 있어도 숨길 수 없는 근육은 그에게 자연스런 무게감을 부여했다.

굳이 큰소리 낼 필요 있나. 원래 개도 작고 마른 놈이 시끄럽게 짓는 법이거든. 한 씨는 미소 띤 얼굴로 옆에 선 상대를 바라보았다.

"큰 사고도 아니고 하니, 그냥 보험사 부르죠?"

잠깐 희망에 찼던 안경의 얼굴이 어두워졌다.

"보험사요?"

"서로 얼굴 붉힐 필요 있습니까? 어차피 그쪽이나 저나 블랙

박스는 있을 거고."

"그건 그렇죠. 그렇긴 한데……."

그렇긴 한데 뭐? 한 씨는 안경을 쳐다봤다.

"제가 오면서 보니까 선생님 차가 워낙 튼튼해서 흠집 하나 안 났더라고요."

한 씨의 얼굴에서 미소가 걷혔다. 이놈이 뭐라는 거야.

"그래서 하고 싶은 말이 뭡니까?"

"어, 선생님 차는 워낙 비싼 차고, 에 또, 튼튼하고요. 제가 일부러 사고를 낸 것도 아니고요……."

이거 뻔뻔한 놈이야, 미친놈이야? 한 씨는 멀쩡하게 생긴 안경의 입에서 나오는 말에 어이가 없어서 그를 빤히 쳐다보았다. 소심할 것같이 생긴 젊은 남자는, 땀을 흘리면서 한 씨의 얼굴이 아닌 손목을 뚫어져라 보고 있었다.

"시계도 이런 걸로 차고 다니시면서."

안경이 중얼거렸다. 한 씨는 점점 불쾌해지기 시작했다. 안경이 덧붙였다.

"치사하게."

"뭐요?"

한 씨가 언성을 높였다.

"보자 보자 하니까. 경찰 불러요? 잘 가는 내 차 뒤에서 받은 게 당신이잖아."

"우회전하고 있었잖아요."

여전히 한 씨의 손목에 시선을 박고 중얼거리던 안경이 고개를 쳐들었다.

"직진 신호였잖아요, 씹새끼야!"

한 씨가 지금 뭐라고 했냐고 되물으려는 순간 안경이 흉기를 휘둘렀다.

███

구 대리는 회사로 돌아가다 말고 잽싸게 옆 골목으로 방향을 틀었다. 골목 초입 응달에는 벌써 흡연자들이 삼삼오오 모여 식후땡을 즐기고 있었다. 구 대리는 그중에 아는 얼굴을 발견하고는 옆에 가서 자리를 잡았다.

"처량하네요."

구 대리의 담배친구인 회계팀 안 대리가 말했다.

"강남 한복판에서 멀쩡한 직장인들이 맨날 무슨 중고딩들처럼 숨어서 담배 피우고. 이게 뭡니까, 진짜."

"하하. 우리가 숨어서 피웠습니까? 언제요?"

구 대리가 건물 측면에 붙은 '흡연 금지 구역' 표시를 가리키며 담배를 쭉 빨았다. 곁눈질하지 않아도 이 건물 옆에만 얼추 열댓 명 넘는 사람들이 연기를 내뿜고 있었다.

"원칙적으론 우리 죄다 벌금이에요."

"담뱃값 올리고, 비싼 담배 사서 피우다 걸리면 벌금 내고. 우리가 국가의 봉 아닙니까. 요즘 같은 땐 진짜 우리가 애국자라니까. 그런데 담배 피우다 내는 벌금 어디로 들어가는지 알아요? 서울신가?"

"그냥 국세로 들어가는 거 아니에요?"

구 대리는 다시 담배를 빨았다. 건너편 은행 옆 건물에는 1층에 흡연 부스를 설치했었는데 주변 흡연자들이 몰려들어 너구리굴을 만드는 바람에 1년도 안 되어 철거했다.

"세금을 이렇게 떼는데 구청이나 시에서 나서서 대로변에 흡연 부스 정도는 설치해 줘야 하는 거 아닙니까?"

"그거 카페에나 들여놔야지, 제대로 관리 안 하면 쓰레기통 돼요."

구 대리는 안 대리의 말에 건성으로 대답하면서 지금 피우는 것만 다 피우면 올라가야겠다고 생각했다. 오늘따라 불평불만이 많은 안 대리를 계속 상대하는 게 성가셨다.

"우리 회사도 옥상 개방하면 좋을 텐데."

안 대리가 말했다. 구 대리는 그 말에 동조하지 못했다. 머리 위에서 비명 소리가 들렸기 때문이다.

퉁.

올려다보는 것보다 떨어지는 게 빨랐다. 주차되어 있던 차 위로 사람이 떨어져 지붕이 내려앉으며 뒤늦은 경보음이 울렸다. 빼앵빼앵빼앵삐삐삐삐삐삐. 구 대리는 그 소리가 머릿속에서 울리는 것처럼 정신이 없었다. 사람이 떨어지던 순간의 울림을 기억하는 발바닥이 저도 모르게 움찔거렸다. 빼앵빼앵빼앵삐삐삐삐삐삐. 머릿속을 갈면서 튀어나오는 것 같은 소리 사이로, 또다시 비명 소리가 들렸다. 위쪽에서. 위쪽에서. 멀리 위쪽에

서. 잘 알아들을 수 없는 외침과 비명이. 으아아! 씨발! 다 죽
어. 엄마. 빼앵빼앵빼앵삐삐삐삐삐.

펙.

"으아악!"

코앞에 떨어진 사람을 보고 안 대리가 소리를 질렀다. 구 대
리는 순간적으로 숨을 참으며 뒤로 물러섰다.

"씨발! 씨발! 놀랐잖아, 씨발!"

안 대리가 미친 것처럼 시체를 계속 차며 악다구니를 썼다.
구 대리는 건물 벽에 몸을 붙이고 그 광경을 지켜보았다. 미쳤
어. 다들 미쳤어. 구 대리는 위를 올려다보며 확인하고 싶은 기
분을 눌렀다.

담배 같은 거 피우지 말고 그냥 사무실로 돌아갔으면 이 꼴
을 안 겪었을까? 구 대리는 점점 더 미친 것처럼 소리 지르는
안 대리를 보았다. 자동차 경보음이 언제 찾아들었는지 안 대
리의 외침과 추락하는 사람들의 비명이 고스란히 귀에 꽂혔다.
미쳤어. 안 대리가 미쳐 버렸어. 사람들도 미쳤어.

왜?

구 대리는 알 수가 없었다. 알 수 있을 것 같지도 않았다. 뛰
어내리는 사람들은 그와도 안 대리와도 다르지 않았다. 비슷하
게 엉덩이부터 닳아 가는 정장을 입고 목에 사원증을 건 회사
원들. 구 대리는 눈을 꽉 감았다 떴다. 익숙한 풍경은 여전히
피와 시체로 얼룩져 있었고 익숙한 얼굴도 조금 전과 마찬가지
로 악귀 같았다.

이대로 집으로든 어디로든 도망치고 싶었다. 구 대리는 부르르 떨면서 대로 쪽으로 고개를 돌렸다.

8차선 도로를 역주행하는 광역버스가 사람들을 치고 지나가는 것이 보였다.

아버지들

올 필요가 없는 자리였다.

유태환은 멍한 머리로 생각했다. 강남 노른자위 건물의 지하 1층을 다 차지한 강연장에서는 이미 박수 소리가 한 차례 지나가고, 카랑카랑한 목소리가 마이크를 타고 울리기 시작했다.

"더 이상 공부법만 바꾸고 있을 게 아닙니다!"

강연에 안 어울리는 목소리였다. 단상 구석에 위치한 초청 인사 자리에서 태환은 얼굴을 찡그렸다. 귀가 따가웠다.

흔한 학습법 강연장이었다. 벽에 걸린 '브레인 임플란트와 기적의 활용법' 플래카드가 무색했다. 태환은 자신의 자리 앞에 놓인 종이 명패를 쳐다봤다. A4용지에 출력해서 바로 만든 티가 나는 명패가 균형을 못 잡고 흔들거렸다. 그의 이름도 같이 흔들렸다. 한림 브레인 임플란트 연구소 소장 유태환.

강연회 주최 측에서도 그가 진짜 직접 올 것이라고는 생각 안 했던 것이리라. 초청장 쭉 돌리고 그것을 빌미로 광고나 할 셈이었을 텐데, 눈치 없는 짓을 하고 말았다.

"우리 아이들, 공부 양이 모자라 성적이 안 오릅니까? 선생이 별로여서 성적이 안 오르나요?"

사회자의 말에 태환은 속이 꽉 막히는 기분으로 시선을 들었다. 넓은 강연장을 가득 채운 검은 머리의 여자들이 이글이글한 눈으로 강단을 바라보고 있었다. 남자도 드문드문 눈에 띄었다. 여자들보다 의욕 떨어지고 졸린 얼굴이었다.

강연장을 훑어보던 그의 눈이 한곳에 멈췄다.

고만고만한 중년의 학부모들 사이에 눈에 띄는 남자가 앉아 있었다. 짧은 머리에 날카로운 눈매. 검은 뿔테 안경과 평범한 줄무늬 티셔츠가 사나운 느낌을 누그러뜨리고는 있었지만 역시 이질적이었다.

뭐 하는 사람일까? 이런 학습법 강연장을 찾을 학부모라기엔 좀 젊어 보인다는 생각도 들었다. 남자와 눈이 마주친 태환은 어쩐지 움츠러드는 기분으로 고개를 돌렸다.

"어머님들, 진실을 직시하셔야 합니다. 여기 강남입니다. 대치동이에요. 어머님들, 아이들 위해 좋다는 공부법 검색은 다 해 보시죠? 강연장도 가고, 스터디도 하시죠? 선생님들은 또 어떻습니까? 대한민국 최고 스타 강삽니다. 학벌도 강의도 모자라는 사람은 써 주지를 않아요. 이렇게 부어 주는 물이 차고 넘치는데, 대체 뭐가 문제여서 우리 아이들 성적이 안 오르고,

제자리고, 떨어지기까지 할까요?"

마이크를 쥔 사회자는 부리부리한 눈으로 좌중을 훑었다.

"물만 부어 주면 끝이 아니라서 그렇습니다. 그릇이 문제입
니다. 그릇이 부어 주는 물을 잘 담아야 된단 말입니다."

사회자는 칠판에 커다랗게 '그릇=뇌'라고 쓰고는 동그라미를
쳤다.

"어머님들이 잘 빠지시는 착각이 있습니다. 우리 아이, 머리
는 있는데 공부를 안 한다. 공부법이 문제다. 정말 그럴까요,
어머님들? 하는 법만 잘 가르치면 둔재가 평범해지고, 평범한
아이도 수재가 될까요?"

사회자가 고개를 천천히, 확실하게 저었다.

"아닙니다, 어머님들. 그거 다 희망고문입니다. 진실을 아시
잖아요. 타고난 게 다른 건 어쩔 수 없습니다. 공부도 재능이고
노력도 재능입니다."

숨죽였던 분위기가 바뀌었다. 강연장 가득 앉은 여자들이
술렁였다. 태환은 사회자를 노려보았다.

"내 자식이 공부에 재능이 없는 거, 그건 운입니다. 공부에
재능이 있든 없든 우리 아이 귀하죠. 사랑스럽죠. 그런데 문득
문득 한숨 나오지 않습니까? 옆집 애는 인서울에, 친구 애는 스
카이에, 쭉쭉 제 길 가는데 우리 애는 그런 애들 뒤만 따라다니
다가 인생 끝나게 되는 것 아닌가 걱정스러워서 잠이 안 오지
않습니까?"

술렁거리는 소리는 점점 더 커졌다. 탕. 사회자가 칠판을

쳤다.

"그럼 이걸 어떻게 해야 하겠습니까?"

그가 칠판에 써 놓은 '뇌' 부분을 탕탕 쳤다.

"뇌를 바꿔야 합니다. 방금 전에 말씀드렸죠? 내 자식이 공부에 재능이 없는 거, 그건 운입니다. 그런데 내 자식에게 공부 재능을 만들어 주는 거, 그걸 안 해 주는 건 부모가 할 노력을 안 하는 거예요. 부모로서의 직무유기입니다."

앞줄에 앉은 여자가 침을 꼴깍 삼켰다. 사회자는 칠판으로 다가가 써 놓은 글씨를 지우더니 큰 글씨로 가득 차게 썼다.

'브레인 임플란트'.

글씨를 쓴 그가 몸을 휙 돌리며 부르짖었다.

"이젠 학습법이 아니라 뇌를 바꾸어야 합니다!"

사회자의 외침과 함께 단상 위로 오늘의 강연자가 올라섰다.

"오늘의 강연자이신 뇌공학 전문가 데이비드 오 박사를 소개합니다!"

한차례 박수가 이어졌다. 데이비드 오 박사. 세련되면서도 왠지 고지식해 보이는 스타일링, 김해주 박사와 같은 학교를 나왔다는 학력, 마른 몸에 조곤조곤한 목소리까지 전형적인 '박사님'의 아우라로 무장한 그는 엄숙한 얼굴로 좌중을 둘러보았다.

"10년 전, 20년 전에는 강남에 학습 클리닉이 있었어요."

강연자가 운을 뗐다.

"예를 들어 알츠하이머 환자들이 먹는 약, ADHD 환자들이 먹는 약을 정상인들이 먹으면 머리가 더 좋아지고 기억력이 향상되며 주의력이 높아지고 두뇌 집중도 더 잘돼요. 그래서 미국에서는 그게 굉장히 문제가 되기도 했죠. 아이비리그 입학생 중의 30퍼센트가 고등학교 때 그 약을 먹었다는 거예요."

강연장 내부의 학부모들은 숨죽이고 그의 말을 경청하고 있었다. 몇몇 사람은 몸을 앞으로 내밀기까지 했다.

"학습 클리닉이 하는 일이 그런 거예요. 약을 주고 적외선을 쪼여서 숙면을 취하게 하는 거죠. 두 시간 정도 숙면을 취하게 하고, 깨워서 집에 보내고. 공부를 못하는 걸 환자로 간주하는 거예요. 그런데 약은 정말 효과가 있거든요. 야구 선수가 스테로이드를 복용하는 것과 같은 거죠."

강연자가 말을 멈추고 좌중을 둘러보았다.

"그 약이 정말 효과가 있는데 왜 학습 클리닉이 망했을까요?"

"……"

"훨씬 나은 게 나왔기 때문이죠."

강연자가 칠판 가득 쓰인 '브레인 임플란트'를 가리켰다.

"약은 먹으면 뇌 전체에 그 영향이 가는 거예요. 뇌에 전기 자극을 주는 것보다 약이 훨씬 더 위험해요. 약의 성분을 생각해 보세요. 도파민을 주입하면 집중력이 높아지고, 치매 환자의 경우에는 기억력이 좋아져요. 그런데 뇌의 다른 영역에서 도파민이 하는 일은 다 다르기 때문에 부작용이 오는 거죠. 밤에 잠이 안 오고 살이 찌고……. 가장 좋은 방법은 원하는 영역만 타기팅해서 활성화시키는 건데, 브레인 임플란트는 이게 가능하거든요."

태환은 얼굴을 찌푸렸다. 브레인 임플란트 연구자 중에는 그 효과와 안전성을 광고하기 위해 자기 뇌에도 시술하는 경우가 가끔 있었다. 그는 하지 않았다. 태환은 약과 마찬가지로 브레인 임플란트 역시 환자들만 사용해야 한다고 보는 쪽이었다. 백두산 사태가 없었다면 브레인 임플란트는 여전히 환자들의 전유물이었을 것이다.

"현재 우리나라의 브레인 임플란트 기술은 독보적이기 때문에 정밀한 타기팅이 가능해요. 사실을 말하자면 굉장히 쉬워요. 백두산 사태 때 바보 됐다가 브레인 임플란트로 제정신으로 돌아온 사람 많이 보셨죠? 이중에도 있으실 거예요. 그 시술이 훨씬 더 까다롭거든요. 그에 비하면……."

강연자는 브레인 임플란트가 얼마나 안전하고 혁신적인 물건인지, 집중력 강화 브레인 임플란트 시술이 내 아이에게 얼마나 화려한 꽃길을 열어 줄 것인지 계속 말을 이어 갔다. 태환은 점점 더 머릿속이 징징 울리는 기분이었다. 그는 슬그머니 일어나서 강연장을 빠져나왔다.

브레인 임플란트.

최근의 브레인 임플란트는 초전도체를 이용한 생체전기로 가동해서 외부 배터리가 없는 초경량 사이즈였다. 귀 뒤를 유심히 보지 않고서는 시술받았는지 아닌지도 구분 못 할 지경이었다. 그러니 강연자 말대로 저 강연장 안에도 브레인 임플란트 시술을 받은 이들이 앉아 있을 것이다. 태환은 고개를 저었다. 그렇게 많은 사람들이 브레인 임플란트를 했는데, 시술을 받은 당사자들조차 브레인 임플란트를 기적의 물건인 양 대했다.

그럴 만도 했다. 12년 전 백두산 사태 이후 브레인 임플란트는 수많은 이들을 구했다.

12년 전 백두산에서 화산이 폭발하면서 묻혀 있던 미지의 바이러스가 창궐했다. 뇌, 특히 전두엽을 중심으로 기생해 빠른 속도로 괴사시키는 바이러스였다. 북한 전역이 재난 지역이 되고 모든 통신이 끊겼지만 한국은 사태의 심각성을 모르고 있었다. 수도권에 보균자들이 나타나고 그들이 발병하기 시작했을 때는 이미 일이 걷잡을 수 없이 커진 뒤였다.

발병자들은 충동을 조절하지 못했다. 사방에서 공격적인 돌발 행동이 속출했다. 그때의 서울은 분노 조절 장애 환자들이 날뛰는 용광로였다. 빠르게 백신이 개발되었다. 군이 투입되고 강제적으로 백신 접종이 실시되면서 지옥은 폐허가 된 수도권을 뱉어 놓고 끝이 났다.

살아남은 자들 중 음모론자들은 바이러스가 정부, 미국, 북한, 중국 등의 생화학전 연구로 발생한 것이라고 주장했다. 북한의 최근 핵실험이 사실은 바이러스 미사일이었다, 중국 옌타이에서 일어난 화학 공장 폭발 사고는 사실 바이러스 유출이었다, 빠르게 백신을 개발한 미국이 이 사건을 뒤에서 조종했다……. 온갖 매체와 인터넷에서 백두산 사태를 두고 입방아를 찧었다.

그러나 이 모든 것은 살아남은 자들의 궁금증에 불과했다.

백신으로 바이러스를 제거하더라도 이미 죽거나 손상된 뇌를 되살릴 수는 없었다. 죽은 이들을 제외하고도 수도권의 뇌병변 환자는 200만 명에 달했다. 하루아침에 멍청이가 된 사람들은 가족도 국가도 감당할 수 없는 애물단지가 되었다.

그때 김해주 박사가 나타났다.

촉망받는 뇌신경망 연구자였던 김해주 박사는 브레인 임플란트로 뇌손상을 입은 사람들을 다시 사회로 복귀시킬 수 있다고 주장했다. 그녀가 소개한 익명의 뇌병변 환자는 브레인 임플란트 시술 이후 거의 정상인과 같은 수준으로 회복되어 있었다. 조사가 이루어졌고, 그녀의 연구 결과가 사실인 것으로 판명되자 파장이 일었다. 이 결과 김해주 박사는 20대에 연구소 소장이 됨은 물론 백두산 사태 비상 대책 위원회에 참여하게 되고, 얼마 안 가 부위원장으로 격상되었다. 백두산 사태가 진정될 시점에는 위원장이 되었다.

김해주 박사가 이끄는 한국 브레인 임플란트 연구소는 치료에만 머물지 않고 뇌손상 치료 데이터를 기반으로 브레인 임플란트 기술을 더욱 가공했다. 브레인 임플란트 연구는 이때까지 미국이 선두를 달리고 EU가 뒤쫓고 있었으나, 대량의 실험이 가능했던 한국이 이들을 모두 제치고 단연 최고의 기술을 가지게 되었다.

김해주 박사의 한국 브레인 임플라트 연구소가 SUBSung Un Biotechnology로 간판을 바꾼 뒤에도 한국은 여전히 브레인 임플란트 최강국이었다. 한림 브레인 임플란트 연구소처럼 뒤늦게 추격을 시작했지만 SUB의 아성에 도전하려면 한참 먼 후발 연구소들도 어지간한 EU 뇌연구소보다 앞서 있었다. 당장 태환이 몸담고 있는 한림 브레인 임플란트 연구소만 해도 최근 '알츠하이머 치료 브레인 임플란트 시술 ver.4.0'을 내놓고 홍보에 열을 올리는 중이었으니.

태환은 강연장 입구에 틀어 놓은 영상을 쳐다보았다. 김해주 박사의 SUB 브레인 임플란트 광고가 흘러나오고 있었다.

— 브레인 임플란트의 도약. 새로운 세상이 열립니다. 더 편안한 마음의 안정, 더 높아지는 집중력, 더 늦춰지는 뇌의 노화……. 치료를 넘어선, 삶의 개선이 곧 이루어질 것입니다.

태환은 화면 속의 김해주 박사를 바라보았다. 아름답고, 강하고, 차분한 모습……. 화면 속 그녀는 자녀의 등수 오르내림에 일희일비하는 사람들과는 다른 신인류처럼 보였다. 브레인 임플란트가 태환 자신 또한 저런 존재로 만들어 줄 것만 같았다.

내가 아니면 내 아이라도.

태환은 세게 고개를 저었다. 그리고 빠른 걸음으로 그곳을 벗어났다.

▓

신재규는 면도를 마치고 식탁을 향해 걸어갔다. 아이들이 벌써 자리 잡은 식탁엔 낯선 음식들이 그득했다.

"어? 이게 뭐야, 또."

"또?"

"아니, 메뉴가 못 보던 거라고."

돌려서 불만을 표하는 재규에게 아내가 가르치듯 말했다.

"이제 우리나라도 아열대라니까. 한식이 점점 안 나가는 이유가 있어요. 동남아식 건강식을 먹어야 한다고."

재규는 자리에 앉으며 딸이 하는 양을 쳐다봤다. 능숙하게 허브에 반쎄오를 싸서 땅콩 소스에 찍어 먹던 딸이 그의 시선에 팍 인상을 찡그렸다. 재규는 슬그머니 고개를 돌렸다. 언제부턴가 중학생 딸이 가장 대하기 어려웠다.

"한동안 지중해식 건강식이 유행하더니 이제는 또 동남아식 건강식이야? 참 나. 아주 지구를 한 바퀴 돌면 되겠네. 왜 중동식 건강식은 안 유행하는지 몰라."

"하나도 재미없거든?"

아내가 면박 주는 사이 큰딸은 눈도 마주치지 않고 먼저 일어나 학교에 가 버렸다. 초등학생인 아들은 고개를 푹 숙인 채 고기만 건져 먹고 있었다.

"야, 너는 이거 맛있냐?"

아내의 목소리가 뾰족해졌다.

"1절만 하지?"

"아니, 그냥 애한테 물어보는 거잖아, 지금."

무심히 자기 접시만 보던 아들이 고개를 들었다.

"아빠."

"어? 어. 왜?"

"나 이따 태워다 줄 거지?"

"어? 어. 그래."

아들은 다시 그에게서 고개를 돌렸다. 부모가 어쩌건 간에 제 할 말은 전했으니 끝났다는 태도였다. 재규는 어쩐지 맥이 풀려 먹는 둥 마는 둥 식사를 마치고 일어섰다.

"안녕하세요."

엘리베이터에서 누군가 재규에게 인사해 왔다. 서글서글해 보이는 40대 남자였다.

"1402홉니다. 얼마 전에 이사 왔어요."

재규는 대충 목례만 하려다가, 옆에 아들이 있다는 걸 생각하고 마주 인사했다.

"아, 새로 이사 오신……. 안녕하세요."

"예. 아드님하고 같이 출근하시나 봐요."

"이 녀석이 태워 달라고 졸라서요."

"요새 애들이 좀 바쁩니까."

의례적인 인사말이 이어지는 동안 아들은 지루한 얼굴로 휴대폰만 들여다봤다. 재규는 차에 타서 뒷자리의 아들이 안전벨트를 맸는지 살피면서 물었다.

"아까 그 아저씨한테 왜 인사 안 했냐?"

아들이 되물었다.

"이사 온 지 6개월 안 됐잖아?"

"6개월이건 1년이건 어른이 먼저 인사하시면 너도 인사해야 되는 거지."

"아빠도 인사 안 하려고 했으면서, 뭘."

퉁명스럽게 대꾸한 아들이 덧붙였다.

"언제 나갈 줄 알고 인사를 해? 저번에 나은이네도 세 달 버티고 집 뺐잖아. 나 개랑 같이 독서교실 조 짰다가 완전 물 먹었단 말이야."

재규는 목이 꽉 막히는 것 같았다. 압박감이 가슴을 눌렀다. 그는 한동안 말없이 운전을 하다가 운을 뗐다.

"독서교실 같은 거 말고 자연학교 같은 건 어떠냐?"

"갑자기 웬 자연학교?"

"자연 좋잖아, 자연. 의자에 엉덩이 붙이고 책 읽는 거 솔직히 재미없지 않냐?"

아들은 귀찮다는 듯이 말했다.

"요즘 자연학교, 숲학교 그런 거 유행 지났어. 거기 다니면 인서울도 못 한대."

"네 엄마가 그렇게 말해?"

아들이 콧방귀를 뀌었다.

"아니, 엄마는 귀촌 로망이 있잖아. 귀촌, 웰빙, 자연주의, 그런 거 들어가면 다 좋은 줄 안다니까. 진짜 촌스러워."

"촌스러워?"

"어. 난 그런 거 별로야. 인서울 해야지 대기업에 원서라도 넣는 거 아냐?"

재규는 말문이 막혔다. 아들은 요새 애들은 그런 거 다 안다며 시큰둥하게 대화를 끝냈다.

그는 입술을 말았다. 입을 열면 묻게 될 것 같았다. 요새 애들은 우리 동네 아파트 월세가 얼만지도 아느냐고. 네가 패배자 취급하는 나은이 아빠며 다른 집 가장들이 밖에서 어떻게 돈 벌어 오는지 아느냐고.

학교 앞에 도착할 때까지 아무 말도 안 했지만 아들은 신경쓰지 않고 휙 내렸다. 재규는 멀거니 그 모습을 쳐다보다 갓길에 차를 세웠다.

덜컥.

옆으로 팔을 뻗어 글로브박스 안에서 휴대폰을 꺼내 켰다. 익숙한 아이디를 누르다가 지우고 다른 계정으로 포털사이트에 로그인하자 카페 쪽지가 와 있었다.

브레인 임플란트 피해자 카페 운영자 hyun1에게서 온 쪽지였다.

그는 쪽지를 클릭했다. 뇌파 공격 장치가 거의 완성되었으며 곧 실험해 볼 생각이라는 내용이었다. 선생님에게 칭찬받을 것을 기대하는 아이처럼 다소 들떠 있는 심경이 느껴지는 쪽지였다.

'이럴 때 보면 다루기 쉬운 인간인데 말이야.'

재규가 브레인 임플란트를 통해 외부에서 인간을 조종할 수 있다는 쪽지를 보낸 이후, hyun1은 그를 늘 깍듯하게 떠받들었다. 일의 진척이 있을 때마다 알리는 것도 잊지 않았다. 게다가 이 빠른 응용과 일처리라니. 빨라도 가을은 돼야 뇌파 공격 장치가 완성되지 않을까 했는데, 한여름인 지금 벌써 나올 모양이었다. 좀 보고 배웠으면 할 정도였다.

재규는 카페에 올라온 글들을 휙휙 훑었다. 언제나처럼 쓸데 없는 글이 대다수였다. 말이 브레인 임플란트 피해자 카페지, 올라오는 글들을 보면 '내가 취업을 못 하는 것은 브레인 임플 란트 부작용 때문이다.' 같은 넋두리거나, '편의점 알바가 나를 조종하는 것 같은데 아무도 믿어 주지 않아 힘들다.' 혹은, '브 레인 임플란트 시술자들은 정부에 조종당하고 있다. 정부가 브 레인 임플란트 해킹에 소극적인 대처를 하는 것도 그 때문이 다.' 따위였다. 제정신이거나 피해망상 없는 사람은 적응하지 못하고 나갔다. 카페 운영자 hyun1부터가 음모론자, 망상론자 였으니 당연한 일이었다.

재규는 그의 신상과 학력을 대충 알고 있었다. 본명 이현일. 40대 중반의 백수. 전기공학 석사까지 땄던 인물이지만 유학 준비 중 백두산 사태로 유학이 엎어지고 브레인 임플란트 시술 을 받게 되면서 인생이 꼬였다. 이후 그의 삶은 간단하면서도 치열했다.

자신의 인생을 망친 것을 물고 늘어지는 것.

그는 브레인 임플란트 피해자 모임을 조직하고 카페를 만들 었다. 백두산 사태, 북한, 정부, 그의 입학을 취소한 미국 대 학, 브레인 임플란트 모두를 엮어 넣는 음모론이 브레인 임플 란트 피해자 카페를 통해 쉴 새 없이 흘러나왔다. 브레인 임플 란트 사업을 공격적으로 벌이고 있는 성언과 자회사 SUB의 입 장에서는 골치 아픈 상대였다.

내버려두기에는 너무 열성적으로 활동하는 미친놈들이었고, 유언비어의 온상이었다. 그렇다고 명예훼손죄를 걸고넘어지기엔 달고 있는 '피해자 모임' 간판 때문에 여론의 역풍을 맞을 위험이 있었다. 그렇잖아도 SUB가 국책 사업이었던 브레인 임플란트 사업을 민영화한 것에 세모눈을 뜬 사람들이 많았다.

고민하던 SUB에서는 고객 만족을 실현한다며 CS부서를 만들고 부장으로 재규를 앉혔다. 시끄러운 고객들과 합의해 입을 막고 피해자 카페를 폐쇄하는 일이 과제로 떨어졌다.

이제 얼마 남지 않았다. 재규는 눈을 감고 합의해야 할 사람들 명단을 떠올렸다. 그것은 곧 그의 CS부장이라는 직함도 얼마 남지 않았다는 것을 뜻했다. 부하 직원들이 합의가 끝나고 좀 잠잠해지면 부서가 아예 없어질 거라고 수군댄다는 것을 그도 알고 있었다. 같은 업무를 하는 외부 업체에 아웃소싱을 주고 책임의 꼬리를 자르리라. 그 인사이동에서 자신은 어떻게 될 것인가.

'인서울 해야지 대기업에 원서라도 넣는 거 아냐?'

아들의 말이 귓가에 맴돌았다.

원서를 넣은 이후의 삶도 녹록하진 않았다. 재규는 이를 악물었다. 잘사는 부모의 지원, 넉넉한 처가의 도움, 그런 것 없이 혼자 여기까지 올라왔다. 여기에서 밀려날 수는 없었다. 자신의 아들은 자신보다 더 나은 출발선에서 시작해야 했다.

"그러니까 벌여 보라고."

그는 화면 속의 hyun1을 보며 중얼거렸다. 이현일이 자신

32

이 준 정보를 받고 비밀 게시판을 만들 때, 카페에서 열심히 활동하는 불만 많은 망상론자들을 비밀 게시판 멤버로 불러 모을 때, 재규는 그 모습을 지켜보며 동아줄에 목을 매는 기분이었다. 이 줄이 자신을 더 끌어내릴 수도 있다는 것을 알았지만 멈출 수 없었다.

어쩌면 안 걸릴 수도 있지 않은가.

재규는 CS부에서 이현일을 담당하는 김해건을 떠올렸다. 얕잡아 보는 엷은 미소가 재규의 입가에 맺혔다. 무슨 일이 있어도 그 등신은 눈치 못 챌 터였다.

'내가 그 정도 백 낙하산으로 들어왔으면 그렇게 안 산다.'

재규는 휴대폰 전원을 끄고 글로브박스에 도로 넣었다. 핸들 옆에 고정되어 있던 다른 휴대폰에 불이 들어왔다. 그는 쳐다보지도 않고 음악을 틀었다. 신경을 긁는 일렉트로니카 전자음이 휴대폰의 벨소리를 밀어냈다. 두 손이 꽉 핸들을 잡았다.

"어디 한번 밀어내 보라고. 크게 한 방 터뜨려 줄 테니까."

테러

　카메라와 노트북을 든 기자들이 바쁜 걸음으로 대회의실로 향했다. 보안 요원들은 긴장한 모습으로 로비 곳곳과 대회의실 근처에 포진해 있었다.

　로비를 가로지르는 성언그룹의 직원들은 무심하게 이 광경을 지나쳤다. 오늘 대회의실에서 정확히 어떤 일이 있는지 아는 사람은 소수였다. 노트북 가방을 든 채 빠르게 로비를 가로지르던 기자와 휴대폰을 들고 통화하며 밖으로 나가던 직원의 눈이 마주쳤지만, 그들은 아무 관심도 없이 서로를 스쳐 갔다.

　아마도 오늘 저녁, 혹은 내일 아침쯤 그 직원은 대회의실에서 무슨 일이 있었는지 알게 될 터였다.

　태환은 오래전부터 오늘의 일을 알고 있었다. 회사 내 그의 위치가 알고 싶지 않은 형태로 알려 주었다. 그는 자신의 자리

앞에 놓인 명패를 쳐다봤다. 얼마 전의 강연회 때와 달리 반짝반짝 빛이 났다. 한림 브레인 임플란트 연구소 소장 유태환.

2년 전 그는 한국 브레인 임플란트 연구소의 민영화를 두고 성언그룹 측과 박 터지게 싸우던 한림그룹 측 인수 담당자였다. 태환은 능력도 충분했고 비전도 있었다. 브레인 임플란트 연구 및 사업에 대한 애정과 이해도 성언 측에 절대 뒤지지 않았다. 그렇지만 성언 측에서 한국 브레인 임플란트 연구소를 자회사 SUB로 설립시키고, 지분 상당량과 대표 자리를 줄 것을 김해주 박사에게 약속하면서 이길 수 없는 싸움이 되고 말았다.

이길 수 없는 싸움.

SUB와 한림의 싸움은 2년 전에 끝난 것이 아니었다. 태환의 이길 수 없는 경쟁은 계속되고 있었다. 한림에서 ADHD 치료 시술법 개발에 성공했다고 발표한 게 얼마 전이었다. 이번에 SUB에서 이런 일을 해냈으니 한림의 새 업적은 사람들의 뇌리에서 잊힐 것이 뻔했다.

새삼 브레인 임플란트 업계 1위와 2위의 별명이 실감났다. 공룡 SUB와 노새 한림. 업계 2위인 한림 브레인 임플란트 연구소에서 SUB가 손 안 댄 영역을 죽어라 개척해서 결과물을 시장에 내놓으면, 업계 1위인 SUB는 한 걸음 한 걸음 뗄 때마다 이렇게 큰 한 방이었다.

올 수밖에 없었지만, 어쩔 수 없이 입이 썼다. 태환은 한국의 브레인 임플란트 기술이 이렇게까지 발전하다니 같은 분야에 있는 일원으로서 자랑스러운 일이라고 생각하려 애썼다. 자신이 이 자리에 초청된 것도 결국은 동종업계의 주요 인사 중 하나로 꼽아서가 아니겠는가. 그는 자신이 지금 하는 생각이 옳다는 것을 알고 있었다. 자기 위안만이 아니라 정말 맞는 소리라는 것을.

하지만 앉아 있는 내내, 태환은 남의 경사에 불려 온 사람처럼 속이 더부룩했다.

유정하는 지하 주차장에서 지상으로 올라가는 엘리베이터에 탔다. 병원 엘리베이터만큼 크고 백화점 엘리베이터만큼 깨끗한 엘리베이터였다. 아이는 긴장되면서도 기분이 좋아졌다.

1층 버튼을 누르고, 이 건물에는 어디에 화장실이 있을까 생각했다. 아이는 그런 자신이 놀랍고 뿌듯했다. 예전 같으면 무작정 앞으로 향하다가 아무나 붙들고 큰 소리로 물었을 것이다. 화장실이 어디에요? 그럴 때마다 친구들은 질색을 했다. 2학년 때 같은 반이었던 선우는 4학년 때 같은 반이 되자 정하에게 너랑 같이 다니기 쪽팔린다고 했다.

나한테 왜 그래? 아이는 큰 소리로 울며 날뛰었다. 학교에 불려 온 아빠는 아이를 붙들고 말했다. 정하야, 생각을 먼저 하고 움직이는 거야. 아이는 이해할 수가 없었다. 그게 말이 되나?

그렇지만 이제 자신은 예전의 유정하가 아니었다.

화장실에 다녀오겠다고 하자 엄마는 같이 안 가도 되겠냐고 두 번이나 물었다. 아이는 의젓하게 대답했다. 나도 이제 5학년이라고. 자신을 볼 때마다 입매는 웃고 있지만 눈이 긴장되어 있던 엄마의 얼굴이 순간 누그러지고, 놀라움과 대견함으로 가득 찼다. 아이는 웃었다. 엄마가 마주 웃었다. 누군가 이렇게 진심으로 마주 웃어 주는 게 얼마나 기분 좋은 일이었는지, 아이는 오랜만에 기억해 냈다.

아이는 웃는 얼굴로 성언그룹 본관 1층에 내렸다.

— 거기는 왜 간 거야?

태환은 아내의 메시지를 확인하며 저도 모르게 인상을 찡그렸다. 뱃속을 누군가 손가락 끝으로 확 긁는 것 같았다. 누가 오고 싶어 왔나? 와야만 하는 자리였다고 몇 번을 말했는데도 아내의 반응은 뾰족하기만 했다.

[먼저 가 있으랬잖아.]

— 그래 놓고 저번처럼 식사 다 끝날 때쯤 삐죽이 들어오려고?

[그럼 기다리든가.]

— 그게 할 말이야?

태환은 긴장했다. 아내에게서 이런 반응이 나오면 좋은 일이 없었다. 그는 얼른 메시지창을 닫고 눈앞의 광경에 집중했다.

성언그룹 본관 1층 대회의실에서는 SUB와 다국적 의료 기업 네바의 MOU 체결식이 한창이었다. 기자들을 향한 잠깐의 브리핑이 끝나고, 사진 촬영을 위한 행사의 하이라이트가 시작될 참이었다. 태환은 오늘의 주인공들에게로 시선을 향했다.

네바 측 대표 헤르만 발트 박사와 SUB 측 대표 김해주 박사.

가운데 상석에 나란히 앉은 두 사람은 최종적으로 사인을 하고 자리에서 일어나 악수를 나눴다. 플래시들이 일제히 터지며 눈이 멀 것 같은 빛을 뿜었다. 발트 박사는 눈이 부신 듯 연신 눈을 깜박이며 긴장된 미소를 지었다.

그에 반해 김해주 박사는 능수능란하게 카메라를 향해 포즈를 취하고 있었다. 영리해 보이는 하얀 얼굴이 빛을 받으며 도드라졌다.

대단한 여자야. 태환은 웃는 얼굴을 유지하려 애쓰며 다른 이들과 맞춰 박수를 쳤다. 태환이 그녀와 SUB의 성공을 볼 때마다 속이 쓰리지 않았다면 거짓말일 것이다. 2년 전 민영화 때 그녀가 자신의 손을 잡았더라면 오늘 기술 이전 협약을 이뤄 내는 사람은 자신일 터였다. 그렇게 생각했다.

하지만 과연 그랬을까?

태환은 김해주 박사의 흰 얼굴에서 유난히 반짝이는 검은 눈을 보았다. 12년 전부터 대한민국을 쥐락펴락해 온 여자였다. 천재 과학자 출신의 젊은 CEO. 수많은 사람을 구한 영웅. 그런 존재는 한국 사회에서 불가능하다고 여겼다. 그녀는 두 명성을 모두 얻어 냈다.

갑작스럽게 국민적 영웅이 된 그녀를 비꼬며 백두산 사태의 가장 큰 수혜자는 김해주 박사라고 말하는 사람도 있었다. 그런 어조로 쓰인 칼럼이 인터넷에 올라오자 사람들은 벌 떼같이 필자를 물어뜯었다. 베스트 댓글 자리는 '김해주 박사의 가장 큰 수혜자는 대한민국이다. 그녀가 없었으면 지금의 멀쩡한 나도 우리 가족도 없었다. 박사님, 감사합니다. 당신은 대한민국의 수호 여신이십니다.'라는 글이 차지했다.

그녀가 미소 짓는 지금, 그리고 성언의 손을 잡았던 2년 전, 그녀의 손에 모든 것이 들어가는 것 외에 다른 선택지가 과연 있기는 했을까?

박수를 치면서, 태환은 더부룩하던 속이 조금씩 가라앉는 것을 느꼈다. 지금 그에게는 자신이 책임지는 연구소가 있었다. SUB와는 비교가 안 될지라도 긍정적인 성과도 있었다. 조금쯤은 아내의 말이 옳았다는 생각이 들었다. 지금 자신은 옛 경쟁자의 성공을 축하하기보다 아들의 성공을 축하할 만한 위치에 있었다. 자신에게는 그럴 자격이 있었다.

식이 끝나자마자 바로 나가야겠어. 태환은 생각하며 입구쪽을 흘깃 보았다. 기자들 사이를 뚫고 나가려면 제법 잰걸음이어야 할 것이다. 길게 늘어선 카메라들과 그 앞에서 바쁘게 자판을 두드려 대는 기자들 사이로, 한 남자가 엉거주춤 일어섰다.

태환과 남자의 눈이 마주쳤다. 잠깐이지만 남자의 눈이 흔들렸다. 태환의 시선을 피하며 남자가 주머니에 손을 넣었다. 계절에 어울리지 않는 두툼한 야상이었다. 뭔가 이상한데. 태환이 그렇게 생각한 순간 남자가 허리를 쭉 폈다. 갑자기 누군가 비명을 질렀다. 한 명이 아니라 여러 명이었다. 야상 차림의 남자가 외쳤다.

"김해주 박사는 브레인 임플란트 부작용을 인정하라! 피해자들을 책임져라!"

정하는 화장실을 찾아 넓은 로비를 헤매었다. 양복을 입은 어른들이 아이를 무심하게 쳐다보다 고개를 돌렸다. 생각보다 넓고 복잡한 건물에 아이는 처음의 자신감을 잃어버리고 막막한 심정이 되었다.

인포메이션을 발견하고 쳐다봤지만 거기 선 안내원은 외국인들을 붙들고 계속 영어로 설명하고 있었다. 아이는 조금 질리고 겁먹은 상태로 인포메이션에서 멀어졌다. 검은 양복을 입고 각 잡힌 자세로 선 경호원 같은 어른들도 자기들끼리 무전을 하며 바빠 보였다. 그렇다고 지나가는 어른을 붙잡고 도움을 청하기는 싫었다. 자신은 5학년이었다. 이만큼 큰 애가 혼자 화장실도 못 찾고 물어보면 얼마나 한심해 보일까.

아이는 다시 한번 찾아보기로 결심했다. 눈앞에 보이는 회의실 왼쪽으로 돌면 복도가 있을 것 같았다. 그러면 엘리베이터나 화장실이 있을 수도 있으리라. 아이의 걸음이 빨라졌다. 모퉁이를 도는데 누군가와 부딪쳤다.

"죄송합니다."

아이가 얼른 사과했다.

상대는 별말 없이 아이의 머리가 닿은 허리께를 툭툭 털었다. 아이는 저도 모르게 상대를 올려다봤다. 넥타이 위에 겹쳐 걸린 사원증에 이름이 쓰여 있었다. 김해건. 아이는 어디서 많이 들어 본 것 같은 이름이라고 생각했다.

어디서였을까?

아이는 더 생각하지 못했다. 갑자기 머리가 너무 아파서 참을 수가 없었다.

"아아악!"

아이가 비명을 지르고 토하는 동안, 해건 역시 급작스레 닥친 어지럼증에 다리가 꺾여 쓰러졌다. 이런 적이 없는데? 해건은 제 몸 상태에 의아해하며 고개를 돌렸다. 앞에서 토하는 어린애 말고도 주위에 있는 많은 사람들이 쓰러지거나 벽에 기대 고통을 호소했다. 다들 영문을 몰라 하는 얼굴이었다.

쾅.

대회의실 문이 큰 소리를 내며 열리고 비슷한 얼굴의 사람들이 쏟아져 나왔다. 두통, 어지럼증, 구토감. 놀란 얼굴을 한 사람들이 비틀거리고 고개를 젓는 사람들을 부축하며 로비로 나왔다. 그들은 로비에도 환자들이 있는 것을 보고 놀라 멈칫했다. 누군가 소리쳤다.

"대체 어떻게 된 겁니까?"

길고 째지는, 동물 같은 아이의 높은 비명이 귀를 울렸다. 앞서서 나가던 사람이 다시 균형을 잃고 넘어졌다. 태환은 그 사람을 피하며 몸을 곧추세웠다. 문이 완전히 열렸다. 시야 가득 들어오는 쓰러진 사람들의 모습에 그는 저도 모르게 침을 삼켰다.

"대체 어떻게 된 겁니까?"

누군가 외쳤지만 태환은 그 말에 대답하는 대신 두꺼운 야
상을 입은 남자를 찾았다. 그는 남자가 하는 말을 들었다. 그가
시선을 피하던 것도 기억했다. 주머니에 손을 넣으며 허리를
펴던 동작. 그 동작과 함께 사람들이 발작처럼 비명을 질렀다.

남자의 주머니에 뭔가 있었어. 태환은 확신할 수 있었다. 야
상 차림의 남자가 여기 모인 사람들을 상대로 테러를 한 것이
다. 그는 저도 모르게 초조하게 주위를 둘러보았다. 아수라장
을 틈타 도망친 것은 아니겠지. 시선을 이리저리 돌리던 태환
의 눈에 보안 요원 둘에게 양팔을 잡힌 남자가 보였다.

이번에는 그와 남자의 눈이 마주치지 않았다. 남자가 고개
를 푹 숙이고 있었기 때문이다. 턱이 떨리는 것이 멀리서도 보
였다. 태환은 화가 나서 남자 쪽으로 한 발 내딛었다. 그렇게
떨 거면서 왜 이딴 짓을 해서 사람들을 고생시키느냐고 소리라
도 쳐 주고 싶었다.

"선생님, 괜찮으십니까?"

검은 양복이 그의 앞을 가로막으며 정중하게 물었다. 보안
요원이었다. 태환은 젊고 성실한 얼굴의 보안 요원을 쳐다보았
다. 그의 시선이 다시 남자 쪽으로 향했다. 남자는 꼼짝 못하고
여전히 두 명의 보안 요원에게 잡혀 있었다.

상식적인 상황을 마주하자 태환의 기세도 누그러졌다. 이렇
게 난리가 난 와중에도 멀쩡한 보안 요원들이 있었다. 그래, 이
건 이 사람들 일이지. 자신이 좀 과민하게 반응했다는 생각이
들었다. 영화도 아니고, 현실에서 이런 일을 벌여 놓고 도망칠

순 없을 것이다.

애앵애앵.

앰뷸런스와 경찰차가 도착하는 듯 사이렌 소리가 들렸다. 태환은 남자에게서 고개를 돌렸다. 보안 요원이 잡고 있던 팔은 경찰에게 인계될 것이다. 내 일이 아니야. 그는 생각했다. 어떤 일이 있었는지는 경찰이 알아낼 터였다.

권정호 I

앰뷸런스에서 내리면서 등을 펴자 머리부터 찌르르했다. 권
정호는 굳은 얼굴로 눈앞의 건물을 올려다봤다. 그는 병원에서
눈을 돌려 앰뷸런스 안을 향해 물었다.

"괜찮습니까?"

앰뷸런스 안에서 '어, 예예.' 하는 대답이 들렸다. 뭔가 어처
구니없는 기분이었다.

취재를 하기 위해 성언그룹 본관에 간 게 오늘 오전이었다.
SUB와 다국적 의료 기업 네바의 기술 협약. 얼마 전부터 말이
새어 나오긴 했었다. 조 단위의 액수가 왔다 갔다 하네, 판권이
우리 쪽에 엄청나게 유리하네 하면서. MOU 체결식을 본관 대
회의실에서 한다고 할 때 바로 감이 잡혔다. 기자들을 많이 불
러 바람을 일으키려는 요량이겠지. 적당히 남들 하는 만큼 취

재하면 되겠거니 했는데, 예상 밖의 일이 일어났다.

MOU 체결식 중간에 갑자기 사람들이 비명을 지르면서 줄줄이 쓰러졌던 것이다. 그와 함께 간 사진기자도 어지럽고 토할 것 같다며 고꾸라졌다. 평소 섬세한 신경과는 거리가 먼 사람이었기에 정호는 놀라서 그를 붙들었다가 원망을 들었다.

"카메라! 카메라!"

사진기자가 지르는 비명에 정호는 귀가 얼얼해져서 그를 쳐다봤다. 아파하는 와중에도 죽일 것 같은 눈으로 자신을 노려보고 있었다.

"발!"

벼락같은 일갈에 정호는 아래를 내려다보다 헉하고 발을 치웠다. 그가 고꾸라지며 떨어뜨린 카메라를 밟았던 것이다.

누가 사진기자 아니랄까 봐. 속으로 생각하면서 그와 카메라를 붙들고 대회의실 밖 로비로 나가자 거기도 아수라장이었다. 정호는 그 광경을 보면서 공포를 느꼈다.

그의 직장이 있는 광화문 일대는 백두산 사태 때 피해가 컸던 지역이었다. 정호는 감염되지 않은 동료 기자들과 함께 군 병력이 올 때까지 버텼다.

살아남기만 하면 모든 것이 좋아질 것 같았지만 현실은 그렇지 않았다. 그만큼 운이 좋지 않았던 동료들의 사망 소식과 뇌병변 소식이 줄줄이 이어졌다. 사무실과 거리에서 핏자국은 씻겨 내려갔지만 비가 오는 날이면 물 냄새조차 역하도록 비릿했다.

갑자기 불특정 다수의 사람들이 비슷한 이상 증상을 호소하는 일은 12년 전에도 있었지 않은가.

애앵애애앵.

사이렌 소리가 그를 현실로 불러왔다. 순식간에 성언 본관 앞은 앰뷸런스로 가득 찼다. 인근 병원의 앰뷸런스란 앰뷸런스는 총출동한 것 같았다. 정호는 사진기자 옆에 보호자로 앉아 병원으로 향했다.

그때까지만 해도 큰일 난 줄 알았는데. 정호는 속으로 한숨을 쉬었다. 병원 응급실에 자리가 안 나 구급 대원들이 초조해하는데, 막상 환자인 사진기자는 차에 타면서부터 정신을 차리더니 시간이 지날수록 쌩쌩해졌다. 지금 얼굴을 봐선 환자라고 부르기도 민망할 지경이었다. 본인도 그런 생각이 들었는지 머쓱한 얼굴로 '괜히 응급실 자리만 뺏는 거 아닌지 모르겠어요.'라며 머리를 긁었다.

"이게 무슨 난리야."

정호가 중얼거렸다. 별일 아닌 것 같다는 생각이 들었다.

그렇지만 12년 전에도 처음에는 그랬지 않은가? 정호는 절로 드는 생각에 오싹해졌다. 이거 PTSD(심리적 외상후 스트레스 장애)야, 진짜. 그는 생각했다. 지금 대한민국에서 PTSD 아닌 사람이 어디 있겠냐마는, 비슷한 상황만 닥쳐도 등줄기에 소름이 돋고 이마에 식은땀이 맺히는 일은 겪어도 겪어도 영 익숙해지지 않았다.

한참 만에 들어간 응급실에서 만난 퉁퉁한 의사는 정호와 사진기자를 보고 둘 중 누가 환자냐며 아래위로 훑었다. 정호는 움찔했다. 의사의 피곤에 절어 있던 시선이 성언에서 실려온 환자라는 말을 듣자마자 바뀌었다. 일사천리로 검사 일정이 잡히고 바로 입원이 정해졌다.

사진기자가 포기한 얼굴로 입원실로 올라간 후 정호는 황 부장에게 보고할 겸 전화를 했다. 황 부장은 이미 일이 어떻게 됐는지 아는 눈치였다.

— 언제 연락하나 했다.

"들었어요?"

— 성언에서 벌써 얘기 다 하고 갔다. 김 기자 병원이라며?

"덕분에 앰뷸런스 탔지. 입원하라고 세게 나오더라고요. 강경하던데, 생각보다."

— 뇌 문제 같으면 다들 벌벌 떠니 별수 있나.

정호는 황 부장이 앞에 있는 양 고개를 끄덕였다.

"어쩔 수 없더라고. 그래서 입원했어요. 검사해야 한대. 사흘 정도 걸린다던데."

— 연차 까야지, 뭐. 그래도 성언 쪽에서 병원비는 다 댄다고 하더라.

그나마 좋은 소식이었는데도 정호의 인상이 구겨졌다.

"그 자식들은 돈이 썩어 나나."

— 기사 잘 써 달라 이거지.

황 부장이 허허허 웃었다. 정호는 괜히 그걸 누가 모르냐고 쏘아붙이고 싶은 기분을 억눌렀다.

"왠지 그쪽은 잘 써 주기 싫더라고. 나 아니어도 잘나갈 텐데, 뭐."

— 정호야.

황 부장이 그의 이름을 불렀다.

— 반골도 누울 자리를 보고 뻗어야 되는 세상이야. 김해주 박사 기사 잘 써 주기 싫다고 인터넷에 올려 봐라. 30분 안에 신상 털릴걸.

"내가 좀 쫄보잖아. 선배한테나 이러지, 뭐."

수화기 너머로 웃음소리가 들렸다.

— 야, 내일모레 마흔인 놈이 쫄보가 뭐냐, 쫄보가.

말은 그렇게 하면서도 황 부장은 그가 어린 후배 티를 내며 찡얼대는 게 싫지 않은 눈치였다. 정호는 같이 웃었지만 전혀 웃고 싶은 기분이 아니었다.

황 부장과는 대학 동창이었다. 학번 한참 차이 나는 왕고 선배였는데도, 황 부장은 정호와 죽이 잘 맞았다. 너 맘에 든다. 내가 끌어 줄게. 술김에 그런 허세를 부리는 선배는 많았지만 황 부장은 달랐다. 그는 정말로 정호를 자기 회사 인턴 기자로 추천했고, 예상 문제를 뽑아서 정호를 불러냈다. 그때만 해도 새파랬던 정호는 생각지도 못한 왕고 선배의 호의에 놀라서 심장이 입 밖으로 튀어나올 지경이었다.

'왜 그렇게 쫄았어? 한번 해 보겠다며.'

황 부장이 마주 앉아 말했다. 정호의 입에서 심장이 아니라 본심이 무심코 튀어나왔다.

'빈말인 줄 알았어요.'

황 부장은 진지한 표정으로 정호와 눈을 마주쳤다.

'기자는 말이야, 사기는 쳐도 빈말은 하면 안 돼. 알아들어?'

황 부장이 황 기자였던 시절에 그는 정말 자기 말처럼 살았다. 빈말도 타협도, 황 기자의 사전에는 없었다. 적이 쌓였지만 그만큼 전설도 늘어났다.

정호는 그 전설들을 지켜보며, 인턴이 되고 수습이 되고 정식 기자가 되었다. 저런 사람이 진짜 기자지. 그는 믿어 의심치 않았고, 그의 주변인들의 평가도 비슷했다. 황 기자는 그의 롤모델이었다. 나이를 먹어도 직위가 바뀌어도 자신만의 신념을 잃지 않고 치열하게 덤비는 모습은 정호의 인생을 비추는 나침반이었다.

'너는 쟤 따라 하면 안 돼.'

처음에는 정호가 황 기자만 한 그릇이 못 된다는 뜻인 줄 알았다. 그 말을 한 선배가 뒤이어 말했으니까. 너는 쟤만큼 독할 수가 없어. 정호는 반박했다. 저도 할 수 있습니다. 그 선배는 정호의 말을 못 들은 것처럼 말했다.

'쟤, 황 기자가 하는 말 잘 들어 봐라. 큰일, 진짜, 진실, 그런 거밖에 없어.'

'그게 뭐 어떻습니까? 기잔데.'

'너는 그런 게 진짜배기 기자 같지? 지금 황 기자 본인도 그럴 거다. 물고 늘어지다 보면 자신이 뭔가 된 거 같거든. 그런데 그게 평생 안 가. 평생이 뭐냐? 보통은 5년도 못 가는데. 어느 날 고개를 들어 본 순간, 내가 과연 뭘까 생각하게 되지. 생각해 보면 그냥 흔한 기자 나부랭이일 뿐이거든.'

그때만 해도 어렸던 정호는 흔한 꼰대 마인드라고 생각했다. 먹물 먹은 패배자들이 갖다 붙이는 변명이라고 생각했다. 관성이니, 인생이니, 그런 말만 갖다 붙이면 무슨 말이든 관록에서 우러나온 충고로 둔갑하지 않는가.

'황 선배는 5년차는 진즉에 넘기셨는데요.'

'그러니까 쟤가 독종이지. 넌 애가 유도리가 있어서 안 돼. 독종 좋아할 거 아니야. 독종들이 한 번에 훅 간다. 어느 날 갑자기 전 재산 사이비 종교에 꼬라박고, 교주 따라 산속 기도원 같은 데 들어가는 놈들이 저런 애들이야.'

황 기자는 살아남았고 황 부장이 되었다. 그때 그 선배의 예상은 틀렸다. 정호의 예상도 틀렸다. 황 기자는 더 이상 치열한 기자가 아니었다.

황 기자는 어느 날 갑자기 바뀌었다. 누구도 생각하지 못한 이유로.

백두산 사태 계엄령이 끝나고 다시 만난 황 기자는 브레인 임플란트 시술을 받은 후였다. 그는 정호를 보며 반갑게 웃었다. 정호야 무사했냐? 그가 덥석 손을 내밀었고 정호는 얼결에 그 손을 꽉 잡았다. 따뜻했다. 황 기자가 웃으며 말했다. 우리 딸이 위험하니까 아직 출근하지 말라고 하더라고. 그래도 궁금해서 참을 수가 있어야지.

그때까지 정호는 황 기자에게 딸이 있다는 것도 몰랐다. 결혼했으려니 막연히 짐작만 했을 뿐이었다. 황 기자에겐 파헤쳐야 할 중요한 일들이 너무 많았고, 자기 가정사는 그 목록에 없었으니까. 그랬던 황 기자가 팔불출 동네 아저씨처럼 딸 이야기를 하며 정호 앞에서 웃고 있었다. 웃는 황 기자의 귀 뒤로 손가락 두 개만 한 금속판이 번쩍였다.

정호는 황 기자와 이야기할 때마다 눈을 내리뜨기 시작했다. 예전의 황 기자라면 고개 들고 자길 똑바로 보라고 했을 것이다. 하지만 황 기자는 더 이상 그런 말을 하지 않았다. 그는 귀밑 옆머리와 구레나룻을 기르기 시작했다.

그사이 여기저기에서 브레인 임플란트 관련 뉴스가 나왔다. 김해주 박사가 한 번씩 크게 노출될 때마다 황 기자 귀 뒤의 금속판은 조금씩 작아졌다. 황 기자가 황 부장이 될 때쯤엔 금속판은 새끼손가락 마디 하나만 하게 바뀌어 있었다.

이제는 정호도 나이를 먹었다. 독종이 좋은 게 아니라던 선배가 퇴직 후 귀농을 했으며, 정호도 그 말이 무슨 뜻인지 알 만큼 세월이 흘렀다. 황 부장이 주름진 얼굴로 허허실실 웃는 것을 보아도 예전처럼 이상한 기분이 들지 않았다.

그냥, SUB의 브레인 임플란트 기술 협약 기사 같은 건 다른 사람이 썼으면 좋겠다는 생각이 들었다 말았다 했다. 끊임없이 스포트라이트를 받아 온 김해주 박사의 기사 역시. 곧 그녀의 얼굴이 정치면에도 등장할 것이라는 예측이 분분했다. 김해주 박사 본인도 정치계 진출에 대해 늘 웃는 얼굴로 여지를 남겨 놓는 걸 보면 예상할 수 있는 결과겠지만. 그녀가 활동 영역을

넓히면 넓힐수록 정호 역시 그 업적을 더 보도해야 할 것이다. 달갑지 않았다.

정호는 착잡한 기분으로 전화를 끊고 병원 옆 편의점으로 향했다. 입원한 사진기자는 자취하는 미혼남이었다. 그는 편의점에서 속옷 두 개와 칫솔과 주스 세트를 사서 병원으로 돌아왔다. 몇 가지 안 샀다고 생각했는데 주스 때문인지 손이 꽤 묵직했다.

"살려 내!"

병원 로비와 연결된 복도 쪽에서 누군가 울부짖는 소리가 들렸다. 정호는 웅성대며 몰려든 사람들 사이로 끼어들어 소리 지르는 사람을 쳐다봤다. 잘 차려입은 여자였다. 역시 잘 차려입은 남자를 흔들며 아이를 살려 내라고 소리 지르고 있었다. 흔들리는 남자는 넋이 나간 채 여자가 미는 대로 밀리고 끄는 대로 끌려왔다. 남자의 체격을 감당하지 못한 여자의 손아귀에서 고급 양복이 형편없이 구겨졌다.

정호는 남자를 알아봤다. 한림 브레인 임플란트 연구소장 유태환이었다.

"당신 때문이잖아. 당신이 거기만 안 갔어도."

여자가 소리쳤다. 정호는 MOU 체결식 테이블 한쪽에 앉아 있던 태환을 떠올렸다. 그러고 보니 나갈 때 로비 쪽에서 어린아이 비명 소리 같은 걸 들었던 것도 같았다. 그 시간에 어린애가 거기 있을 리는 없으니까 잘못 들은 줄 알았는데.

아이고, 정하야. 우리 정하가 왜. 여자의 부모인 것 같은 사람들이 옆에서 같이 소리치며 울었다. 여자의 자매로 보이는 다른 여자와 그 남편인 것 같은 남자가 울고불고 서러워하는 그들을 끌고 나갈 때까지 태환은 끈 떨어진 인형처럼 흔들리기만 했다.

구경하던 사람들도 흩어졌지만 태환은 여전히 넋 나간 얼굴로 서 있었다. 정호는 그런 태환을 쳐다보다가 다가갔다.

"유태환 씨?"

태환이 고개를 돌렸다. 그의 눈이 아는 얼굴을 본 것처럼 크게 뜨였다.

뭐지? 정호는 뜻밖의 반응에 멈칫했다. 자신이 태환을 취재한 적이 있던가? 태환은 뇌과학 분야에서 나름대로 명성 있는 전문가였지만 정호는 의학 전문 기자가 아니었다. 그는 사석에서 태환을 만나거나 소개받은 적이 있나 기억을 더듬었다.

'아, 대치동!'

얼마 전 대치동 뇌학습법 강연장에 초청 인사로 태환이 왔었다. 말이 뇌학습법 강연이지, 딱 보기에도 브레인 임플란트 시술을 부풀려서 대치동 학부모들에게 최신 학습법으로 포장해 팔려는 수작이었다.

그랬기에 그 자리에 태환이 온 건 의외였다. 저런 거물이 왜 여기에 왔지? 가뜩이나 대치동 학부모를 상대로 한 뇌학습법 사기 정도로는 기사가 안 나올 가닥이라 이 건은 이대로 킵해 두어야 하나 하던 참이었다.

태환은 강연에 영 집중을 못 하더니 도중에 빠져나갔다. 정호는 따라가 볼까 하다 그만두었다. 그런데 나름대로 저명한 초청 인사가 나가는데 주최 측은 붙잡는 시늉도 하지 않았다. 서로 별 연관은 없는 모양이군. 정호는 의아해했었다.

어쨌건 그 자리에서 정호가 태환을 봤듯이 태환도 그를 봤던 모양이다. 생각지 못하게 마주친 광경과 인물에 정호의 감이 벌름거렸다.

지금 여기서 태환을 마주친 것은 기회가 아닐까.

정호는 태환을 부축했다. 키도 작지 않은 태환이 길거리의 홍보용 바람 인형처럼 휘청휘청했다. 정호는 겨우 그를 로비 대기 의자에 기대어 앉히고 손에 든 주스 세트를 열어서 주스 한 병을 건넸다.

"이게 무슨⋯⋯."

태환은 뿌리치려고 했다.

"포도주스 못 마십니까? 오렌지로 줄까요?"

정호가 여상한 말투로 오렌지주스를 꺼냈다. 태환이 그런 그를 잠시 바라보았다.

"⋯⋯포도주스 마십니다."

마침 로비 텔레비전에서는 뉴스가 흘러나오고 있었다.

— ⋯⋯이 사건으로 열한 살 유정하 어린이가 중태에 빠졌고, 병원으로 옮겨졌으나 끝내 숨졌습니다. 현장에 있던 다른 사람들은 두통과 어지럼증을 호소했으나 생명에는 지장이 없는 것으로 알려졌습니다. 용의자 이 씨는 범행 직후 현장에서 제압당해 경찰에 넘겨졌습니다. 경찰에서는 이 씨와 주변인들

을 상대로 탐문 수사를 벌이고 있습니다.

정호는 저도 모르게 태환을 흘깃 보았다. 태환은 시선을 텔레비전 화면에 꽂은 채 온몸을 떨고 있었다. 중얼거림이 점점 더 분명하게 들렸다. 이러면 안 돼. 안 돼. 안 된다고…….

— 이 씨는 평소 우울증을 앓아 왔으며, 최근 직장을 잃고 증상이 심해진 것으로 알려졌습니다.

아나운서가 말을 마쳤다. 태환의 정신 나간 것 같은 중얼거림만이 조용해진 로비를 채웠다. 흘끔대는 사람들의 시선 때문일까, 무전기를 입에 댄 청원경찰이 이쪽을 보는 것만 같았다.

태환은 한참 만에 중얼거림을 멈췄다. 포도주스를 쥔 손이 계속 떨리고 있었다. 정호는 그 떨림이 멎을 때까지 기다렸다.

태환이 입을 열었다.

"기자시죠?"

쇠 맛이 날 것 같은 목소리였다. 벌건 눈동자를 마주 보면서 정호가 고개를 끄덕였다. 태환은 침을 삼키면서 인상을 확 찌푸렸다. 그가 겨우 말했다.

"명함 한 장 주세요."

김해건 I

— ……경찰에서는 이 씨와 주변인들을 상대로 탐문 수사를 벌이고 있습니다. 이 씨는 평소 우울증을 앓아 왔으며, 최근 직장을 잃고 증상이 심해진 것으로 알려졌습니다.

차 안의 DMB에서 나오는 뉴스를 들으며 해건은 짜증스럽게 핸들을 툭툭 쳤다. 이 새끼들은 툭하면 우울증이래. 그는 경찰과 언론을 욕하기 시작했다. 남의 회사까지 잘도 숨어 들어와서 테러를 저질렀는데, 우울증이 있는 게 무슨 상관이고 뭐가 대수란 말인가. 술 마셔도 심신미약, 우울증이어도 심신미약. 아주 다들 언제부터 그렇게 관대했다고. 이럴 거면 수사는 왜 하고 판결은 왜 때리는데? 생각할수록 짜증스러워. 해건은 차창을 내렸다.

훅 하고 열기가 들어왔다. 끝없이 물린 정차 중인 차들이 햇빛을 받아 번쩍였다. 흐읍. 그는 숨을 길게 들이쉬었다. 에어컨 때문인 줄 알았던 띵한 머리가 울렸다.

시선이 내비게이션으로 향했다. 목적지에서 세 글자가 깜박였다.

이현일.

늘 그 이름을 개새끼, 혹은 미친놈으로 바꿔 버리고 싶은 충동을 느꼈지만 해건은 그때마다 참았다. 화와 두려움이 뒤섞여 분노가 치솟을 때마다 그는 모든 것을 내려놓고 어떡해졌다.

해건은 핸들을 꽉 잡았다. 끝없을 것같이 늘어선 차들의 지붕이 하얗게 빛났다. 눈이 시렸다. 저놈들은 왜 여기까지 차를 끌고 나온 거지? 쓸데없는 놈들 같으니라고. 하나씩 차를 들어 올려 압착기로 눌러 버리면 세상이 좀 더 살 만해질 텐데. 아니, 그럴 것 없이 백두산 사태 때 다 죽어 버렸어야 했는데. 그랬으면 서울 시내도 훨씬 쾌적했을 것이다.

지이잉. 지이잉.

휴대폰 진동 소리에 해건은 상념에서 깨어났다. 오른손이 어느새 내비게이션 버튼에 올라가 있었다. 그는 손을 내리며 발신인을 확인했다. 신재규 부장이었다. 해건은 재빨리 핸즈프리 이어폰을 귀에 꽂았다.

"예, 부장님."

— 어디야?

"이현일한테 가 보는 중입니다."

— 집으로?

"예."

그놈이 집 아니면 어디 있겠습니까. 해건은 입 밖으로 나오려던 말을 삼켰다. 뒷말을 하기엔 상대도 타이밍도 좋지 않았다.

— 그놈 카페 꼭 폐쇄시켜야 돼.

이현일은 브레인 임플란트 피해자 모임의 대표로, 포털사이트에 카페를 개설해 활동하고 있었다. 성언 입장에서는 껄끄러운 인물이었다. 브레인 임플란트가 민영화된 지 2년여. 성언그룹과 SUB에서는 부작용을 인정하지 않고 있으며 천문학적 배상 또한 회피 중이었다. 민영화 전까지 국가에 책임과 보상을 요구하던 이들이 민영화 이후 성언으로 몰려들었지만 성언의 방어는 꽤 견고했다. 그들은 부작용은 없다는 방어막을 높게 쌓고 언론을 통해 김해주 박사를 띄우면서 방어막 앞에서 소리치는 시끄러운 사람들을 여러 가지 방법으로 무마했다.

그 무마를 임무로 맡은 곳이 신재규가 부장으로 있는 CS부로 해건이 소속된 부서였다.

"예, 알고 있습니다."

— 최소한 활동하지 않겠다는 확약서라도 받아오란 말이야. 알겠어?

신 부장이 윽박질렀다.

— 그따위로 헐렁하게 일처리 할 게 아니란 말이야. 너 말이야. 매번 알겠다, 하겠다, 대답만 번지르르하게 해 놓고 한 게 뭐가 있어? 이번에도 안 되면 넌 끝이야, 끝. 어디서 너 같은 놈을 받아 주겠냐?

해건은 침묵했다. 속이 끓어올랐지만 대답할 말이 없었다. 성언에 들어온 뒤 해건은 현일을 쫓아다녔다. 현일이 살짝 돈 놈이라 해도, 벽창호 같은 인간이라 해도 변할 것은 없었다. 그 망할 놈의 피해자 카페가 사라지지 않는 한 해건은 무능한 낙하산일 뿐이었다.

해건이 가만히 있자 신 부장의 목소리가 낮아졌다.

— 떻으냐?

"아닙니다."

— 떻으면 삼켜.

해건은 응수할 말을, 반발심을, 그리고 치밀어 오르는 분노를 침과 함께 삼켰다. 귀가 홧홧하게 달아올랐다. 신 부장의 목소리가 멀고도 또렷하게 들렸다.

— 네 존심 챙길 정신 있으면 결과를 만들어 오란 말이야, 결과를. 너 같은 놈 때문에 우리 부서가 회사에서 밥버러지 소리를 듣는 거 아냐. 무릎을 꿇든, 빌든, 그것도 아니면 죽는 시늉을 하든 뭐든 하라고.

골목길에는 차 댈 데가 없었다. 해건은 빙빙 돌다가 두 블록이나 떨어진 곳에 겨우 주차하고 뛰었다.

차 안에서 보던 것보다 훨씬 더 탈색되어 보이는 골목길은 야트막한 경사 내내 달아오른 아스팔트와 시멘트가 뿜어내는 열기로 뜨거웠다. 목이 갑갑했다. 머리와 목덜미를 햇빛이 지지는 것 같았다.

해건은 넥타이를 헐겁게 하며 현일의 집을 향해 눈을 가늘게 떴다. 난개발된 곳에서 흔히 볼 수 있는 낡은 3층 다가구 주택이었다. 위태로운 철제 난간이 달린 시멘트 계단이 외부로나 벽면 한쪽을 차지하고 있고, 계단에 연결된 짧은 복도는 반벽으로 외부에 노출되어 있어 층마다 두세 개쯤 달린 현관문이 열리고 닫히는 게 훤히 보였다.

거의 다 왔다는 생각과 이제 곧 현일을 맞닥뜨려야 한다는 긴장감이 동시에 들어, 해건은 손으로 땀에 젖은 목을 긁었다. 아래팔에 뭔가 부딪쳐 왔다. 고개를 숙이자 넥타이 끝에서 사원증이 덜렁거렸다.

순간 넥타이와 사원증을 한꺼번에 끌어내어 내팽개치고 싶었다. 저도 모르게 숨이 멈춘 턱 끝에서 땀이 떨어졌다. 입 안에서 역한 맛이 났다. 신 부장의 음성이 귀에 들리는 듯했다. 떫으냐? 떫으면 삼켜.

삼키면 해결되나? 자존심 버리고 꿇으면 현일이 카페를 폐쇄해 주나? 물어보나 마나인 소리. 해 보나 마나인 고생과 모욕. 해건은 생각을 쫓으려 빨리 걸었다. 계단을 한달음에 오른 뒤 옷매무새를 가다듬었다. 2층 복도 끝에 있는 현일의 집 현관문이 보였다. 2층에 있는 다른 두 집과 달리 현관문이 계단에서 바로 보이는 방향이었다.

시간이 시간인 만큼 동네는 조용했다. 해건은 심호흡을 하며 현일의 집 현관 앞에 다가가 초인종을 눌렀다.

띵동.

잘못 눌렸는지 옛날식 초인종이 유독 경망스럽게 울렸다. 해건은 그 소리에도 초조해져서 혀끝으로 입천장을 꾹꾹 눌렀다. 안에서는 아무 소리도 나지 않았다. 현일이 집에 없는 것일까? 그럴 리가 없다고, 해건은 확신했다. 차라리 현일이 더 이상 그에게 문도 안 열어 주기로 결심했다는 쪽이 맞을 터였다. 거기까지 생각이 미치자 해건은 이를 악물며 초인종을 재차 눌렀다.

띵동. 띵동.

인기척도 없이 안에서 문이 열렸다. 철컥. 현관 걸쇠가 걸리며 딱 발끝만 들이밀 수 있을 만큼의 틈을 만들었다.

"선생님!"

해건이 반색하며 외쳤다. 비쩍 마르고 낯빛이 나쁜 현일의 얼굴에 혐오감 섞인 신경질적인 표정이 스쳤다.

"됐고, 돌아가요."

그의 말에 해건은 매달렸다.

"선생님, 제가 그간 얼마나 선생님 말씀을 들어 왔습니까? 한 번만 더 이야기 나눌 기회를 주세요."

"말하면 뭐 합니까. 댁이 제 말을 이해하려고 하지를 않잖아요."

"아닙니다. 선생님도 잘 아시겠지만, 조직이란 게 밑에서부터 바뀌는 건 정말 힘들지 않습니까. 하지만 제가 정말 꾸준히 보고하고 있습니다."

"그런 사람이 이렇게 늦게 옵니까?"

"죄송합니다, 선생님. 제가 저 아랫동네에서부터 뛰어왔습니다. 한 번만 봐주시면 안 될까요?"

현일은 이젠 경멸을 숨기지도 않고 해건을 쳐다봤다. 그는 해건의 말을 털끝만큼도 믿지 않았다. 그렇지만 해건은 기다렸다. 조금이라도 틈이 있으면 비집고 들어가 기다리고 죽쳐야 했다. 현일은 결국 언제나 그랬듯이 자신과 해건 사이를 막는 문 걸쇠를 풀어 줄 것이다. 해건 말고는 자기 말을 들어 줄 사람이 없기 때문에.

현관 걸쇠가 빠지고 문이 열렸다.

"감사합니다, 선생님!"

해건이 외치며 문턱을 넘었다. 현일은 못마땅한 표정으로 휙 몸을 돌려 컴퓨터 앞으로 돌아갔다. 해건은 엉거주춤 신을 벗으면서 현일의 등을 쳐다봤다. 언제나처럼 깔끔하고 특색 없는 체크무늬 남방과 긴 면바지. 목을 덮은 조금 긴 머리카락만 아니면 대학이나 IT업체 연구동에 있을 것 같은 차림이었다.

저 새끼는 덥지도 않나. 해건은 열기가 가득한 집을 둘러보며 생각했다. 현관에 들어서면 바로 거실이었고, 벽을 따라 뒤집힌 기역자(ㄱ) 형태로 책상이 놓여 있었다. 책상 왼편에는 각종 책이며 스크랩이 쌓여 있었고, 오른편에는 컴퓨터가 있었다. 컴퓨터 뒤쪽으로는 거실 한 면을 꽉 채운 꽤 큰 창이 있었는데, 해건은 그 창이 열려 있는 꼴을 한 번도 못 봤다. 창 아래, 책상 오른쪽 옆으로는 책들이 이사 직후의 집처럼 벽에 기대어 층층이 쌓여 있었다. 책의 장벽이 끝난 거실 오른쪽 벽에는 침실과 화장실 문이 두 개. 문 사이에 빼곡하게 붙은 것은 김해주 박사의 기사 스크랩들이었다. 스크랩은 이제 화장실 문까지 슬슬 점령하는 추세였다. 누렇게 바랜 김해주 박사의 얼굴을 본 해건은 미간을 찌푸렸다. 그는 현일이 앉은 자리에서 조금 떨어진 곳에 무릎을 꿇고 정좌했다.

"혹시 에어컨 좀 켜도 될까요?"

"무슨 귀한 손님 오셨습니까?"

현일이 불퉁하게 반문했다. 해건은 눈치를 보며 말했다.

"그럼 창문이라도 좀 열면 안 될까요?"

"안 됩니다. 감시가 붙었어요."

또 시작이군. 해건은 생각했다. 현일은 멀쩡한 얼굴로 지적인 말을 하다가도 그 표정 그대로 말도 안 되는 소리를 줄줄이 이었다.

"내가 창문을 열어서 외부와 접촉하면 놈들이 무색무취의 가스를 들여보낼 겁니다."

해건은 현일의 말에 놀란 척을 했다. 크게 뜬 눈 때문에 눈썹이 우스꽝스럽게 휘어졌다.

"가스요?"

"그래요. 성분은 가스가 아니라 평범한 질소와 산소겠지만 위험도는 가스와 다를 바 없죠. 아니, 가스보다 더 위험합니다. 바이러스가 있을 테니까요."

"바이러스라면?"

"뇌병변을 일으키는 바이러스 말입니다. 백두산 사태를 일으켰던."

"그 바이러스는 박멸됐다고 하던데요."

"바이러스는 수명이 짧고 변종도 잘 생깁니다. 박멸했다는
건 당장 환자가 안 보인다는 것, 그 이상도 이하도 아니에요."

"네, 선생님 말씀이 옳습니다. 하지만 그 바이러스를 옮기는
건 공기가 아니라던데……."

"하, 순진하시네. 정부 발표를 다 믿습니까?"

해건은 아차 싶어서 현일을 올려다봤다. 현일이 입만 웃으
면서 그를 쏘아보고 있었다. 양복바지 위에 얹어 둔 손바닥에
땀이 맺혔다.

"이렇게 머리들이 없어서야."

싸늘하게 중얼거린 현일이 목소리를 키웠다.

"생각을 해 보세요, 생각을. 나 참, 다른 게 안전 불감증이
아닙니다. 이런 게 안전 불감증이에요. 어디 한번 봅시다. 이
공기가 얼마나 위험한지."

현일이 벌떡 자리에서 일어나 창문을 붙잡았다. 해건은 어
쩔 줄 몰라 하며 따라 일어섰다.

"아니, 선생님. 제가 선생님 말씀을 안 믿어서가 아니라……."

"아니에요. 내가 또 이걸 해 봐야 알 것 아닙니까. 김해건 씨
가 옳은지 내가 옳은지."

현일은 기어코 창문을 열어젖혔다. 창문 밖의 방범용 쇠창
살 너머로 아파트가 보였다. 해건은 맥이 탁 풀렸다. 오늘도 글
렀구나. 그는 바싹 마른 입 안을 혀로 훑었다.

현일이 열린 창문을 등지고 말했다.

"놈들은 나를 노리고 있어요. 다시 뇌병변을 일으키고 충동 조절 장애를 겪게 만들어서 브레인 임플란트 시술의 부작용을 덮으려는 거죠. 내 뇌에 문제가 생긴 건 내가 보균자여서라고 주장할 겁니다. 부작용은 없다는 거죠. 보세요. 나는 백두산 사태 이전에 석사 학위를 땄을 뿐더러, 외국 유수 대학의 박사 과정에 입학 허가를 받아 놨던 사람입니다. 그런데 지금은 간단한 신문 논설도 끝까지 읽기가 힘들어요. 시술 이후의 부작용 때문이죠. 놈들은 이게 다 브레인 임플란트의 문제가 아니라고 할 셈입니다."

현일은 말을 잘했다. 아주 쓸데없이 잘했다. 근거가 잘못되었다는 것을 무심코 넘어가면 조리 있게 들릴 정도였다.

해건은 초조해졌다. 이번에도 이렇게 현일의 말만 듣다 소득 없이 돌아가야 하나? 신 부장의 사나운 눈초리가 머리 한구석에 휙 떠올랐다 사라졌다. 그렇다고 섣불리 말을 자르거나 끼어들면서 카페 폐쇄 얘기를 꺼냈다가는 다시는 문도 안 열어 줄지 모르는 일이었다. 그는 말을 골랐다.

"힘드시겠습니다."

해건의 말에 현일이 한숨을 쉬었다.

"말이라고 합니까? 정말 놈들은 너무 강력합니다. 나는 지금 대한민국 전체를 상대로, 아니, 전 세계를 상대로 싸움을 벌이는 겁니다."

"제가 선생님을 도울 방법은 없겠습니까?"

현일은 해건을 찬찬히 뜯어보았다. 그의 의중을 살피는 것 같은 시선이었다.

"제 말을 믿으십니까?"

"물론입니다, 선생님."

해건은 고개를 끄덕이다가 멈췄다. 이것만으로는 모자란 것 같았다. 해건이 덧붙였다.

"아니라면 왜 매번 제가 이렇게 찾아오겠습니까?"

"흐음."

현일은 해건을 지나쳐 화장실 문 옆에 있는 냉장고를 열었다. 물을 한 잔 따른 그가 다시 컴퓨터 앞으로 돌아와 의자에 앉았다. 해건도 다시 그의 발치에서 조금 떨어진 자리에 무릎을 꿇고 앉았다.

"그래요. 정말 성의를 보이셔서 말해 드리는 겁니다. 잘 들으세요."

현일이 엄숙한 태도로 주위를 둘러보더니 해건에게 빠르게 속삭였다.

"사실 이 모든 건 미국, 그리고 미국과 손잡은 중국의 음모입니다."

해건은 눈을 깜박였다.

"백두산 사태 같은 대형 참사가 별다른 전조 없이 일어났다는 것부터 수상하지 않습니까. 백두산 화산 폭발의 여파로 그 재며 다른 유해 성분이 일본까지 날아갔지만 그게 뇌 이상이나 바이러스와 관계될 이유는 없단 말입니다. 그게 아니라면 일본에서도 우리나라와 같은 뇌병변 사태가 일어났어야죠. 그런데 우리나라 수도권을 중심으로만 이런 일이 생기고 일본도 중국도 멀쩡했어요. 다른 피해국이라고 해 봐야 북한밖에 없고 말입니다."

현일은 제자를 가르치는 표정으로 해건을 쳐다봤다. 흰자위가 많은 눈이 번득였다.

"여기서 이득을 보는 게 누구겠습니까?"

수도 없이 들었던 내용이었다. 현일은 대학 강단에라도 서 있는 것처럼 폼을 재며 해건에게 묻고 있었다. 그 앞에 무릎 꿇은 채로, 해건은 착한 학생이 되어 대답해야 했다.

"미국입니다."

"그렇죠!"

현일이 손뼉을 짝 쳤다. 해건은 그 손목을 잡아서 당장이라도 부러뜨리고 싶었다.

"제 말을 들으세요. 백두산 화산 폭발이 일어나고 북한이 흔들흔들하니까 미국에서는 쌍수를 들고 좋아했잖아요. 미국 대통령이 좋아서 막 일본 수상한테 전화하고 그랬습니다. 그때 내가 군에 있었는데, 그게 우리 군 도청에 걸렸다니까요."

"……우리 군이요?"

"그렇다니까요. 내가 이놈들이 작당을 하는 걸 들었습니다. 아예 이참에 북한 정권을 교체해 버리는 게 어떻겠냐는. 부숴 놓으면 중국이 노릴 거고 한국에 붙이면 걔들이 감당할 능력이 안 될 테니까, 적당히 우리 말도 듣고 중국 말도 듣는 놈들로 앉히고 핵 시찰 좀 하면서 그 대가로 지원금 좀 주면 괜찮지 않겠냐는. 그런데 이놈들 생각에 좀 문제가 있는 겁니다. 남의 나라 정권을 뒤엎으려면 명분이 있어야 하잖아요. 당장 백두산 폭발 때문에 간당간당 숨넘어가는 걸 전 세계가 아는데 북한이 뭔가 제대로 할 여력이 없다는 것도 다들 알잖아요."

"그렇습니다."

"이럴 때 어떻게 하면 되느냐? 역으로 가는 거죠. 새끼들이 머리는 좋아. 명분이 없으면 명분을 만들면 됩니다. 엮어 넣을 상대가 여력이 없으면 미친놈으로 만들면 되죠. 지금까지의 역사가 말해 주고 있습니다. 북한 미친놈들이 수세에 몰리니까 제정신인 정권이면 안 할 짓을 했다! 생화학 무기를 한국에 풀었다! 이런 테러 국가를 가만히 두면 안 된다고 떠드는 겁니다."

"그렇지만 미국은 북한 사태에 개입하지 않았는데요."

"그야 생각보다 우리나라에서 일이 커져서 그런 거죠. 중국도 북한에서 뭐라도 넘어올까 봐 국경을 봉쇄하지 않았습니까. 그게 다 미국과 손잡은 증거입니다. 알아서 자멸하는 북한 하나 확실하게 잡자고 미국이 나섰다가 사건에 연루된 게 밝혀지면 얼마나 큰일이겠어요."

현일이 일어섰다.

"이 음모에 대한민국 수뇌부도 얼마간 개입되어 있어요. 그렇지 않고서야 자국민들의 피해가 이렇게 큰데 미국에 보상도 신청하지 않고 있겠습니까? 브레인 임플란트라는 것만 해도 그래요. 뇌과학 쪽은 미국이 세계 제일이었잖아요. 김해주 박사는 미국의 꼭두각시입니다. 미국에서 유학하고 연구하다 돌아온 것만 봐도 알 수 있어요. 저는 이 모든 것을 브레인 임플란트 부작용으로 고통받는 다른 피해자들과 함께 밝혀냈습니다."

이 미친놈이. 해건은 따라 일어서서 현일의 입을 막아 버리고 싶었다. 이 미친놈이 입만 살아서 다른 미친 인간들을 끌어들여 미친 짓을 하고, 미친 판을 키우고, 미친 말도 안 되는 피해자 코스프레를 하는데 나는 지금 여기서……. 꿇고 있는 발가락 끝이 움찔거렸다.

"제가 운영하는 인터넷 모임이 있습니다. 진실을 위해 투쟁하는 피해자들이 모여들고 있어요. 한두 명이 아닙니다. 브레인 임플란트 부작용이 사회 곳곳에서 얼마나 피해자들을 괴롭히고 있는지 알면 놀라실 겁니다. 지금까지는 국내 피해자들 위주로 규합하고 있었지만, 사회 곳곳에서 이뤄지는 조직적인 방해를 경험하니 이런 방법만으로는 안 되겠다는 생각이 들어요. 앞으로는 영문 사이트를 만들어서 해외에도 이 실상에 대해 알릴 작정입니다."

해건은 허벅지에 얹고 있던 양손을 쫙 폈다. 얼마나 힘주어 쥐고 있었는지 양복바지는 땀에 절어 형편없이 구겨져 있었다. 현일이 그런 해건을 지그시 내려다봤다.

"이 프로젝트, SUB에서 지원해 주셔야죠."

"네?"

해건은 저도 모르게 큰 소리로 되물었다.

"책임감을 느낀다면서요. 공감한다고. 위에서도 긍정적으로 검토한다고 하지 않았습니까?"

"그, 그러니까 인터넷 활동에 매진하는 걸 그만두시고 선생님 같은 인재가 저희 회사에 협조해 주시면……. 들어오셔서 저희와 함께 타개책을……."

해건이 현일을 올려다봤다. 현일은 입술을 비뚜름하게 올렸다.

"존나 노력한다, 새끼가."

해건은 현일을 쳐다보는 눈을 가늘게 떴다. 기분 나쁜 티를 내면 안 돼. 일단 웃어야 했다. 해건의 눈 아래 근육이 바르르 떨렸다.

"방금 욱했냐? 어?"

"……왜 이러십니까?"

현일이 피식 웃었다.

"왜 이러냐고? 네 낯짝이 기분 나빠서."

"……."

"너 얼굴에 다 티나. 아, 저 미친놈이 또 헛소릴 하는구나. 저놈은 어디 가서 확 죽지도 않나. 다 보여. 쓰여 있어."

현일은 해건의 얼굴을 손가락질했다.

"내가 미친 거면 넌 고장 난 새끼야. 너 같은 놈이 무슨 합의를 하겠다고 돌아다니면서 얼굴을 들이밀어, 얼굴을. 재수 없게."

얼빠진 얼굴로 웃고 있던 해건의 얼굴이 굳었다. 현일이 혀를 찼다.

"이거 보라니까. 금세 티가 나요."

현일의 손이 툭툭 해건의 뺨을 때렸다.

"표정이 왜 그래? 떫어?"

해건은 자기 얼굴에 솜털이 있다는 걸 처음 알았다. 솜털에 소름이 돋을 수 있다는 것도 처음으로 깨달았다. 온 신경이 뺨에 몰리고 현일의 손끝에서 털이 쭈뼛 일어섰다. 진저리쳐지는 그 느낌이 등줄기를 타고 번개처럼 내달았다.

현일이 픽 웃었다.

"네가 떫으면 어쩔 건데?"

해건은 숨을 멈췄다.

숨을 멈춰도 소용없었다. 화가 어찔할 정도로 올라와 눈이 크게 뜨였다.

"이 새끼, 이거 봐라? 쇼 하냐?"

현일이 고장 난 인형처럼 멈춘 해건의 뺨을 툭 쳤다. 얼굴 근육이 밀리는데도 해건은 꼼짝도 하지 못했다. 현일은 더 세게 때렸다. 해건의 고개가 돌아갔다.

"뭐야."

현일은 어이없어하며 웃었다.

"너도 이거 시술받았냐?"

해건의 귀 뒤에 자리 잡은 브레인 임플란트 본체를 발견한 현일이 새삼스럽게 해건의 얼굴을 잡고 쳐다봤다.

"세상 좋아졌어, 어? 뇌병변 환자가 성언 들어가서 브레인 임플란트 피해자들 잡는 앞잡이가 되고."

해건은 아무 말도 못 했다. 그의 뇌는 여전히 멍한 상태였다. 그런 해건을 즐거운 얼굴로 보던 현일이 몸을 일으켰다.

"가만있어 봐. 내가 좋은 거 해 줄게."

현일은 침실로 들어가 옛날 무전기같이 생긴 것을 들고 나왔다.

"무, 무슨……."

겨우 말을 할 수 있게 된 해건이 반항했다. 현일은 여전히 무릎을 꿇은 채 버르적거리는 해건을 내려다보며 말했다.

"이게 뭔지 알아? 오늘 너희 성언에서 MOU 체결식 행사하는데 난리 났었잖아? 이거 덕분이야, 그게."

해건은 1층 로비로 나와 비틀거리고 토악질하던 사람들을 떠올렸다. 자신 또한 갑자기 두통과 함께 무릎에서 힘이 빠졌던 것이 기억났다.

"이 미친……."

"어이구, 이제 본심이 나오시네?"

현일이 킥 웃으며 버튼을 눌렀다.

삐.

머릿속으로 바로 내리꽂는 듯한 이명과 함께 해건이 정지했다.

다음 순간 해건은 이미 현일의 멱살을 잡아 밀치고 있었다. 갑자기 확 밀쳐진 현일은 균형을 잃고 뒤로 넘어갔다. 양말 신은 발이 장판 바닥을 밀며 필사적으로 헛발질을 했다.

퍽.

뭔가 깨지는 소리가 났다.

현일의 몸이 주르륵 미끄러졌다.

바닥에 내동댕이쳐져 부서진 마네킹인 양 뻗은 현일의 머리 뒤로 서서히 피가 고였다. 해건은 저도 모르게 현일이 미끄러진 방향으로 시선을 들었다. 단단한 책상 모서리에 묻은 핏자국. 그리고 그곳에 엉겨 붙은 머리카락 몇 가닥.

쇼크 상태에 빠진 현일의 머리 뒤에선 피가 점점 진득한 색을 띠며 웅덩이를 이루고 있었다. 해건은 꼼짝 못하고 쓰러진 현일을 내려다봤다. 초점을 못 잡는 현일의 눈과 내려다보는 해건의 눈이 마주쳤다.

꼴좋다.

큰일 났다.

이 새끼, 죽여 버리겠어.

난 끝났어.

해건은 높은 그네에 매달린 기분이었다. 벼랑 끝에서 벼랑 끝으로, 극단적인 감정이 갈팡질팡하며 그를 양쪽에서 잡아당겼다. 손끝부터 뱃속까지 차갑게 식는데 심장만은 빠르게 뛰었다. 해건은 현일을 내려다봤다.

"……살……ㄹ……."

해건은 현일을 향해 손을 내밀었다. 손끝이 덜덜 떨렸다.

삐.

갑자기 손의 떨림이 멈췄다.

해건은 뜬금없이 내비게이션을 떠올렸다. 지금이라면 이현일로 저장된 이름 세 글자를 개새끼라고 바꿀 수 있지 않을까. 어쩐지 그런 기분이 들었다. 그가 폭력적인 징후를 보일 때마다 귀신같이 그를 감싸는 무기력한 기분과, 자신의 몸에서 정신이 분리되어 멍해지는 느낌 없이.

그는 주방을 향해 돌아섰다. 남자 혼자 사는 것치고는 깔끔한 싱크대가 눈에 들어왔다. 해건은 개수대에 놓인 철수세미를 발견하고 집어 들었다. 그러고는 현일 앞에 쭈그려 앉았다.

"선생님, 이게 뭔지 아세요? 철수세미예요. 제가 지금부터 이걸로 선생님 혀를 설거지할 거예요."

현일의 눈동자가 흔들렸다. 그 꼴이 제법 보기 좋아서, 해건은 웃었다.

"아주 더러우시더라고, 혀가."

현일은 입을 다물려고 애썼다.

"거 똑똑하신 분이 쓸데없는 짓을 열심히 하시네."

해건은 중얼거리며 현일의 코를 콱 잡았다. 숨을 참지 못해 입을 벌린 현일의 입 속으로 철수세미가 처박혔다.

"끄윽!"

현일은 발버둥도 치지 못하고 눈을 까뒤집었다. 해건은 현일의 얼굴을 보면서 혀 위로 꾸욱 힘주어 밀었다. 철수세미가 여린 살들을 긁는 느낌을 더 생생히 못 느끼는 게 아쉬웠다.

"아야야."

필사적으로 이를 세운 현일에게 해건의 오른손이 긁혔다.

"이러시면 제가 다른 도리가 없잖아요."

해건이 웃으며 현일의 뺨을 툭툭 쳤다.

"제 탓이 아니에요. 선생님이 이렇게 증거를 만드시니까, 처리를 해야 되는 거니까요. 이해하시죠?"

똑똑하신 분이니까. 그가 덧붙였다. 현일의 눈에 공포가 서렸다.

끝내주네. 해건이 저도 모르게 중얼거렸다. 싱크대에 놓인 칼이라곤 무디고 큰 식칼 하나뿐인 것도 마음에 들었다. 해건은 침을 삼켰다.

"정말 끝내준다."

이런 기분을 다시 느껴 볼 줄이야.

아주, 오랜만이었다.

신재규 I

"이 새끼는 왜 전화를 안 받아?"

재규는 휴대폰을 쥐지 않은 손으로 이마를 짚었다. 까득. 턱에서 이 갈리는 소리가 났다. 그는 의식적으로 입가에서 힘을 뺐다. 조심해야 했다. 최근 부쩍 잦아진 이갈이 때문에 두통이 심해졌지 않은가.

"하여간 제대로 하는 일이 없어⋯⋯."

그는 해건을 욕하며 다시 휴대폰을 들어 놈에게 전화를 걸었다. 마찬가지였다. 천하의 쓸모없는 낙하산이었다. 이런 데라도 써먹을까 했더니 중요할 때 연락도 되지 않았다.

재규는 휴대폰을 귓가에 댄 채 창가로 다가갔다. 여름 오후의 대로는 사방에서 빛을 반사해 대는 유리 빌딩들을 가로지르며 녹아내렸다. 개미 새끼 한 마리 지나가지 않는 인도에 구색을 맞추듯 가로수만 늘어서서 잎사귀 끝을 누렇게 태우며 견디고 있었다.

그는 유리창에 이마를 대고 가로수를 바라보았다. 이마 가운데서부터 퍼지는 서늘함에 머리끝까지 뻗쳤던 열이 좀 식는 느낌이었다. 가로수의 푸른빛을 눈에 담았다. 부러웠다.

자신에게 날개가 있다고 믿을 만큼 순진하진 않았다. 그래도, 알 수 있었다. 자신이 남들보다는 조금 더 잘났다는 것을. 조금 더 빠르다는 것을. 머리 돌아가는 속도며 결단력이 아주 윗물의 천재, 수재 정도는 아니어도 지역구 영재 정도는 된다는 것을. 욕심이 날 만하지 않은가. 더 멀리 보이는 시야. 더 넓은 영역. 날지는 못해도 맘껏 달리면서 제 능력껏 올라가 보고 싶었다.

그렇지만 초원인 줄, 정글인 줄 알고 달리던 곳은 벼랑이었다. 한 발짝 삐끗하면 다시 올라올 수가 없었다. 좁아지는 사무실. 보장되지 않는 앞날. 남은 인생은 아직 길게만 느껴지는데, 문은 닫히고 있었다.

뿌리내리고 버티는 이들을 부러워하게 될 줄은 몰랐다. 야망이 인생의 걸림돌일지도 모른다는 생각을 하게 될 줄은 몰랐다. 회복되지 않는 실패들 앞에서, 그는 전교 1등에서 하위권으로 추락한 중학생인 양 어쩔 줄을 모르고 허둥댔다. 모든 실패는 뼈아팠고 예상하지 못한 것들이었다.

아내는 힘들면 그만 버텨도 된다고 했다. 함께 이민 준비를 해 보자고도 했다. 정확한 사정도 상황도 이야기하지 않는 남편에게 할 수 있는 최대한의 배려라는 것을 그도 알았다. 머리로는 알았다. 힘들다고 말하면 그 짐을 나누자고 할 거라는 것도 알고 있었다.

하지만 그가 정말로 하고 싶은 말은 따로 있었다.

나 아직 안 끝났어.

재규의 손가락이 유리창을 두드렸다. 이제 시작이었다. 오늘 이현일 패거리가 첫발을 뗀 것이다. SUB와 네바의 MOU 체결식. 거액의 계약. 한국 브레인 임플란트 기술의 쾌거. 그런 자리에 브레인 임플란트 피해자 카페 회원이 난입해 뇌파 공격 장치로 브레인 임플란트 시술자들을 쓰러뜨렸다. 어느 모로 봐도 자극적이었다. 이슈가 안 될 수가 없었다.

그런데 너무 조용했다.

뉴스에서는 브레인 임플란트 시술자들만 쓰러진 정황이 나오지 않았고, 테러를 벌인 카페 회원은 입을 다물었다. 가장 열성적인 회원이라 선봉으로 나선 그가 이렇게 나올 줄이야. 초조했다. 일이 제대로 안 풀리고 있다는 느낌이 들었다.

"괜찮아."

재규는 스스로에게 주문처럼 말했다. 어차피 한 번으로 끝낼 생각으로 시작한 건 아니니까. 다음 테러는 시술 허가 병원 앞에서 하자고 부추겨 볼까. 똑. 똑똑. 유리창을 두드리던 그의 손가락이 멈췄다.

이현일이 거기까지 따라와 줄까?

익명의 공간에서 활개 치는 놈들이 현실에서도 그만큼 날뛰는 경우는 드물었다. 오늘 그 회원도 카페 내에서는 늘 목숨이라도 걸 기세였었다. 이현일도 카페 내에서나 쪽지로는 의기양양하지만 실제로는 어떨지 모르는 것이다.

어쩌면 도망가려 하고 있는지도 모른다. 오늘 해건이 이현일을 방문하기로 한 것은 드물게 잘한 일이었다. 놈의 보고가 있으면 이현일을 어떻게 대해야 할지 감이 오리라.

"그런데 왜 전화를 안 받느냐고."

재규는 짜증 섞인 목소리로 중얼거리며 휴대폰을 노려보았다.

김해건 Ⅱ

이현일을 죽였다.

해건은 충격 속에서 현일의 시체를 내려다봤다. 사람을 죽였다, 내가. 나 김해건이 이현일을 죽였다. 목과 코가 연결된 부분이 콱 막히면서 숨이 쉬어지지 않았다.

푸하.

해건은 머리를 눌렀다가 물 위로 겨우 고개를 내민 사람처럼 숨을 뱉었다.

'이상하다.'

콧속에서 매운 냄새가 나야 했다. 어뜩해져야 했다. 자신은 이럴 수 없는 사람이었는데. 해건의 눈이 현일의 뒤통수를 적시며 바닥에 고이는 피 웅덩이를 따라갔다. 발이 주춤주춤 현일의 시체로부터 뒷걸음질 치다 멈췄다.

"제가 안 했어요."

어린 소년처럼 맥없고 가느다란 소리가 입술에서 흘러나왔다. 해건은 딱 소리가 나도록 입을 닫았다.

어떻게 하지?

널브러진 현일의 몸뚱이 위로 창문에서 대낮의 환한 빛이 쏟아졌다. 여전히 밖은 기분 나쁘도록 조용했다. 현일의 컴퓨터 팬이 돌아가는 소리에 자신의 침 넘기는 소리가 크게 겹쳐 들렸다. 하얗게 밝은 햇살 사이로 먼지가 한 올 한 올 느리게 날았다. 이 순간이 느리게 가다 멈춰 버릴지도 모른다는 생각이 그를 붙잡았다. 고요한 적막은 끝없이 계속되고 먼지는 영원히 부유할 것 같다는…….

'멍해지지 않잖아?'

늘 그를 통제하던, 갑작스런 평온이 오지 않았다. 해건은 눈을 크게 뜨며 숨을 멈췄다. 질식할 것 같은 기분이 들면서 동시에, 머리가 다시 회전하기 시작했다.

거실 안을 둘러보자 화장실과 현관 사이에 붙은 싱크대에 놓인 고무장갑이 눈에 들어왔다. 해건은 그것을 끼고 창문을 닫았다. 새삼스레 현관문도 잠갔다. 침실 문을 열자 암실처럼 어두웠다. 눈이 어둠에 익자 벽 두 면을 덮은 암막 커튼이 보였다. 대낮에 암막 커튼이라니 이현일답다고 생각하면서 다시 거실로 나왔다.

예상대로 거실 커튼도 암막 커튼이었다. 해건은 한 뼘만 남겨 놓고 커튼을 치고는 거실 불을 켰다. 커튼을 마저 여미고 좁은 거실 안을 둘러봤다.

어떻게 해야 할까?

그는 화장실 문을 열었다. 문을 마주한 세면대와 변기. 변기 맞은편에는 입구를 좁히며 세탁기가 들어앉아 있었다. 해건은 혀를 찼다. 화장실이 생각보다 작았다. 침대 하나는 들어가는 침실 크기를 생각하면 화장실 뒷벽이 옆집과 닿아 있다는 결론이 났다.

"여기선 아무것도 못 하겠어."

그가 중얼거렸다. 수건을 가지고 나와 현일의 시체 근처에 대자 금세 빨갛게 물이 들었다. 생각 외로 수건을 세 장이나 써야 했다. 수건이 걸레처럼 얇고 뻣뻣했기 때문이다. 해건은 세 번째 수건을 돌돌 말아 현일의 머리 뒤에 베개를 받치듯 쑤셔 넣었다. 좀 더 일찍 이렇게 해 놨으면 피를 덜 치워도 됐을 텐데 싶어 살짝 화가 났다. 수건 한 장을 더 꺼내 물에 적셔서 책상 모서리와 바닥에 남은 피를 깨끗이 닦고, 쓴 수건들과 칼과 고무장갑을 화장실에 던지고 문을 닫았다. 거실은 감쪽같이 평범한 모습으로 돌아왔다.

해건은 서둘러 신을 발에 꿰었다.

현관문을 열고 나가자마자 햇빛이 눈을 찔렀다. 오후에서 저녁으로 넘어가고 있는 시간임에도 여름의 햇살은 아직 강했다. 골목에서는 오토바이 지나가는 소리가 났다. 방금 전까지 현일의 집에서는 세상에 살아 있는 사람이라곤 자신뿐이었는데.

누군가 봤을지도 몰라.

더럭 든 생각이 꼬리를 이었다. 누가 신고했을지도 모른다. 지금 내려가다 경찰과 마주친다면……. 해건은 등 뒤로 현관문 손잡이를 잡고 돌렸다.

그는 어느 때보다도 쉽게 현일의 집에 들어섰다. 우스운 일이었다. 초대하지 않은 집주인은 거실에 시체가 되어 누워 있었다. 해건은 기가 찼다. 조금 전의 자신이 너무 멍청해서 한 대 치고 싶을 지경이었다. 어떻게 이대로 해 놓고 문도 안 잠그고 나갈 생각을 했을까?

고무장갑부터 다시 찾아 끼고 현관문을 잠갔다. 그러고는 거실을 가로질러 침실 문을 열었다. 현일의 어깨 밑으로 팔을 넣어 침실을 향해 질질 끌었다. 목 뒤에 받쳐 뒀던 수건이 엉덩이께로 밀려 따라오며 바닥에 빨간 줄을 그렸다. 시체의 발에 신겨진 양말이 이리저리 빨간 줄을 닦으며 이지러뜨렸다. 씨발. 해건은 욕을 하며 손을 멈추고 수건을 빼냈다.

기껏 깨끗하게 치웠던 거실은 원래보다 더 살인 현장 같아졌다. 죽이는 건 순간이었는데 뒤처리는 고단하고 길었다. 끝이 나기는 할까? 해건은 침실 불을 켰다. 푸르스름한 형광등 밑에서 현일은 더 시체처럼 보였다.

이걸 계속 여기 둘 순 없어. 밖은 아직 환했다. 차는 두 블록이나 떨어진 곳에 대 놓았다. 해건은 초조함에 침을 삼켰다. 당장은 치울 수가 없었다. 그는 시체를 한 번 더 본 뒤 에어컨으로 다가갔다. 전원을 켜고 냉방을 최대 강도로 높이자 창밖에서 실외기가 기운차게 돌기 시작했다.

부패. 썩는 냄새. 그래, 그건 해결했어. 해건은 생각했다. 그렇지만 한시라도 빨리 치워야 할 것이다. 일단 날이 어두워지면 차를 최대한 가까이 대고……. 해건은 자신의 낡은 세단에 현일을 싣는 장면을 그려 보았다. 시체를 그대로 들거나 끌고 갈 수는 없었다. 자루에 넣는 것도 너무 눈에 띄었다.

역시 캐리어나 큰 가방 같은 게 최선인데. 그는 저도 모르게 혀를 찼다. 워낙 말라 있어서 티가 안 났지만 현일은 체구 자체가 왜소한 편은 아니었다. 캐리어에 넣을 크기는……. 해건은 현일을 아래위로 훑었다.

접으면 어떻게 가능하지 않을까? 캐리어 안에 못 넣더라도 어차피 부피는 줄이는 편이 좋았다. 해건은 마음을 먹고 널브러진 현일의 무릎 아래에 손을 넣고 양쪽 다리를 접어 몸통 쪽으로 밀어붙였다. 아직은 잠든 사람처럼 부드러웠다.

지금 생각해 내길 다행이었다. 나중에 하려 했으면 사후경직 때문에 딱딱해져서 접지 못했을 것이다.

해건은 그렇게 생각하며 더 힘주어 현일의 다리를 접었다. 쉽지 않았다. 시체와 레슬링을 하는 기분이었다. 사후경직 후보다야 낫겠지만, 의식을 잃은 성인 남자의 유연함엔 한계가 있었다. 그는 현일 위에 걸터앉아 접힌 현일의 다리를 가슴 쪽으로 밀면서 체중을 실었다.

"흐아아……."

현일의 입에서 신음 같은 한숨 소리가 흘러나왔다.

살았나?

해건은 흠칫해서 뒤로 주저앉았다.

머리를 친 것만으로는 모자랐나? 목을 졸라야 하나?

다급한 경보 사이로 이성이 끼어들었다. 진정해야 해.

지금 와서 살려 둘 순 없었다. 현일은 그는 물론이고 그의 회사까지 신났다고 미친개처럼 물어뜯을 것이다. 놈은 한 번 죽은 이상 계속 죽어 있어야 했다.

해건은 일어나서 신발장으로 향했다. 망치, 노끈, 스패너. 필요한 것들을 챙겨서 침실로 돌아오자 현일은 접었던 수고가 무색하게 원래의 뻗은 모습으로 돌아와 있었다. 해건은 가져온 것들을 바닥에 내려놓고 현일의 코끝에 손을 대 보았다. 손목을 잡아 보고 가슴에 귀를 가까이 댔다. 미동도 없었다. 그는 망치와 스패너를 쓸 필요는 없겠다고 판단했다.

현일은 죽었다. 설사 죽지 않았다 해도 이 상태로 방치되면 곧 죽을 것이다.

그는 현일의 몸을 다시 접기 시작했다. 이번엔 아무 소리도 없었다. 접은 몸을 누른 채 노끈으로 단단히 묶고, 무릎께로 현일의 머리를 눌러 최소한의 부피로 만들었다. 노끈으로 몇 번씩 교차하며 묶고 나자 시체는 고개를 묻고 웅크린 모습이 되었다.

거실 바닥에서 침실까지 이어진 핏자국을 닦고 몸을 쭉 펴자 어깨와 등이 뻐근했다. 눈두덩 깊은 곳에서 열이 올라 목과 어깨까지 뜨거웠다. 반면에 장갑 속 손끝은 차가웠다. 방금 전까지 몰랐던 한기가 훅 느껴져 해건은 부르르 떨었다. 감기라도 걸리기 전에 얼른 나가는 게 좋을 것 같았다.

아까 같은 실수는 하지 말아야지. 해건은 문을 잠그려 신발장 위를 더듬었다. 열쇠가 없었다. 아마 이 새끼는 열쇠 하나라도 남들과 비슷한 곳에 두는 걸 못 견디는 모양이었다. 그냥 남들처럼 안구 인식이나 지문 인식이면 좋지 않은가. 눈깔을 파내거나 손가락만 자르면 되는 것을.

해건은 성을 내며 안방을 노려보았다. 그는 집 안을 마구 뒤지고 다닌 끝에 화장실 칫솔걸이에 매달린 열쇠를 발견했다.

■

해건은 한밤중에 다시 현일의 집을 찾았다.

낮의 양복과는 전혀 다른, 검은색 운동복에 검은색 캡을 푹 눌러쓰고 남색 운동화를 신은 차림이었다. 역시 검은색 커다란 이민 가방이 장갑 낀 손에 들려 있었다.

계단을 반쯤 올라왔을 때 등 뒤 어딘가에서 길게 고양이가 울었다. 순간 발이 꼬이면서 가방 바퀴가 시멘트 계단을 스치며 드륵 긁는 소리를 냈다. 해건은 재빨리 빈손으로 난간을 짚었다. 철제 난간이 소리 내겠다는 듯이 우웅 울었다.

잠시 난간의 울림이 멎을 때까지 서 있던 해건이 계단을 다시 올랐다. 짧은 복도를 전력 질주하고 싶은 기분을 누르고 천천히 걸어 현일의 집 현관문 앞에 섰다.

덜컥.

문이 열리지 않았다.

해건은 숨을 멈추고 열쇠를 구멍에 재차 밀어 넣었다. 끄트머리만 닿을 뿐 아예 들어가지도 않았다. 이 열쇠가 아니었나? 아까 찾은 건 다른 열쇠였나? 그는 열쇠 구멍에 다시 한 번 더 열쇠를 밀어 넣었다. 역시 맞지 않았다.

머릿속이 새하얘졌다. 분명 나올 때 잠그고 나왔는데. 현일이 감시당한다는 망상 때문에 번호키가 아닌 열쇠 잠금장치를 고수한다는 게 다행이었다. 해건은 손을 펼쳐 보았다. 눈에 익은, 자신의 자동차 열쇠였다. 재빨리 다른 손으로 주머니를 뒤졌다. 아무리 뒤져 봐도 다른 열쇠는 없었다.

해건은 초조하게 다시 차로 향했다. 새벽 2시 반. 한밤중이었지만 차에 불을 켜고 뒤질 엄두는 나지 않았다. 다행인지 가로등 불빛에 차 내부가 훤히 보였다. 집 열쇠는 센터 콘솔 수납함 위에 놓여 있었다.

열쇠를 움켜쥔 그는 현일의 집 앞까지 뛰어올라 갔다. 찌걱찌걱 소리가 날 정도로 급하게 열쇠를 넣고 막 돌리려던 참이었다.

탁. 탁.

방금 전까지 타박타박 골목에 울리던 발걸음 소리가 계단을 올라오는 소리로 바뀌었다. 해건은 순간적으로 급하게 열쇠를 빼다가 떨어뜨렸다.

챙.

열쇠가 복도 바닥에 떨어지는 소리가 유난히 크고 날카롭게 들렸다. 귀를 잡아채는 금속음. 이렇게 큰 소리가 났으니 올라오는 사람은 그를 쳐다볼 것이다. 해건은 손을 떨면서도 최대한 태연하게 열쇠를 줍는 척하며 쭈그려 앉았다.

탁. 탁.

계단을 오르는 발소리는 여상하고 경쾌했다. 혈관의 피란피가 다 귓가로, 뒤통수로 몰리는 것 같았다. 지나가라. 보지 말고 위층으로 올라가라. 해건의 바람과 상관없이 발소리가 가까워졌다.

딴따라라딴딴.

올라오던 발소리는 휴대폰 벨소리가 울리면서 멈췄다. 젊은 남자 목소리가 들렸다.

"어, 지금 집 앞인데."

해건은 숨죽이고 다음 말을 기다렸다.

"나오라고?"

잠깐 말이 없었다. 해건은 입이 말랐다. 갑자기 철제 난간을 손으로 치는 소리가 들렸다.

"야, 이 시간에…… 아이, 씨. 너 내일 출근 안 하냐?"

퉁. 퉁. 난간을 치는 소리가 몇 번 이어졌다.

"어디로? ○○치킨?"

그 소리와 함께 발소리가 계단 아래쪽으로 향했다. 퉁. 퉁. 난간을 치는 소리와 탁. 탁. 계단을 내려가는 소리가 멀어져 갔다. 해건은 안도의 숨을 내쉬었다.

겨우 문을 열고 현일의 집 안에 들어간 해건은 낮은 실내 온

도에 저도 모르게 부르르 떨었다. 집 안도 시체도 나갈 때 모습 그대로였다. 그는 일단 시체부터 처리하기로 했다. 가방을 열고 배낭을 꺼낸 뒤 현일 옆에 이민 가방을 쭉 펼쳤다.

해건은 간신히 시체를 가방에 온전히 넣고 지퍼를 채웠다. 부드러운 재질의 대형 가방이 터질 듯했다. 그는 땀을 닦았다. 처음의 오싹했던 한기는 사라진 지 오래였다. 손목이 얼얼했다.

자신도 눈치채지 못하는 사이, 그는 큰일을 해낸 사람처럼 뿌듯하게 미소 짓고 있었다. 해건은 집 안을 뒤져 현일의 휴대폰을 찾아내 배터리를 분리했다. 주방 개수대에 뜨거운 물을 틀었다. 물이 차는 동안 가지고 온 배낭에 현일의 짐을 쌌다. 적당히 속옷과 옷, 지갑 등을 챙기고는 화장실 바닥에서 뒹굴던 바싹 마른 피 묻은 수건과 고무장갑도 쑤셔 넣었다. 그사이 개수대에서는 김이 올라오고 있었다. 해건은 현일의 휴대폰과 배터리를 뜨거운 물속에 푹 담갔다.

후욱. 해건이 길게 심호흡을 했다. 오른손을 운동복 안으로 집어넣었다.

운동복 안에서 서류 봉투를 꺼내 그 안의 서류를 끄집어내는 손길이 더없이 조심스러웠다. 왼쪽 주머니에서 작은 인주가 나왔다. 아까 집 안을 뒤지며 본 바로는 현일의 도장은 책상 왼쪽 책 더미 위쪽의 영수증 상자 속에 있었다. 해건은 현일의 도장에 인주를 묻혀 서류에 찍고는 서류를 소중히 갈무리해 봉투 안에 넣었다. 서류 봉투가 다시 옷 속으로 사라졌다.

증거는 만들었다. 그러니 행동을 시작해도 되리라. 해건은 현일의 컴퓨터 마우스를 잡고 살짝 움직여 보았다. 절전 모드에 있던 컴퓨터가 웡 하고 깨어나며 화면을 띄웠다. 예의 그 빌어먹을 브레인 임플란트 피해자 카페 메인 게시판이었다.

운이 좋군. 해건은 잠깐 생각했다 고개를 저었다. 운은 무슨. 놈은 매일같이 이 카페에 붙어 있었다. 그가 방문했던 때마다 현일은 카페에 접속해 있었다. 처음에는 일부러 약 올리려는 건가 생각했었다. 하지만 곧 알게 되었다. 브레인 임플란트 피해자 카페는 놈의 직장이자 동호회이자 신앙 공동체라는 것을. 현일은 모든 에너지를 항상 카페에 쏟아 붓고 있었다.

카페를 폐쇄할 생각은 처음부터 조금도 없었을 것이다. 해건은 자신이 현일에게 얼마나 우습게 보였을까 생각하며 거칠게 마우스를 움직였다. 카페 폐쇄 메뉴를 찾아 움직이는데 new 표시가 반짝이는 게시판이 보였다.

비밀 게시판이었다.

어라? 해건은 이게 뭔가 싶었다. 카페 운영진만 이용하는 비밀 게시판이라. 현일과 참 안 어울리는 게시판이었다. 그가 아는 현일은 뭔가를 알아내면 남들 앞에서 떠벌리는 타입이었지 비밀로 하는 타입이 아니었다.

호기심이 동했다. 해건은 비밀 게시판으로 들어갔다. 최신글 목록 맨 위에서 클릭하라며 반짝이는 글의 제목이 수상했다.

'게릴라전 1차'.

해건은 그 글을 클릭했다.

오늘 드디어 성언 놈들과 김해주 박사에게 큰 코 먹이는 일을 해 냈습니다. 놈들은 더 이상 우리 피해자들의 말을 무시할 수 없을 것입니다. 브레인 임플란트 시술자의 뇌파를 교란시키는 공격 장치를 만들어 놈들에게 경각심을 주자는 회장님의 안목과 식견은 역시 탁월했습니다.

성언 본관에서 망신을 당했으니 놈들도 가만있지만은 않을 겁니다. 그렇지만 정의는 승리해야 하지 않습니까. 이번 성공을 바탕으로 2차, 3차 게릴라전을 벌여 승리합시다.

— 잘하셨습니다. 놈들은 이를 덮으려고만 할 것입니다. 브레인 임플란트 시술자를 노린 공격이 가능하다는 것 자체가 브레인 임플란트 시술의 허점을 노출한 셈이지요.

— 대충님의 희생이 빛났습니다.

— 뉴스 보셨습니까? 브레인 임플란트 얘기는 하나도 없던 거? 경찰이나 더 윗선까지 줄이 닿아 있는 게 분명해요.

"허."

해건은 입 밖으로 소리 내며 몸을 뒤로 뺐다. 그러니까 아까 본관에서 벌어졌던 그 난리가 이놈들 짓거리였단 말인가? 뇌파 공격 장치? 그런 건 또 어떻게들 만든 거야? 그는 모니터 앞으로 고개를 디밀었다. 비밀 게시판 목록에는 '게릴라전 실행인 명단', '게릴라전 자금 운용 방법', '게릴라전에 앞서', '공격적으로 나가야 할 때입니다.' 등의 글들이 주르륵 올라와 있었다.

해건은 작성자가 hyun1인 '공격적으로 나가야 할 때입니다.'를 클릭했다.

성언과 대화를 시도하는 것은 시간 낭비입니다. 놈들이 원하는 것은 우리 카페를 폐쇄하고 피해자들이 뭉치지 못하게 막는 것일 뿐, 우리의 말에 진정으로 귀 기울이거나 제대로 된 사과와 피해 보상을 할 생각이 없습니다.

우리 피해자들이 이런 피해를 받은 것이 어디 우리의 잘못이었습니까? 뇌병변이 있기 전까지 우리 모두 이 나라의 건실한 국민이었습니다. 백두산 사태 같은 비상사태를 맞아 대처하는 것이 국가가 해야 할 일 아닙니까?

그런데 국가가 우리에게 한 일을 보십시오. 브레인 임플란트라는 증명도 안 된 위험한 시술을 강제로 하더니, 부작용에 대해 모르쇠로 일관하다가 민영화를 핑계로 성언에 모든 권한을 넘기고는 아무 책임도 지지 않고 있습니다.

성언은 또 어떻습니까? 부작용은 없다는 말만 반복하면서 뒤로는 우리 회원들에게 카페 폐쇄를 종용하고 있습니다. 언론도 마찬가지입니다. 성언에 아부하는 기사를 내느라 손가락이 닳을 지경이지요.

모두 제 이득과 밥그릇만 챙기는 놈들입니다. 이런 놈들에게 상식과 정의를 말해 봐야 아무 소용없습니다. 우리도 실력행사를 해야 합니다. 브레인 임플란트 부작용을 적극적으로 알려야 합니다. 필요하다면 불법적인 수단과 폭력을 동원해서라도 말입니다.

저는 앞으로 벌일 우리의 투쟁을 '게릴라전'이라고 명명하고 싶습니다. 뇌파 공격 장치에 대해 아십니까? 예전부터 많은 나라의 군과 정보부에서 개발하려다 실패한 물건입니다. 주로 전파 따위를 이용해 뇌파를 교란해서 대상자에게 고통을 주죠. 사람에게 고통을 줄 만큼 의 전파를 소규모로 지정한 대상에게만 쏜다는 것이 거의 불가능했기 때문에 무기로는 적합하지 않다고 판명이 났습니다.

하지만 브레인 임플란트 시술자를 대상으로 하면 이야기가 다릅니다. 그리고 특정인을 대상으로 하지 않고 반경으로 범위를 잡으면 훨씬 더 쉬워지지요. 부끄럽습니다만 저는 소싯적에 전자공학을 공부했었습니다. 이러한 뇌파 공격 장치 정도는 도움을 받아 제작할 수 있었습니다.

곧 성언, 아니, SUB에서는 유럽의 다국적 의료 기업과 대규모 기술 협약을 체결한다고 합니다. 저는 첫 게릴라전으로 이 기술 협약에 재를 뿌리려 합니다. 브레인 임플란트 기술 협약에서 브레인 임플란트 부작용을 외치며 뇌파 공격 장치를 가동시켜 그 자리에 있는 사람들과 해외 전문가들에게 브레인 임플란트의 부작용과 피해자들의 분노를 알리려 합니다.

동참하실 회원분들은 댓글 달아 주십시오.

쓸데없이 행동력만 좋은 미친놈이라고 생각했는데, 실제로 뒤에서 공작까지 하고 있었다. 해건은 무의식중에 바닥 쪽으로 고개를 돌렸다가, 현일의 시체가 없는 것을 보고 얼른 고개를 되돌렸다.

뇌파 공격 장치라.

해건은 게시판을 좀 더 뒤졌다. 예상대로 뇌파 공격 장치의 실물 사진이 올라와 있었다. 현일이 그를 조롱하며 눌렀던 무전기 크기의 장치였다. 해건은 바닥 구석으로 밀려나 있던 뇌파 공격 장치를 찾아내 주머니에 넣었다.

생각지도 못한 수확이었다. 주머니와 함께 마음속 어딘가가 든든해진 느낌이었다. 그는 컴퓨터 앞으로 돌아와 다시 마우스에 손을 얹었다. 모니터 화면 속 커서가 설정에서 카페 폐쇄 항목을 찾아 빙빙 돌았다. 곧 다 끝날 거야. 해건은 망설이지 않고 마우스를 클릭했다.

빨간불

공원 한 귀퉁이에 있는 정자에 앉아 있는 태환은 당장이라도 주변에서 신고 들어갈 것 같은 모습이었다. 깎지 못한 수염이 뺨과 턱을 시커멓게 만들었고, 제법 고가품이었을 여름 양복에서는 쉰내가 났다. 그사이 나이에 맞지 않게 부쩍 성글어진 머리카락은 어디부터 손을 대야 할지 모를 지경으로 뒤엉켜 있었다.

정호는 그에게 다가가면서 무슨 말을 해야 할지 알 수 없었다. 성언 본관에서 봤던 태환은 한국 브레인 임플란트계의 젊은 인재 중 하나라고 치켜세워지던 번듯한 엘리트였다.

한림 브레인 임플란트 연구소장 유태환.

직함부터가 남다른 남자였다. 그가 2년 전 한국 브레인 임플란트 연구소 민영화 과정에서 한림 측 대표로 나섰을 때, 이런 큰 프로젝트를 이끌기에는 너무 젊은 나이 아니냐는 여론도 많았다. 경쟁적인 입찰과 오랜 협상 끝에 결국 성언이 민영화의 주역이 되었지만, 그때쯤에는 아무도 태환의 자격에 토를 달지 않았다. 성언이 김해주 박사에게 내건 어마어마한 조건을 뚫고 한림이 최종 라운드까지 간 것은 태환의 공이었다.

한림은 그 능력을 높이 사 태환에게 브레인 임플란트 연구소장 직을 맡겼다. SUB가 미처 손대지 못하는 브레인 임플란트 부문 블루칩 개발이 한림 브레인 임플란트 연구소 이름으로 발표될 때마다 나오는 것이 유태환이라는 이름이었다.

그 엘리트가 오늘은 이런 몰골을 하고 핏발 선 눈으로 앞을 멍하니 바라보며 앉아 있었다. 정호는 그의 시선을 따라갔다. 뙤약볕에 아랑곳 않고 공을 던지는 아이들이 보였다.

"야, 거기로 던지면 어떡해!"

"차민규. 와, 저 새끼. 배신. 와."

저희들끼리 심각하게 떠들어 대는 곁으로 자전거를 탄 아이들이 쌩하니 지나갔다.

"정문까지 세 바퀴! 늦게 오는 사람이 음료수 쏘기!"

"난 하드!"

"엄마가 오늘도 학원 늦으면 죽는댔어!"

"그럼 두 바퀴로 하자!"

아직 덜 자란 가느다란 팔다리가 제법 큰 자전거를 제 몸 다루듯 하며 빠르게 스쳐 갔다. 초등학교 고학년쯤 되었을까. 정호는 안절부절못하는 기분이 되어 자전거 뒷바퀴에서 눈을 떼었다.

"자리를 옮길까요?"

정호가 물었다. 태환은 바로 대답했다.

"아니요."

가래 낀 목소리가 고집스레 말을 이었다.

"여기가 좋아서 여기서 만나자고 한 겁니다."

정호는 일어서서 정자 옆의 음료수 자판기로 다가갔다. 태환이 목을 축여야 할 것 같아서이기도 했지만 그보다는 이 자리를 일단 피하고 싶은 마음이 더 컸다.

텅. 터엉.

정호는 소리를 내며 떨어지는 음료수를 꺼내려 허리를 굽혔다. 머리가 복잡했다.

괜히 희망고문 하게 되는 것은 아닐까? 어제 성언 본관에서의 테러범은 브레인 임플란트 피해자 카페 소속이었다. 눈앞에서 테러 사건을 목도하고 눈이 벌게졌던 기자들은 그 사실을 알자마자 빠르게 식었다. 정호도 마찬가지였다. 브레인 임플란트 피해자 카페 회원들을 쥐어짜고 흔들어 봐야 아무것도 나오지 않는 놈들이라는 소문이 자자했다.

'그 카페장 그거 완전히 돌았어.'

고개를 절레절레 흔들던 동료 기자의 말이 기억났다.

아이들 특유의 눈치 보지 않는 높은 웃음소리가 가까이에서 들렸다. 분명 이곳에서 만나자고 한 것도, 자리를 옮기지 않는 것도 태환인데, 자신이 그에게 몹쓸 짓을 하고 있는 것만 같았다. 정호는 그새 뜨거워진 목덜미를 손으로 쓸며 정자로 돌아왔다. 아무 말 없이 차가운 생수병을 태환 옆에 놓았다. 태환은 정호를 쳐다보지 않고 여전히 아이들에게 눈이 못 박힌 채로 말했다.

"제가 정하한테 가장 많이 한 말이 뭔지 아세요?"

난처한 기분이 들었지만 차라리 반가웠다. 이대로 아이들을 지켜보는 태환 옆에서 말 한마디 없이 죽치고 있는 것보다야 훨씬 나았다. 정호는 자신의 에이드 병을 따면서 되물었다.

"뭔데요?"

"빨간불."

"빨간불?"

"스위치 같은 거였죠. '안 돼.', '하지 마.', '참아.', '지금은 안 돼.', '한 번 더 생각해.' 같은……. 의사들은 매번 그런 말을 하는 것보다 바로 와 닿는 표현이 효과적이라고 했어요."

무슨 말이지? 정호는 알아들을 수 없었다. 태환이 말했다.

"정하가 죽은 건 뇌손상 때문이었다고 하더군요."

"뇌손상이요?"

반문하는 정호에게 태환이 조용히 말했다.

"과부하가 걸렸다고 하더라고요. 어른이면 버틸 수 있었는데 애라서 못 버틴 것 같다고만 하더군요."

태환의 목소리는 점점 더 깔깔해지고 있었다. 정호는 태환을 향해 몸을 기울였다.

"권 기자님."

"예."

"무슨 짓을 하면 뇌손상이 그 정도로 올 수 있을까요?"

정호는 침묵했다. 뇌손상은 자신보다는 태환의 전문 분야에 더 가까웠다. 답을 바라고 한 질문이 아니리라. 태환이 재차 물었다.

"브레인 임플란트로 뇌에 그 정도 과부화를 주는 게 가능할까요?"

"브레인 임플란트 때문이라고 보시는 겁니까?"

정호가 반문했다.

"그 테러범이 브레인 임플란트 부작용을 책임지라고 했으니까요?"

"……."

"하지만 자제분의 경우는 설명이 안 됩니다. 백두산 사태는 12년 전이고, 브레인 임플란트 시술을 받은 사람들은 그때 뇌병변이 온 사람들이에요. 아드님은 만으로 열한 살이니까 백두산 사태로 브레인 임플란트 시술을 받은 게 아니잖습니까."

"우리 정하는 공원에서 저렇게 논 적이 없었어요."

태환이 말했다.

"애 엄마가 나가지 못하게 했지요. 아주 애기였을 때부터 놀이터에 가면 사고를 치고 돌아왔거든요."

무슨 말을 하는 거야? 정호는 짜증을 감추려고 에이드를 들이켰다. 그게 지금 하던 이야기와 무슨 상관인데? 정호의 속을 아는지 모르는지 태환은 계속 말했다.

"빨간불. 이해하시겠어요? 저는 평생 아들 옆에 붙어서 빨간불이라고 말해야 할까 봐 겁이 났습니다. 저 대신 아들 머릿속에서 말해 주는 게, 제가 없어도 정하가 사람 노릇 하고 살 게 만들어 주는 게 있었으면 했습니다. 없는 것도 아니잖아요. 요즘에는, 많은 사람들이 그런 걸로 도움받고 살지 않습니까. 그게 미래고, 제가 더 좋게 만들 수 있는 미래고……."

태환의 말이 논리적으로 무너져 갈수록 정호는 조금씩 안개가 걷히는 기분이었다. 무슨 일이 있었던 건지 알 수 있을 것 같았다. 태환은 한림 브레인 임플란트 연구소의 소장이었다. 얼마 전에도 유태환이라는 이름 석 자가 실린 한림 브레인 임플란트 신제품 기사가 나간 적이 있지 않았던가. 그 시술이 아마도…….

"회사에선 사직을 권하더군요. 조금 쉬고 오라면서."

정호가 물었다.

"이번에 새로 개발한 시술 때문입니까?"

"기자라 그런지 기억하시네요."

"……ADHD 치료 시술이었죠?"

태환은 고개를 끄덕였다.

"이번에 우리 연구소에서 ADHD 치료와 교정을 목적으로 하는 브레인 임플란트 시술을 상용화하려고 했습니다. 정하가 두 번째 시술 대상자였어요. 대성공이었지요."

정호는 입에 문 에이드를 삼키지도 못하고 태환을 쳐다봤다. 콧속이 얼얼했다. 눈에 핏발이 선 태환과 눈이 마주치자 탄

산이 식도를 고문하며 한 번에 내려갔다.

눈앞에 있는 폐인 같은 몰골의 태환과 대치동 강연장에서 열없는 얼굴로 앉아 있던 태환의 모습이 겹쳐 보였다. 왜 그 같은 거물이 그런 강연에 와 있나 했더니 아들이 ADHD여서였던 건가.

태환이 말했다.

"그런데 그것 때문에 죽은 거예요."

"……."

"아내는 다 내 탓이라고 하더군요. 정하가 그렇게 태어난 것도, 브레인 임플란트 시술을 받은 것도, 그 자리에 간 것도 다 내 탓이라고. 나도 그렇게 생각합니다. 모두 내 탓이에요. 그래도 이건 이상하지 않습니까?"

"……뭐가 말입니까?"

"애가 어려서 죽었다더군요. 브레인 임플란트 시술을 한 다른 사람들은 경미한 증상으로 끝났는데 애가 어려서 그렇게 됐다고. 저는 그 설명에 납득했어요."

정호는 고개를 끄덕였다.

"그런데 그 브레인 임플란트를, 경찰도 검찰도 돌려주지 않겠답니다."

"예?"

"납득이 됩니까, 이게? 저는 아들의 브레인 임플란트 기기를 돌려 달라고 했어요. 기자님이라면 안 그러겠어요? 도대체 내 아들 뇌에서 무슨 일이 일어난 건지 나도 알 권리가 있어요. 그런데 증거물에 우리 정하 브레인 임플란트 기기가 없답니다."

"착오가 있거나 빠진 건 아니고요?"

"부검을 담당한 국과수에 문의해도 모르쇠예요. 거기서는 기억은 하고 있어야 하는 것 아니에요? 최근에 브레인 임플란트 과부하로 인한 뇌손상으로 죽은 어린애가 우리 정하 말고 누가 있었겠어요?"

태환의 말에는 확실히 일리가 있었다. 정호의 얼굴도 심각해졌다.

"뭔가 다른 게 있는 거예요. 우리 아들 사고 정도는 묻어야 할 다른 문제가."

정호는 쉽게 그렇다고 대답할 수 없었다.

이미 다른 기자들이 브레인 임플란트 피해자 카페를 다루려고 하다가 엎어진 건들이 있었다. 테러가 일어났음에도 기자들 반응이 뜨뜻미지근한 것도 그 때문이었다. 브레인 임플란트 시술자들에 대한 과시용 테러, 범인은 브레인 임플란트 피해자 카페 소속……. 흥미로운 소재고 좋은 도입부였다.

그런데 그다음은?

그 일이 이야기가 되려면 브레인 임플란트 피해자 카페 사람들이 실제로 피해를 입었고 부작용에 시달리고 있다는 전제가 있어야 했다. 그렇지만 브레인 임플란트 피해자 카페 인간들은 미친놈들이었다. 결국 흥미로운 도입부를 지나 까놓을 진실은 '미친놈들이 미친 짓을 벌였답니다!'로 끝이 날 게 뻔하니, 기자들은 입맛만 한번 다시고 돌아서는 것이다. 정호 역시 마찬가지였다.

"그…… 선생님 말씀도 일리가 있긴 한데요."

정호가 어렵게 입을 떼었다.

"SUB가 이번에 물먹긴 했지만 테러 자체도 너무 작은 규모였고, 무엇보다 그 범인이 일반적인 사람이 아니에요. 브레인 임플란트 피해자 카페 가 보셨어요?"

태환이 입을 꽉 다문 채 고개를 저었다.

"말 그대로 미친놈들이에요. 어쩌다 손에 넣은 장비로 난동 한 번 피운 것일 확률이 높아요."

"그 장비를 어떻게 손에 넣었을까요?"

"글쎄요. 뭐……."

생각지 못한 질문에 정호가 어물어물했다.

"저는 그런 장비를 어떻게 만들었는지, 그런 테러가 어떻게 가능했는지 알 것 같습니다."

정호는 새삼스럽다는 눈으로 태환을 쳐다보았다. 피해자 아버지로만 보이던 그가 다시 브레인 임플란트 권위자로 보이기 시작했다. 태환이 말했다.

"권 기자님, 어차피 저는 이거 해야 돼요. 저는 국과수 전화 끊으면서 결심했습니다. 이거 철저히 조사할 거라고. 권 기자님, 한 번만 조사해 보시면 안 되겠습니까? 이번 테러에 사용된 장비는 브레인 임플란트를 아는 사람이 만든 거예요. 적어도 관여는 했을 거란 말입니다."

솔깃하지 않다면 거짓말이었다. 정호는 뜸을 들이다 입을 열었다.

"말씀대로라면 내부 고발을 하게 될 수도 있는데요."

태환이 고개를 크게 끄덕였다.

"뭐든 간에 좋아요. 제가 기술적으로 증명을 돕겠습니다."

협박

턱. 뒷바퀴가 주차 블록에 닿으며 오는 가벼운 충격에 해건은 액셀에서 발을 떼고 브레이크를 밟았다. 옆 차와의 간격이 왼쪽 오른쪽 자로 잰 듯 완벽했다. 옆 차는 차종만 대면 대개들 부러워할 외제차였고 자신의 차는 흔한 국산 세단이었지만, 지금은 그런 차이도 별로 신경 쓰이지 않았다.

무인 자동 운전이 일반화되면서 자가 운전은 그 실력을 발휘할 일이 드문 능력이 되었다. 주차도 마찬가지였다. 그렇지만 지금의 해건에겐 요긴했다. 현일의 시체를 처리하러 가던 새벽부터, 그는 무인 기능을 끈 상태였다. 기록이 남을까 두려웠기 때문이다.

이번 주말엔 세차를 해야겠어. 해건은 생각했다. 이민 가방은 괜찮은 선택이었다. 누나가 공부하러 미국 갈 때 쓰는 것을 봤던 것이 예상치 못한 때에 도움을 주었다.

'누나의 존재 자체는 도움이 안 되지만 말이지.'

그는 음울하게 누나인 김해주 박사가 자신 앞에 다시 나타났던 순간들을 떠올렸다. 유학하러 떠났던 누나가 낡은 부모님 집 현관문을 열고 들어왔던 때. 평생 여기서 썩어야 하나 싶던 뇌병변 보호소에서 갑자기 그를 퇴원시켰던 때. 하얗고 냉정한 얼굴을 한 누나는 나타날 때마다 그의 인생을 180도 바꿔 놓았다.

하긴 누나는 어릴 때부터 늘 적은 투자로도 본전은 확실히 챙기는 성격이었다. 그런 사람인 줄 뻔히 알면서 성언에 취직시켜 준다는 제안에 덥석 응한 게 누구였던가. 그 낙하산 같지도 않은 낙하산 때문에 벌벌 기면서 다니던 것은 또 누구였고.

하지만 굴욕의 나날도 오늘까지였다.

해건은 서류 봉투를 챙겨 내렸다. 지하 주차장에서 엘리베이터로, 엘리베이터에서 다시 사무실로, 익숙한 공간을 가로지르는 그의 발걸음에선 자신감마저 비쳤다.

이제 현일은 영원히 입을 닫고 있을 것이다. 그의 집에는 브레인 임플란트 시술자를 노리는 뇌파 공격 장치가 있으며, 그의 손에는 브레인 임플란트 피해자 카페를 폐쇄하고 다시는 활동하지 않겠다는 내용의 확약서가 들려 있었다. 확약서엔 물론 이현일의 도장이 찍혀 있었고. 해건은 확신했다. CS부에서 그만큼 성과를 낸 인물은 없었다.

해건이 들어서자 사무실의 공기가 바뀌는 것이 느껴졌다. 어디선가 작은 소리로 '대박. 낙하산은 역시 달라.', '무단결근

해 놓고 당당하네?' 하는 중얼거림이 들리는 것 같았다.

해건은 사무실 사람들이 수군거리는 것을 모르는 척하고 자리에 앉아 컴퓨터를 켰다. 뒤에서 말이 많은 사무실 사람들이 하찮게 느껴졌다. 병신들. 입술이 자꾸 통제를 벗어나며 호를 그렸다. 그는 되도록 아무렇지 않게 보이려고 애쓰면서 업무용 메일을 확인했다.

메일 중에는 눈에 띄는 제목의 메일이 하나 있었다.

'김해건 씨가 분실하신 물건을 보관하고 있습니다.'

해건은 제목에 약간 당황했다. 분실? 무엇을? 그는 보낸 이를 확인했다. 처음 보는 메일 주소였다. 긴장하며 클릭하자 평범하고 얌전한 내용의 글이 떴다.

'습득한 물건을 보관하고 있습니다. 받으실 주소를 알려 주세요.'

긴장을 다소 누그러뜨리며 마우스를 아래로 내리던 해건은 천천히 뜨는 사진을 확인하고 얼른 메일창을 닫았다. 순식간에 얼굴이 굳었다. 그는 긴장한 얼굴로 주위를 둘러보았다.

사무실은 조금 전의 수군거림 따위는 없었다는 듯 조용했다. 각자 할 일에 매달린 팀원들 중 해건을 신경 쓰는 사람은 없었다. 그는 휴대폰을 바지 주머니에 넣고 일어섰다. 화장실을 향해 걸어가는 자신의 걸음이 느리고 부자연스럽게 느껴졌다.

휴대폰을 들고 화장실로 도망친 해건은 제일 구석진 칸으로 들어가 문을 걸었다. 아까의 메일을 다시 확인했다. 손이 덜덜 떨리고 있었다. 천천히 뜬 사진은 자신의 피 묻은 사원증이었다.

이걸 언제 떨어뜨렸지?

해건은 기겁했다. 그가 메일을 확인한 것을 알았는지 같은 주소의 메일이 다시 왔다. 제목은 조금 더 협박조로 변했다.

'사진 잘 나왔죠? 연락 주세요.'

정말 클릭하기 싫었지만 클릭할 수밖에 없었다.

메일을 열자 주소만 하나 달랑 떠 있었다. 주소를 누르자 익명의 채팅창이 떴다. 접속 중인 사람은 둘뿐이었다. 저놈이 목격자인가 싶어 해건은 다른 접속자의 닉네임을 뚫어져라 노려봤다.

상대가 메시지를 보냈다.

— 김해건 씨가 언제 들어오나 엄청 기다렸어요. 직장인이 이렇게 메일 확인 늦게 해도 되나?

상대의 메시지에 해건은 아무 대답도 하지 못했다. 상대는 계속 이죽댔다.

— 그냥 경찰서 갈까 하다 참았다니까. 뭐 하느라 이렇게 늦게 봤어요? 바빴나? 아, 시체 처리하느라?

해건은 겨우 메시지를 보냈다.

[사고였어요.]

휴대폰 화면을 가득 채울 만큼 ㅋㅋㅋ가 가득 떴다. 그가 아는 가장 단순한 형태의 조롱이었다. 그렇지만 해건은 누군가의 조롱에 이 정도로 두려움을 느낀 적이 없었다.

상대가 메시지를 보냈다.

― 사고? 장난하나.

그러고 나서 뜬 것은 동영상이었다. 용량이 작지 않은데 시간은 매우 짧았다. 해건이 떨리는 손가락으로 눌렀다. 화질이 선명한 동영상 속에선 쭈그린 자신의 등이 보였다. 그가 움직거릴 때마다 바닥에 뻗은 이현일의 다리가 경련했다. 그가 일어서서 무감한 얼굴로 키친타월을 뜯어 칼에 묻은 허옇고 뻘건 얼룩을 닦았다. 뭐라 말하던 그가 웃는 얼굴로 칼을 들고 다시 이현일에게로 돌아섰다.

해건은 눈앞이 깜깜해져 변기 위에 주저앉았다. 그러고도 정신을 못 차리겠어서 눈을 껌벅였다. 그는 겨우 메시지를 보냈다.

[뭘 원합니까?]

상대가 기다렸다는 듯이 답했다.

― 이게 노출되는 게 싫으면…….

싫으면? 해건은 눈이 튀어나올 것처럼 채팅창을 노려봤다. 이어진 말은 짧았다.

― ……내 말을 들어.

오세영 I

오세영은 자기 방 컴퓨터 앞에 앉아 '사람 죽이는 거 잘하던
데. 더 해 봐요, 김해건 씨.'라고 쳐 놓고 피식피식 웃었다. 앳
된 얼굴이 흥분으로 붉게 달아올라 있었다.

세영의 방 컴퓨터 뒤 창문에서는 건너편 오래된 3층 다가구
주택의 2층 첫 번째 집 창이 훤히 다 보였다. 학교에 안 나가고
방 안에만 계속 있게 되면서, 세영은 창밖을 보며 이런 생각을
했었다. 저 집에 저렇게 칙칙한 아저씨 말고 예쁜 여자가 살면
진짜 좋을 텐데. 여대생이면 좋겠다. 자취하는 여대생.

그런 생각 때문이었을까. 세영은 신작 VR 슈팅 게임을 설정
할 때마다 포인트 존을 꼭 그 창문으로 정하곤 했다. 남의 집 창
문을 슈팅 포인트 존으로 설정하고 총을 겨눈다니 스나이퍼 같
지 않은가. 어차피 늘 닫혀 있는 창문인데 이 정도 장난쯤이야.

그런데 이렇게 끝내주는 일이 일어나다니. 세영은 손을 추리닝 바지에 비볐다. 이제부터가 중요했다.

하지만 자기도 모르게 계속 입꼬리가 올라갔다. 해건은 그가 고등학생이란 걸 눈치채지 못한 것 같았다. 나 좀 하잖아? 자신에게 이런 협박의 재능이 있는 줄도 몰랐다.

누구를 죽이라고 시키지?

해건이 건너편 집의 칙칙한 아저씨를 죽이는 장면을 우연히 본 순간부터 세영이 원하는 건 하나였다. 그게 아니었다면 그 장면을 동영상으로 찍지도 않았을 것이다. 만약 찍었다고 해도 인터넷 게시판에 대박 사건이라면서 올리고 잠깐 스타 된 기분이나 만끽했겠지.

그 목적을 위해서 해건의 목줄을 어디까지 끌고 갈 수 있을지, 또 해건이 얼마나 잘해 줄지 알아야 했다.

"그러니까 이건 튜토리얼 같은 거야."

세영은 중얼거렸다. 누구를 죽이라고 시켜야 할까? 그는 고민에 빠졌다. 약점을 빌미로 해건을 도발했으니 얼른 다음 명령을 내려야 했다. 해건이 잘하는지, 어떻게 하는지, 확실히 하는지 자신이 확인할 수 있는 곳. 그리고 확인할 수 있는 사람. 그렇지만 사라져도 크게 문제될 것 없는 사람.

어쨌거나 해건은 앞으로 좀 더 잡히지 않고 있어 줘야 하니까.

"다녀왔습니다."

방 밖에서 현관문 닫히는 소리와 함께 형의 목소리가 들렸다. 세영은 움찔하면서 얼른 채팅창을 닫았다.

"이제 왔냐? 늦었네."

"스터디가 길어져서요."

"얼른 손만 씻고 와. 저녁 먹어야지."

세영은 침을 꿀꺽 삼켰다. 문 너머에서 들리는 소리에 온 신경이 곤두섰다. 현관에서 거실을 지나 화장실로 들어가는 발걸음은 형일 것이다. 안방에서 거실로 향하는 발소리는 아버지. 주방에서 달그락거리는 소리는 어머니.

"오늘도 면이야?"

"여름엔 면만 한 게 없어. 밥 먹고 싶으면 당신이 불 앞에서 끓이든가."

"아니, 우리 세준이 요즘 학교 다니랴 아르바이트하랴 고생하는데 보양식도 먹이고 그래야지."

"그럼 당신이 삼계탕이라도 사 주고 그래 봐. 나도 아들 핑계로 호강 좀 합시다."

아버지와 어머니의 대화에 세영은 실소를 흘렸다. 둘째 아들의 글루텐 알레르기는 두 사람의 머릿속에 없는 모양이었다.

쾅. 화장실 문이 벌컥 열리는 소리에 세영은 비뚜름하게 웃던 얼굴 그대로 굳었다. 물이 덜 닦여 장판에 쫙쫙 달라붙었다 떨어지는 발소리가 요란했다. 그 시끄러운 발소리는 정확히 그의 방을 향하고 있었다.

"야, 오세영."

문 앞에서 멈춘 형이 그의 이름을 불렀다. 세영은 컴퓨터 앞에 앉은 채로 바짝 얼었다. 먹은 것도 없는 뱃속이 뒤집힐 것 같았다.

"이게, 밥때 되면 재깍재깍 나올 것이지."

예의가 없다면서 형은 쯧쯧 혀를 찼다. 2단계였다. 세영은 침대 위로 올라가 이불을 뒤집어쓰고 싶은 충동을 겨우 눌렀다.

처음엔 목소리를 깔아 이름을 부르고, 다음엔 혀를 차고, 그다음엔 버럭 소리를 지른다. 그 뒤는 종잡을 수가 없었다. 방문이 부서진 때도 있었고 발에 채여 갈비뼈가 나간 적도 있었다.

"너 때문에 매번 식구들이 기다려야겠어? 알아서 제대로 좀 못 하냐?"

형이 소리쳤다. 발이 방문을 세게 찼다. 창문까지 흔들려 세영은 겁에 질렸다. 오늘은 방문을 부수고 쳐들어올지도 모른다.

"야! 안 들려?"

형의 고함 소리 뒤로 어머니, 아버지의 다정한 목소리가 쫓아왔다.

"신경 쓸 것 없다. 내버려두고 얼른 와서 앉아."

"세준아, 얼른 앉아. 면 분다. 너 좋아하는 냉우동이야."

발소리가 멀어지는가 싶더니 툴툴대는 형의 목소리가 들렸다.

"엄마, 아빠가 오냐오냐하시니까 저 녀석이 정신을 못 차리잖아요."

세영은 다리에 힘이 풀려 바닥에 쓰러지듯 엎드렸다.

"미친."

헛웃음이 나왔다.

언제쯤 소리 질러 볼 수 있을까?

언제쯤 그깟 밥 안 먹어도 되니까 셋 다 꺼지라고 말할 수 있을까?

"등신."

세영이 중얼거리면서 휴대폰의 잠금을 풀었다. 수백 번도 더 본 동영상 속에서, 해건은 칙칙한 건너편 집 아저씨를 향해 돌아서며 웃고 있었다. 세영은 비시시 웃었다.

"등신."

조금 전과 달리 즐거운 목소리였다.

조사

정호는 태환과 헤어지고 경찰서로 향했다. 그와 몇 년째 막역하게 지내는 형사 반장이 떨떠름한 얼굴로 그를 맞이했다.

"아, 형님도 참. 표정이 왜 그래요?"

"오지 말라고 했는데 기어이 오냐? 야야, 가서 다른 데 파 봐."

질색하는 표정이 그 말고도 이미 다른 기자들에게 시달린 티가 났다. 정호는 자판기 커피를 내밀며 능쳤다.

"아니, 뭐 내가 언제 큰 거 바란 적 있어요? 형님이 부스러기 던져 주시면 그거 모으는 거야 내 일이지. 왜 새삼 날 모르는 척하고 그러실까."

"이게 어디서 순진한 척하고 있어. 너는 인마, 쇠똥구리야, 쇠똥구리. 나한테서 무언가 만들어 갈 때까지 근처에서 뭐 하나 안 떨어지나 맴을 얼마나 도냐, 네가."

"하하, 쇠똥구리요? 거봐요, 형님. 저하고 어울리니까 어휘력이 늘었잖아."

계속 농을 치며 반장의 질린 얼굴은 펴 놓았지만 입까지 열지는 못했다. 누가 단단히 막았거나 어지간히도 질렸거나, 아니면 둘 다일 수도 있었다. 그는 커피를 홀짝이며 말했다.

"그 범인이야 뭐 뻔한 놈이고. 안 그래요? 그러니까 그래도 이런 사건에 기자들이 달라붙다 마는 거지. 이 정도면 형님이 복이 있으신 거라니까."

"두 번 복 받았다가는 과로사하겠다."

반장은 툴툴거렸지만 아니라고는 하지 않았다. 그도 내심 사건 맡을 때 취재 경쟁이나 외압 따위를 각오했는데, 생각보다 기자들의 열기는 금세 식었다. 기자들 사이에 이미 자자한 브레인 임플란트 피해자 카페의 악명 탓이었다. 아직 기웃대는 것은 소문을 듣지 못한 어수룩한 기자들뿐이었다.

"근데, 네가 지금 와서 기웃댈 군번은 아니고. 왜 왔냐?"

정호가 아무렇지 않은 말투로 물었다.

"죽은 애 아빠가 난리친다면서요?"

반장이 느리게 입가로 종이컵을 기울였다. 정호는 반장의 목울대가 움직이지 않고 종이컵이 다시 내려오는 것을 보고 있었다. 반장이 말했다.

"한바탕하고 갔지. 너한테 갔냐?"

"나도 들었죠. 국과수 고소한다고 난리라던데."

"고소는 개뿔. 거기가 뭐, 실수할 곳이냐? 애 잃고 제정신이 아닌 거지."

탁. 반장이 종이컵을 소리 나게 내려놓고는 몸을 돌려 자기 자리 쪽을 확인하는 척했다. 축객령이었다. 정호는 순순히 물러 나왔다.

경찰서 건물을 나오며 그는 이 경찰서 담당인 후배 여기자에게 전화했다.

"나 지금 너 나와바린데, 부탁 좀 하자."

후배는 경찰서 의경들에게 빵이며 캔커피 같은 것을 찔러주면서 살살 정보 캐는 데 도사였다. 지나가는 말로 애들마다 좋아하는 빵과 음료수를 다 외우고 있다고 자랑한 적도 있었다.

"너 의경들이, 몰래 오는 VIP들 주차 자리 만들라는 오더 다 메시지로 준다며. 그거 며칠 것만 보내 주라."

후배는 선선히 성언에서 테러가 일어났던 날부터 오늘까지의 기록을 보내 주었다. 그중 강력1반에서 요청한 건은 몇 개 안 되었다. 정호는 재빨리 차량 번호를 따서 다른 서의 친한 경찰에게 조회를 부탁했다.

누가 왔다 갔을까? 반장의 태도를 보면 뭔가 있었다. 태환의 말대로 정하의 브레인 임플란트 기기가 사라졌고 그것이 고의라면, 강력1반에 브레인 임플란트 관련자가 왔을 수도 있었다. 정호는 차로 향하면서 휴대폰을 몇 번이고 꺼내어 확인했다.

지잉.

휴대폰이 울렸다. 정호는 얼른 휴대폰을 꺼냈다. 태환의 메시지였다.

— 권 기자님, 브레인 임플란트 피해자 카페 들어가 보셨어요?

이 양반 아까 내 이야기 듣고 브레인 임플란트 피해자 카페를 검색했나 보군. 정호는 운전석에 올라탔다. 지잉. 휴대폰 진동이 또 왔다. 메시지가 떴다.

— 거기 폐쇄됐어요.

정호는 저도 모르게 소리쳤다.

"뭐?"

그는 바로 포털사이트 창을 열고 브레인 임플란트 피해자 카페를 검색했다. 태환의 말대로 폐쇄 진행 중이었다. 지잉. 지잉. 태환에게서 메시지가 계속 날아왔다.

— 역시 이 카페와 관련이 있는 겁니다.

— 꼬리 자르기인 걸까요? 증거 인멸?

정호는 얼굴을 문질렀다.

'이제 들어가 보려고 했는데.'

이 더운 날에 하루 종일 이리저리 뛰어다녔다. 피곤했다. 집 주차장에 차를 대 놓고 걸어서 3분 거리에 있는 단골 만두집에 가고 싶었다. 물만두와 군만두 한 접시씩 시켜 놓고 가볍게 맥주 한 잔 하면서 쉬면 딱 좋을 것 같았다.

'그냥 들어갈까?'

차량 조회 결과가 나오고 나서 알아봐도 늦지 않을 것이다. 큰 기대를 거는 아이템도 아니었다.

"……아이, 씨."

잠시 망설이던 정호는 휴대폰의 연락처 목록을 뒤졌다.

"선배님, 저 정혼데요. 잘 지내셨어요?"

정호는 이직한 선배의 회사 앞 호프집으로 찾아갔다. 기름 냄새와 술 냄새가 뒤섞인 어두운 실내 한구석에서 코가 빨간 중년 남자가 손을 들었다.

"어이!"

정호는 그의 앞에 앉으며 너스레를 떨었다.

"아니, 문 기자님. 술도 못 드시는 분이 웬 호프집으로 부르십니까?"

"네가 술집에서 할 만한 얘기를 물어봤잖아, 짜식아. 여기 마늘통닭 맛있어. 저녁 안 먹었지?"

문 기자가 벨을 누르더니 마늘통닭과 맥주와 소주를 시켰다.

"어, 저 차 가지고 왔는데."

"무인 시스템 안 깔았냐?"

"에이, 남자는 자가운전이죠. 무인운전이 어디 운전입니까."

"웃기고 있네. 내가 그 얘기 하는 놈치고 무인 시스템 안 깐 놈을 못 봤어. 야, 솔직히 말해 봐. 깔았지?"

정호가 머쓱하게 머리를 긁었다.

"설치만 해 놨습니다. 대리비보단 무인 시스템이 싸잖아요."

"너흰 어째 하나같이 하는 말이 똑같냐? 아무튼, 너 마시라고 시키는 거야. 듣다 보면 술 당길 테니까."

문 기자는 예전에 브레인 임플란트 피해자 카페를 취재했던 선배였다. 그가 세팅된 양배추채를 마요네즈 소스와 뒤섞으며 물었다.

"그래, 그 카페에 대해 뭐가 알고 싶다는 건데?"

먼저 술이 나오는 동안 정호는 성언에서 MOU 체결식 중간에 일어난 테러를 이야기했다. 종업원이 가고 나자 그는 현장에서 범인이 브레인 임플란트 피해자들을 책임지라는 말을 했다는 것과, 얼마 전 브레인 임플란트 피해자 카페가 폐쇄되었다는 것을 이야기했다. 양배추채를 부지런히 입으로 가져가던 문 기자가 우적우적 씹다 말고 중얼거렸다.

"이상한데."

"그렇죠? 역시 이 카페와 관련되어 있는 게 아닐까……."

"아니, 내가 이상하다는 건 그게 아니라."

문 기자가 아예 포크를 내려놓고 턱을 쓸며 말을 골랐다.

"너 이 카페 직접 가 본 적 있냐?"

"얘기만 몇 번 들었죠."

"그래? 다들 뭐라던?"

막 대답하려는데 주문한 마늘통닭이 나왔다. 정호는 비닐장갑을 손에 끼면서 목소리를 작게 했다.

"하나같이 미친놈들이라고 그러던데요."

"그래. 그게 어떤 식으로 미쳐 있냐면 말이야. 일반적인 사람들은 어지러우면 '어, 내가 몸이 허한가?' 하고 생각하잖아. 병원 가 보는 사람도 있고."

"그렇죠."

"그런데 브레인 임플란트를 한 사람들은 '어, 내 머리에 뭔가 문제가 생겼나?' 하고 걱정한단 말이야."

"그거야 그럴 수 있죠."

"그렇지. 그 정도야 정상적인 반응이지. 그런데 이 브레인 임플란트 피해자 카페 놈들은 어떤 식이냐면 '어, 내 뇌에 이상이 있나? 브레인 임플란트 때문일 거야. 이런 부작용이 있는데 왜 정부에서는 브레인 임플란트 부작용을 눈감아 주는 걸까? 아, 다 한통속이구나!' 이런다고."

"음모론자들이네요."

문 기자가 고개를 끄덕였다.

"그렇지. 그런데 그 정도면 양호한 거야. 개중 더 극단적인 놈들은 '내 머리가 어지러운 건 브레인 임플란트를 이용해서 정부가 나를 조종하기 때문이야! 내가 이런 사실을 알고 있기 때문에 나라에서 나를 없애려고 서서히 머리를 고장 나게 만드는 거야!' 이러고 나온다고."

"허, 진짜 미쳤네."

정호는 어이없어하며 몸을 뒤로 뺐다.

"그거 병 아니에요? 조현병 같은 거 아닌가? 망상증이잖아요."

"그렇다니까. 이 인간들이야말로 당장 입원해서 치료받아야 되는 인간들인데, 브레인 임플란트 피해자니 부작용이니 시끄럽게 떠드니까 관련 부처에서도 손 놓고 있는 거야. 괜히 건드렸다가 벌집 쑤시는 꼴 될까 봐."

문 기자는 말을 끊고 닭을 집어 들었다. 정호는 소맥을 말았

다. 문 기자의 말 그대로였다. 가득한 잔을 단숨에 들이켰는데
도 목이 말랐다. 그사이 닭 날개 하나를 먹어 치운 문 기자가
팔꿈치를 테이블에 붙이고 목소리를 낮췄다.

"그런데 이놈들이 일 한 번 쳤다고 카페를 폐쇄했다? 수상하
잖아."

"막상 저지르고 나니 겁났나 보죠."

"뭐, 그럴 수도 있고."

한쪽 어깨를 으쓱한 문 기자가 또 닭 날개를 집었다.

"일 벌여 놓고 꼬리 자르기라니, 그런 인간들이 하기에는 너
무 이성적인 대처 같다 이거지."

"그래도 그만하게 키워서 돌아가는 걸 보면, 운영진 중 정상
적인 사고가 가능한 사람이 있는 거 아닐까요?"

"그렇지가 않다니까. 아, 진짜 네가 그 카페 돌아가는 꼴을
봤어야 하는데."

문 기자가 혀를 찼다.

"그 카페 인간들, 특히 거기 운영자는 그런 정상적인 반응을
할 사람이 아니야. 눈이 번들번들하더라니까."

"거기 운영자를 만나 보셨어요?"

"내가 누구냐? 운영자도 안 만나 보고 진행했겠냐? 내가 진
짜 기자 생활 하면서 그런 눈 한 사람 딱 두 명 봤어. 하나는 그
운영자. 듣기로는 미국으로 박사 유학 가려다 백두산 사태 때
문에 못 갔다던데, 무슨 공학 석사가 말을 아주 청산유수로 해.
그런데 듣다 보면 다 망상이야."

정호는 소맥을 들이켜면서 물었다.

"다른 한 사람은 누군데요?"

"다른 한 사람?"

"그런 눈 한 사람 딱 두 명 봤다면서요."

"아, 그렇지. 다른 사람은 내가 법조팀 막내 때 봤잖냐."

"오래전이네요."

"오래전이지. 중앙지법에 유명한 양반 있었거든. 지금도 살아 있으려나? 뭐, 서울대 출신에다 알아주는 중소기업 사장이었다는데, 국가 시책 때문에 회사 망하고 집안 풍비박산 나고 그랬다고 혼자서 정부 상대로 20년 동안 소송하고 있는 거야. 그게 보통 일이냐?"

"혼자서요? 변호사도 안 끼고?"

"그렇다니까. 거기서 진상 많이 봤지. 그 진상들, 다들 법원 직원 앞에서는 고래고래 난리치다가 판사 앞에서는 아주 순한 강아지가 따로 없어요. 그런데 이 양반은 곤조가 있어. 모두에게 평등하게 진상이야. 판사고 뭐고 없더라고."

문 기자가 중얼거렸다.

"어휴, 그 눈만 생각하면 진짜. 독이 오를 대로 올라서 맛이 간 눈인데 불이 훨훨 타더라니까."

눈에서 불이 비치는 사람. 정호는 그런 사람을 본 적은 없었지만 선배 기자들한테 들은 바는 있었다. 그런 불은 속을 태우며 나오는 불이라고. 눈에 불이 어른거릴 때면 이미 속은 다 탄 상태라고.

속을 태우며 나오는 불. 그런 인간이면 이런 짓을 벌일 수 있지 않을까. 정호는 생각했다. 그 불길의 방향이 정확하게 SUB를 향하고 있다면, 이 정도로 만족하지도 않을 것이다. 그가 문 기자에게 물었다.

"그 운영자 연락처 있어요?"

문 기자가 한쪽 눈을 찡그리며 그를 보고 웃었다.

"왜? 네가 그 사람 만나 보게?"

"한번 만나 보게요."

문 기자가 또 실실 웃었다.

"그래, 너도 이제 깨져 볼 때가 됐지."

그는 뜻 모를 소리를 하면서 브레인 임플란트 피해자 카페 운영자의 이름, 연락처, 주소까지 다 털어 주었다. 정호가 휴대폰에 입력한 '이현일'을 꾹 누르자 신호음이 잠깐 가다가 그쳤다. 소리샘으로 연결하겠다는 기계음에 정호는 끊었다가 다시 걸어 봤다. 역시 신호음은 금세 그치고 소리샘으로 연결하겠다는 안내 음성이 흘러나왔다.

"전화 안 받는데요."

"그 인간 오전에 전화하면 안 받는다."

"저녁 8신데."

문 기자가 목에서 끌끌 웃는 소리를 냈다.

"계속해 봐라. 혹시 아냐? 지 꼴릴 때 받아 줄지."

오세영

집 근처 지하철역으로 해건을 불러낸 세영은 등이 근질근질했다. 등을 쭉 펴고 목을 뻣뻣이 세운 그는 지나가는 사람을 불러 세우고 싶었다. 저기요, 제가 앞으로 뭘 할 거게요?

당신들은 꿈에도 생각 못 하겠지. 세영은 히죽 웃었다. 평범한 고등학생 같은 그가, 지금 추리닝 반바지에 슬리퍼 끌고 횡단보도를 건너는 그가 무슨 생각을 하는지, 어떤 힘을 가졌는지 아무도 모를 것이다.

[3번 출구로 나와요.]

3번 출구는 근처에 낡은 모텔들과 공원이 있어 동네 사람들은 잘 이용하지 않는 출구였다. 길 건너 대각선으로 있는 6번 출구만 해도 근처 아파트 주민들이 애용하는 상가 건물이 수개였지만 3번 출구 앞은 상대적으로 한산했다.

막상 따져 보면 사람이 제법 다니는 편인데도 다른 출구보다 외져 보여서 이 동네 사는 젊은 여자나 학생은 3번 출구를 꺼렸다. 술에 취한 취객과, 낡은 모텔이나 공원에 볼일이 있는 사람 정도가 치안 체감도를 낮추면서 3번 출구를 통해 지상으로 나왔다.

해건을 3번 출구로 불러 놓고, 세영은 6번 출구 앞 프랜차이즈 커피숍 2층 창가에 자리를 잡았다. 쭉 빨아들이자 굵은 스트로를 타고 다디단 얼음 알갱이들이 올라와 입 안을 채웠다. 블루베리요거트 프라푸치노라고 했던가. 평소 같으면 비싸서 엄두도 못 냈을 음료를 마시며, 에어컨 바람이 목이며 드러난 팔다리를 스치는 것을 즐기는 기분은 달콤했다.

이름도 못 외울 것 같았던 음료 주문은 또 얼마나 쉬웠던가. 기껏 주문한 그릭요거트 프라푸치노를 실수로 블루베리요거트 프라푸치노로 바꿔서 내주었을 때의 대처는 또 얼마나 너그러웠고.

'죄송합니다. 죄송합니다, 손님! 저희가 얼른 새로 해 드릴게요.'

귀엽게 생긴 직원이 허리를 굽힐 때 그는 별일 아니라는 듯 말했다.

'아니에요. 그냥 마시죠, 뭐.'

나 완전 쿨한데. 이럴 때 말이야.

세영은 창에 붙은 테이블 위에 주먹을 올리고 힘을 주었다. 그의 앳된 얼굴은 약점을 쥐어서 성인을 쥐락펴락할 수 있게

된 기쁨과 자랑스러움으로 빛났다. 힘주어 쥔 주먹 너머로 해
건이 3번 출구에서 나오는 모습이 보였다. 잔뜩 곤두선 채로
낯선 동네에 온 사람 특유의 얼빠진 얼굴을 하고 있는 것을 보
니 웃음이 나왔다.

"등신."

세영은 턱을 괴며 중얼거렸다. 후줄근한 양복은 건너편 집
아저씨를 죽인 날에도 입고 있던 것이었다. 그는 눈을 찌푸렸
다. 뭐야, 왜 저리 조심성이 없어? 성언에 다니면서 양복 새로
사 입을 돈도 없나?

세영은 옷차림을 지적하는 메시지를 보낼까 하다 그만두었
다. 그는 다른 메시지를 누르기 시작했다.

[출구 바로 앞에 편의점 있죠? 거기 들러 청테이프와 캔맥주를 사
세요.]

해건이 주변을 경계하듯 둘러보았다. 세영이 보기에는 가소
로웠다. 그래 봤자 그는 편의점에 들어가서 시키는 대로 청테
이프와 캔맥주를 사서 나올 것이다.

예상대로 한 손에 편의점 비닐봉지를 들고 나와 편의점 앞
에 우두커니 선 해건을 보자 세영은 더욱 의기양양해졌다. 그
는 해건에게 편의점 파라솔 의자에 앉으라고 지시했다.

[맥주는 마셔도 좋아요.]

세영이 선심 쓰듯 덧붙였다.

해건은 못마땅하고 갈증 나는 얼굴로 맥주 캔을 따서 들이
켰다. 세영은 그 순간 다음 메시지를 보냈다.

[잘 봐 둬요. 지금부터 출구에서 나오는 사람 중에 오늘 김해건 씨가 죽일 사람이 있으니까.]

세영은 해건이 맥주를 마시다 뿜는 것을 보면서 소리 죽여 웃었다. 입을 닦은 해건이 날카로운 눈으로 주위를 둘러보는 것도 세영에겐 위협이 되지 않았다. 그는 지금 해건의 목줄을 쥐고 있었다.

김해건Ⅲ

해건은 지금 자신에게 닥친 상황에 어이가 없었다. 그렇지만 어이가 없는 것보다 긴장감이 더 강했다. 목격자가 어떤 놈인지는 모르겠지만 놈이 가지고 있는 동영상은 진짜였고, 자신이 이현일을 죽인 것도 사실이었다. 그는 목격자가 죽으라면 죽는 시늉까지 해야 할 판이었다.

사람을 죽이라고? 진짜로? 해건은 초조하게 다리를 떨며 주위를 둘러봤다. 어두워진 거리. 퇴근이 늦어진 직장인과 한잔하러 나온 동네 주민이 뒤섞인, 일상적이고 흔한 풍경이었다. 자신이 앉은 편의점 파라솔 의자와 들여다보고 있는 익명의 채팅창 속 메시지만이 다른 세상인 것 같았다.

느리고, 이질적인 세상. 모든 것이 멈춰 버리고 매캐한 연기와 함께 아무것도 끝나지 않는…….

해건은 맥주를 토할 것 같은 기분에 코와 입을 막았다. 그와 동시에 3번 출구에서 사람이 나오기 시작했다.

꿀꺽.

해건은 침을 삼켰다. 큰 발소리가 묻힐 정도로 침 넘어가는 소리가 크게 울렸다. 코를 괴롭히던 매캐한 연기 냄새는 사라지고 없었다.

발소리와 함께 나온 사람은 건장한 청년이었다. 해건은 자기도 모르게 다음부터 나오는 사람이 여자이거나 노인이었으면 좋겠다고 생각했다. 아니면 아이가 쉬울까. 아니, 아이는 찾는 사람이 너무 많았다. 단순 실종으로 처리되지도 않을 테고. 그는 바싹바싹 입이 말랐다.

"아니, 거기서 그렇게 말하면 안 되지."

큰 소리가 지하도를 울리며 들렸다. 해건은 휴대폰을 귀에 대고 나오는 두 번째 후보를 쳐다봤다. 중년이 넘어선 아주머니였다.

"그럼. 거기서 그렇게 말하면 내 입장이 뭐가 돼? 자기도 한번 생각해 봐. 사람 말이 아 다르고 어 다르다고……."

아주머니는 자신이 지금 어떤 상황에 직면했는지 전혀 모른 채 통화에 열을 올리며 계단을 오르고 있었다. 해건은 잠시 당황했다. 여자였으면 좋겠다는 생각은 했지만, 그가 생각한 것은 젊은 여자였다. 그는 중년이 넘어선 아주머니를 죽여야 할 가능성이 있다는 것을 깨닫고 당황했다.

그가 당혹스러움을 추스를 새도 없이, 출구에서 두 번째로 나온 아주머니가 골목으로 사라졌다. 해건은 안도감을 느꼈지만 잠시였다.

출구 안쪽에서 발소리가 동시에 여럿 들리고 있었다.

더럭 겁이 났다.

갑자기, 이 상황이 얼마나 이상한 건지 실감이 났다. 누군지도 모르는 익명의 인물이 그에게 시키고 있는 것이다. 누군지도 모르는 사람을 죽이라고.

해건은 3번 출구 표지판을 노려보았다. 목격자는 저기서 나오는 사람 중에 누군가를 죽이라고 하고 있었다. 죽을 사람은 목격자가 아는 사람일까, 모르는 사람일까? 그는 그것조차 모르고 있었다. 무엇 때문에 이런 짓을 시키는지도 몰랐다.

이게 다 쇼면 어떻게 하지?

우연히 살인 현장을 찍게 된 목격자가 사람 약점 잡고 갖고 노는 재미에 빠져서 그를 이리저리 끌고 다니다가, 지금쯤 정신 차리고 신고한 것이라면 어떻게 할 것인가? 저 발소리의 주인공이 형사들이라면?

엉덩이를 떼고 당장 도망가고 싶었다. 하지만 진짜라면? 목격자가 진짜로 사람 죽이는 것을 원한다면? 그렇다면 지금 도망가는 길로 목격자는 열 받아서 신고할 것이고, 선명한 화질의 동영상은 모자이크된 채 뉴스 화면에 떴다가 인터넷에 돌아다닐 게 뻔했다. 수배령이 내리기까지 얼마나 걸릴까? 잡힐 때까지는?

잠깐 누나의 얼굴이 떠올랐다 사라졌다. 이현일 미친놈이 계획했던 브레인 임플란트 테러도 언론에 제대로 보도되지 않았다. 김해주 박사의 동생이 살인을 저질렀다는 것을 묻는 것은 더욱 쉬울 것이다. 누나가 그 과정에서 그를 빼돌려 줄까?

빼돌려 주긴 할 것이다. 정신병원으로. 혹은 수술대로.

차라리 감옥에 가거나 죽는 게 나았다. 해건은 누군가 위를 짜서 비트는 느낌을 받으며 맥주 캔을 잡고 버텼다. 점점 더 태연함을 가장하기 힘들었다. 맥주 캔이 우그러져서 해건도 모르는 사이에 맥주가 줄줄 흐르고 있었다.

터벅거리는 요란한 발소리들이 점점 더 가까워졌다. 남자 둘이었다. 폐지 줍는 노인과 노숙자가 거의 동시에 나오고 있었다.

띠링. 메시지 알림음이 울렸다.

— 지금.

지금? 지금이라고? 둘 중 누구?

해건은 혼란스러웠다.

설마 둘 다는 아니겠지?

손가락이 저도 모르게 메시지를 누르려는 순간 노인이 소리쳤다.

"그거 내려놔라!"

해건은 퍼뜩 눈을 들었다. 노숙자가 노인이 끌고 올라오던 폐지 더미에서 박스 몇 장을 빼 가려 하고 있었다.

"도둑놈의 새끼가! 내려놓으래도!"

노숙자는 잠시 움찔했으나 곧 박스를 빼던 손에 다시 힘을 주었다. 덤빌 테면 덤비라는 투였다. 노인은 노숙자에게 바로 덤비지는 못하고 노숙자가 빼려는 박스에 달라붙었다. 해건은 약간 멍해져서 눈앞에서 벌어진 실랑이를 쳐다보았다. 메시지 알림음이 울렸다.

— 둘 중 누구로 할래요?

해건의 눈이 가늘어지며 바로 앞에서 박스 양쪽을 잡아당기는 둘에게로 다시 옮겨 갔다. 노인은 쉬울 것 같았다. 노숙자는 들키지 않을 것이다. 그는 어쩐지 웃고 싶은 기분이 되었다. 여전히 배 속은 꼿꼿하고 뒷목에선 식은땀이 났지만 솟구치는 감정은 기쁨에 가까웠다. 마구 웃으며 뭐든 부술 수 있을 것 같은 난폭한 기쁨. 해건은 잡고 있던 맥주 캔을 우그러뜨렸다.

노인과 노숙자가 돌아봤다. 맥주가 해건의 손을 적시며 하얀 편의점 테이블에 뚝뚝 떨어졌다.

"거 되게 시끄럽네."

해건이 말했다.

노숙자가 그를 노려보았다. 그 틈을 타 노인은 폐지 더미를 끌고 도망쳤다. 눈이 마주치자 해건과 노숙자는 몇 초간 서로 눈빛을 응시했다. 해건은 게슴츠레한 노숙자의 눈이 그를 가늠하고 있는 것을 보며 히죽 웃었다.

"이거나 마시고 꺼져."

해건이 들고 있던 거품 흘러내리는 맥주 캔을 내밀며 말했다.

'이 새끼가 지금 시비 거나?'

노숙자는 구겨진 여름 양복을 입고 자신에게 맥주 캔을 내

미는 남자를 보며 생각했다. 멀쩡한 회사원의 외양을 하고선 갑자기 사람을 패는 놈들은 언제나 있었다. 여름이면 그런 미친놈들을 어디서 만날지 몰랐다.

하지만 그의 앞에서 거품과 함께 뚝뚝 떨어지는 맥주는 진짜였다. 노숙자는 기억하고 있었다. 여름 저녁 맥주 한 모금이 얼마나 시원한지. 목으로 쭉 넘기는 순간 등의 땀이 순식간에 식으며 몸서리쳐지는 기분이 얼마나 짜릿한지.

"아니면……."

해건이 더 유혹적인 제안을 하며 뻔뻔하게 웃었다.

"……소주 한 병 사 드릴까?"

노숙자가 해건을 향해 한 발짝 다가왔다.

사회화를 포기한 인간 특유의 노골적인 욕망이 눈에 비쳤다. 해건은 긴장되면서도 어쩐지 기꺼웠다. 어릴 적 고양이를 유인하던 것이 생각났다. 조금씩, 냄새를 피우면서, 경계심을 완전히 무너뜨리지는 않으면서 거리를 좁히는 거다. 그는 슬쩍 다리를 벌렸다. 바지 위로 불룩 튀어나왔던 약병이 주머니 안감 안에서 구르며 형태를 감추었다.

"아저씨, 여기 있어 봐요."

해건은 맥주 캔을 내려놓고 편의점으로 들어갔다. 딸랑. 편의점 문의 도어벨이 울렸다. 그 소리에 아르바이트생이 창고에서 나와 계산대에 서더니 그를 보고 파라솔 쪽을 힐끔 살폈다. 해건은 따라 확인하고 싶은 것을 억눌렀다.

노숙자는 아마 남아 있을 것이다. 서둘러 벗어날 이유가 없지 않은가. 더운 여름 저녁이었고, 지나가던 호구가 여기 있어 보라 말한 덕분에 편의점 파라솔에서 쫓겨나지 않고 앉아서 쉴 수 있었다. 눈앞에는 놈이 남겨 놓고 간 차가운 맥주도 있다. 게다가 어쩌면 호구가 소주도 사 줄지 모르는 일이고.

그리고 그다음엔?

해건의 머리가 빠르게 회전했다. 냉장고 안의 소주를 보던 그의 눈이 열린 창고 안으로 향했다.

"이거 여기서 박스로도 팔죠?"

"네? 네."

희한한 사람 보듯 눈을 깜박이던 아르바이트생이 얼른 덧붙였다.

"그런데 저희가 배달은 안 돼요."

"그래요?"

해건은 창고 가장 안쪽에 있던 소주 브랜드를 떠올렸다. CCTV의 위치도.

"한 박스 주세요. ㅇㅇㅇ로."

아르바이트생이 창고로 들어간 사이 그는 소주 한 병을 열어 주머니에 있던 약을 탔다. 재빠른 동작이었다. 아르바이트생이 창고에서 나올 때를 노려 해건이 소주를 한 병 더 꺼냈다.

"두 병은 차가운 걸로 바꿀게요."

아르바이트생이 그러시라며 박스를 열었다. 해건은 뚜껑 열린 소주 박스를 안고 나와서 파라솔 테이블 위에 턱 얹었다.

"아저씨, 부탁 좀 합시다. 보니까 힘 좀 쓰는 것 같던데."

남겨 놓은 맥주 캔을 들고 거품을 탈탈 혀에 털어 넣던 노숙자가 벌건 눈으로 해건과 소주 박스를 보았다. 해건이 그 앞에 약 탄 소주병을 꺼내 놓았다.

"일단 이거 한 병 드시고. 차를 좀 멀리 대 났는데 이 소주 박스 좀 차까지 옮기게 도와주쇼."

해건은 소주 박스 옆면을 탕탕 쳤다. 유리병끼리 부딪치는 소리가 시끄러웠다.

"차까지 가면 한 병 더 드릴게."

노숙자의 눈에 약빠른 기색이 서렸다. 놈이 의자를 뒤로 빼며 버텼다.

"이거 무거운데."

"두 병."

노숙자가 히죽 웃으며 해건이 밀어 놓은 소주병을 열었다.

"힘쓰려면 한잔해야지?"

노숙자가 병나발을 불기 시작했다. 맑은 액체가 순식간에 그의 입 안으로 사라졌다. 해건은 꿀떡꿀떡 넘어가는 노숙자의 목울대를 살피며 침을 삼켰다.

"왜 이렇게 써?"

노숙자가 투덜대며 빈 병을 놓고 일어섰다. 해건이 얼른 그 병을 박스 안에 넣었다. 노숙자는 약간 비틀대며 소주 박스를 들어 올렸다.

"두 병이다, 형씨?"

노숙자가 확인하며 걷기 시작했다. 걸음걸이가 생각보다 멀쩡했다. 너무 적게 넣은 건 아닐까 불안해하는 사이 그들은 해건의 차에 도착했다. 땀범벅이 된 노숙자가 성을 냈다.

"트렁크 안 열어?"

"꽉 차서. 뒷자리에 실어요."

노숙자가 차 뒷자리에 박스를 넣느라 몸을 숙였다.

"어으……."

약효가 도는 모양이었다. 그의 등이 오른쪽으로 기울었다.

지금이다.

해건은 노숙자의 뒤에 달라붙었다. 지독한 쉰내 때문에 정신이 어찔했다. 피부에 가죽처럼 붙은 검은 때가 땀에 불어 옷을 적셨다. 그 밑의 뜨끈뜨끈한 육체. 그 열기가 그의 몸에 전달되는 느낌이 더럽게 생생했다.

흥분과 역한 기분이 뒤섞여 목구멍 안에서부터 액지기가 일었다. 목울대를 눌러야 해. 소리 지르지 못하도록……. 해건은 정신없이 노숙자의 목을 졸랐다. 씨발. 그만 버티란 말이야, 개새끼야. 버둥대며 컥컥대던 노숙자가 손끝에서 늘어졌다.

해건은 땀으로 미끈대는 손으로 놈의 다리를 잡았다. 그러고는 인형을 싣듯이 노숙자의 다리를 차 안으로 밀어 넣었다.

"씨발."

해건은 손을 바지에 문지르며 운전석에 올라탔다. 다리가 후들후들 떨렸다. 차 안을 꽉 채운 썩은 냄새에 성질이 치밀었다.

"씨발, 이거 냄새 안 빠지는 거 아니야?"

그는 시동을 걸었다. 차는 내부를 채운 공기와 상관없이 깨어났다. 엔진이 떨면서 높은 기계음이 어디로 갈지를 물었다. 무인 자동 운전이 시행되려는 것이다.

해건은 백미러로 뒷좌석을 보았다. 노숙자가 깨기 전에 도착해야 했다. 지난번 현일을 처리할 때는 새벽이었지만 지금 시각이면 길이 막힐 수도 있는데. 수동 운전으로 시간 내에 갈 수 있을까.

하지만 기록이 남으면 안 되었다. 누가 탔는지, 어디로 향하는지. 그는 손을 뻗어 무인 기능을 끄고 액셀에 발을 올렸다.

행방

    카페 운영자라는 이현일은 전화도 받지 않고 문자에도 답이 없었다.

    피하는 것일까? 정호는 헷갈렸다. 만약 듣던 대로 이현일이 관심에 목말라 있고 이번 테러를 계획했다면 지금쯤 언론에서 자신을 찾기를 기다리고 있을 터였다. 그렇지만 자신이 연루되거나 처벌받기 싫어서 카페를 폐쇄한 것이라면 기자를 피하리라.

    '어느 쪽이야?'

    정호는 다시 이현일에게 전화했다. 하루 사이에 수십 통은 했으리라. 계속 신호음이 금방 끊기는 것을 보니 휴대폰이 꺼져 있는 것 같았다.

    딱. 딱. 초조해진 손가락이 휴대폰 액정을 때렸다. 하루 넘게 휴대폰이 꺼져 있다니, 무슨 일이 있는 것일까? 정말 잠적한 것일까?

어쨌건 방법을 바꿔야 한다는 것은 확실했다. 정호는 이현일의 집으로 찾아갔다.

차 댈 곳 없는 좁은 골목을 한참 헤매다 길 건너 아파트 주차장에 주차해야 했다. 그는 낡은 아파트 정문을 걸어 나오며 맞은편 건물을 바라보았다. 한눈에 보이는 3층 다가구 주택의 모양새가 초라했다. 저 건물의 201호가, 응답 없는 이현일의 주소지였다.

컹. 길을 건너자 어디선가 개 짖는 소리가 들렸다. 어디서나 들리는 개 짖는 소리가 이상하게 위협적이었다. 옆구리가 터진 음식물 쓰레기봉지가 전봇대에 기대어 서 있다가 정호의 발이 다가오자 바닥으로 엎어졌다. 그는 얼른 발을 피하며 이현일의 집이 있는 3층 다가구 주택에 발을 디뎠다.

"아뜨뜨."

균형을 잃을 뻔해서 철제 난간을 짚었다가 뜨거워서 얼른 손을 뗐다. 계단은 제법 가팔랐다. 정호는 2층에 올라가 제일 가까운 현관문 호수를 확인했다. 203호. 그 옆의 나란히 문이 달린 집이 202호. 복도 끝 제일 안쪽에 다른 두 집과 달리 계단에서 바로 보이는 방향으로 현관문이 달린 집이 201호. 그는 201호 앞에 섰다.

"이현일 씨! 계십니까?"

띵똥. 띵똥. 띵똥.

낡은 초인종이 힘주어 누르는 손끝에서 튕기며 듣기 싫은 소리를 냈다. 혹시나 싶어 문손잡이를 잡고 돌려 보자 덜컥하는 느낌이 왔다. 잠겨 있었다. 번호키나 생체 인식 시스템이 아니라 열쇠로 잠그는 것 같았다.

정호는 문을 두드렸다.

"이현일 씨! 계시나요?"

띵똥. 띵똥.

계속되는 소음에 짜증 섞인 외침이 들렸다.

"그 집 총각 집에 없어!"

정호는 동작을 멈췄다. 옆집에서 나는 소리였다. 그는 202호 현관문 앞으로 가서 물었다.

"언제부터 없습니까?"

202호 주민은 별소릴 다 묻는다는 듯이 대답했다.

"그걸 내가 어떻게 알아? 사람 안 들락거린 지 한참 됐어."

나이 든 여자 목소리였다. 퉁명스러운 말투였지만 계속 대답해 주고 있었다.

"할머니, 이 집 살던 사람 아세요?"

"몰라."

"왜, 남자 혼자 산다고 하던데요. 총각이라고 하시는 거 보니까 아시는 모양인데."

"그럼 나보다 어린놈한테 영감이라고 하리?"

정호는 끈기를 가지고 물었다.

"얼굴은 보셨구나. 그래도 오며 가며 마주치고 하셨죠?"

"뭐, 나와야 마주치지. 젊은 놈이 얼굴은 허옇게 떠 가지고. 내가 여기 산 지 5년이 넘어가는데 얼굴 세 번 봤네."

"이야기 좀 해 주실 수 있을까요?"

"바빠."

할머니의 말에 맞추기라도 한 듯 삐삐거리며 사람을 부르는 기계음이 들렸다.

"빨래 널어야 돼. 집주인한테 물어보든가."

정호는 맥이 풀리려는 것을 꾹 누르며 물었다.

"집주인은 어디 사는데요?"

"위층이 다 주인집이야."

정호는 3층으로 올라갔다. 할머니 말대로 계단을 올라가자마자 현관이었다. 열린 현관문에 싸구려 대나무 발이 늘어져 있었다. 그는 그 앞에 멈춰 서서 공손하게 '안녕하세요.'를 외쳤다. 이런 오후 시간에 집에 있는 사람은 외부인에게 경계심이 강하기 마련이었다. 몇 번 같은 인사를 반복하자 발 안쪽에서 인기척이 있었다.

"누구세요?"

"안녕하세요, ○○뉴스 권정호 기자라고 합니다."

발 아래로 손이 나와 들어 올렸다. 막 늘어지기 시작한 가슴 라인이 다 비치는 얇은 민소매 원피스 하나만 입은 집주인이 정호를 떨떠름하게 쳐다보았다.

"기자?"

정호는 얼른 명함을 건네며 '○○뉴스 권정호 기자라고 합니다.' 하고 다시 말했다. 집주인은 명함 속 사진과 눈앞의 그를 비교하며 '명함 쪽이 더 번듯해 보이네.'라고 평했다. 정호는 열없는 웃음을 흘리며 서서 기다렸다.

"누굴 찾는다고?"

"201호 사는 이현일 씨를 찾는데요."

"그 사람이 뭐 사고 쳤어요?"

"아니, 뭐 그런 건 아니고요."

우물거리듯 말하는 정호의 말은 듣지도 않고 집주인은 그럴 줄 알았다며 고개를 주억거렸다. 그녀는 이현일을 집세는 안 밀리지만 인상이 더럽고 말 걸어도 대답도 안 하는 싸가지 없는 사람으로 기억하고 있었다.

"무슨 밤도깨비처럼 낮에는 꼼짝도 안 하고, 창이란 창에는 그 시커먼 커튼, 그게 뭐더라……."

"암막 커튼이요?"

"그래, 그거. 그거 죄다 쳐 놓고. 아주 사람이 음침해서 좀 그렇더라고. 밤에 가끔 분리수거하러 나올 때 마주쳤는데, 고개도 끄덕 안 하더라니까."

"이현일 씨가 여기서 얼마나 사셨는데요?"

"5년은 넘었지. 10년 다 되어 갈걸? 아닌가? 한 7~8년 됐나? 아무튼 오래됐지."

"그러네요. 그렇게 오래 살면 집주인 분이랑 인사 정도는 할 법도 한데요."

"그 사람은 나랑 인사는 영영 안 할걸요."

정호는 무슨 뜻인가 싶어 집주인의 얼굴을 쳐다봤다. 집주인이 찡그리며 내려다보는 표정을 흉내 내며 말했다.

"티가 나잖아. 표정이 딱 '난 이런 데 살 사람 아닙니다.' 하는 표정이야. 눈 사이를 이렇게 모아 가지고 사람 깔보고."

적어도 집주인에게 이현일의 평판이 어땠는지는 잘 알 것 같았다. 정호는 화제를 돌렸다.

"자주 오던 사람은 없나요? 가족이라든가."

"글쎄, 못 봤는데."

"애인이라든가."

정호의 질문에 집주인은 콧방귀를 뀌었다.

"어떤 정신 나간 여자가 그런 남잘 만나겠어?"

정호는 계단을 내려가다가 다시 2층으로 방향을 틀었다.

"할머니, 안녕하세요. 아까 왔던 사람인데요. 바쁜 일 끝나셨으면 이야기 좀 해도 될까요?"

그사이 빨래를 다 널었는지 202호 할머니는 문을 열어 주었다. 정호는 기자라며 명함을 건넸지만 할머니는 한번 흘깃 보더니 후들후들한 바지 주머니에 집어넣었다.

"조금 전에 말한 게 다야."

할머니는 부루퉁하게 말했다. 이현일이 집에 없다는 것은 알지만 언제부터 없었는지는 모르고, 없다는 걸 알게 된 게 언제였냐는 말에도 그걸 자신이 어떻게 아느냐는 대답뿐이었다. 정호는 땀을 닦았다. 단순히 이현일을 만나려고 시작한 일이었는데 점점 행방불명된 사람을 쫓는 기분이 들었다.

"자주 오던 사람은 없었나요?"

질문이 바뀌자 할머니가 기억을 더듬었다.

"가끔 낮에 오던 청년이 있긴 했어."

"그럼 찾아오는 친구는 있었던 거군요?"

정호가 물었다. 할머니는 아닐 거라며 고개를 갸웃했다.

"친구 사이로는 안 보였는데."

"어떤 점이 그렇게 보이셨는데요?"

"매번 올 때마다 문손잡이 잡고 열어 달라고 애걸복걸을 하더라고. 한참 씨름하다 보면 그 얼굴 허연 양반이 열어 주고. 아니, 그럴 거면서 왜 사람 올 때마다 그렇게 앞에 세워 두고 무안을 주는지."

애걸복걸을 해? 정호는 의아했다. 사회활동이라고는 브레인 임플란트 피해자 카페가 전부일 것 같은 이현일에게 누가 그렇게 애걸복걸을 했을까?

"그 찾아왔다는 청년, 어떻게 생겼는지 기억나세요?"

"그냥 매꼬롬한 게 요즘 젊은 사람 같지, 뭐."

"저처럼요?"

자기를 가리키며 하는 정호의 말에 할머니가 단호하게 고개를 저었다.

"기자 양반은 인상이 벌써 보통 아닌데, 뭐. 그 청년은 그냥 매꼬롬했다니까."

"뭐 하는 사람 같았나요? 이현일 씨 또래 같아 보이던가요?"

"아니야. 훨씬 젊었지. 청년이라니까. 매번 양복 입고 오던데."

양복을 입고 와서 문을 열어 달라고 애걸복걸하는 젊은 남자라. 그런 남자가 이현일과 무슨 접점이 있을까? 정호는 순간 머리가 복잡해졌다. 할머니가 계속 말했다.

"몇 번 보진 못했는데, 그 왜 있잖아. 꼭 절인 배추 같은 인상이었어. 젊은 사람이 맥없이 시들시들하니."

자주 와서 문전박대를 당하는 입장이면 누구라도 시들시들할 것 같은데요. 정호는 생각을 입 밖으로 내진 않고 고개를 끄덕였다.

퇴근해서 돌아오던 203호 남자도 201호 이현일에 대해 불만이 많은 것 같았다.

"아무리 밤낮이 바뀌어서 산다지만 정도가 있지."

생각하니 새삼 다시 열이 받는지 203호 남자가 씨근덕댔다.

"며칠 전 새벽에 소리가 나더라고. 하도 짜증이 나서 문을 열었더니 또 잠잠하고. 뭐라고 한마디 해 줘야지 하고 201호 현관 앞까지 갔다니까."

"그래서 201호 분을 보셨나요?"

"그래도 똑같이 몰상식한 사람이 될 수 있나. 벨 누르려다 다른 집도 시끄럽겠더라고. 현관 앞에 뭔가 시커먼 것도 세워져 있고."

"시커먼 것이요?"

"그거 치우려면 꽤 시끄러웠을 거야. 이만은 하던데. 시커멓고 커다란 게."

203호 남자는 두 팔을 위아래로 벌려 시커먼 것이 꽤 컸음을

146

알렸다.

"뭐였는지 짐작 가는 건 없으세요?"

남자가 고개를 저었다. 정호는 질문을 바꿨다.

"그런 일이 자주 있지는 않았나 봐요? 201호 분이 주로 밤에 깨어 있었다면서요?"

"그건 자기 사정이고. 왜 밤에 쓰레기를 내다 버리느냐고. 기본이 안 됐어."

더 이상 얻을 정보는 없겠다 싶었다. 정호는 인사하고 내려와서 건물을 돌아보았다. 아직 여열이 남은 낡은 시멘트 덩어리.

저 안에서 밤낮이 바뀌어 살았을 이현일. 찾아와 애원하는 양복 차림의 젊은 남자. 며칠 전 새벽의 소리를 마지막으로 사라진 이현일. 이것만으로는 브레인 임플란트 피해자 카페와 성언 테러가 서로 연관성이 있다고 확신할 수는 없었다. 그는 주머니에서 손수건을 꺼내 땀을 닦았다.

'그건 그렇다 치고…….'

새로운 궁금증이 솟아올랐다. 정호는 차가 주차된 아파트를 향해 걸어가다 다시 다가구 주택 건물을 돌아봤다.

'……이현일은 어디 간 것일까?'

합의

오후 회의를 끝내면서 신재규 부장이 말했다.

"김해건 씨는 이따가 나 좀 보고."

올 게 왔구나. 긴장감에 종아리까지 뻣뻣해졌다. 아무렇지 않은 얼굴로 고개를 끄덕여 보이기가 힘이 들 정도였다.

드디어 신 부장이 그를 사람 취급 해야 할 때가 온 것이다.

해건은 더 이상 무능한 낙하산이 아니었다. CS부서의 가장 큰 적이자 고객인 브레인 임플란트 피해자 카페가 폐쇄되었다. 카페를 닫은 것은 현일이 아니라 해건 자신이지만 무슨 상관이랴. 카페가 폐쇄되었다는 보고서 파일에는 '브레인 임플란트 피해자 카페를 폐쇄하고 다시는 활동하지 않겠다.'는 내용에 이현일의 도장까지 찍힌 확약서도 같이 들어 있었다.

'회의 때 말할 줄 알았더니. 하긴, 신 부장도 실제로 카페가

폐쇄될 줄은 몰랐겠지.'

해건은 득의양양해서 팔짱을 끼었다. 웃음이 새어 나왔다. 모두 몰랐을 것이다. 신 부장도, 동료 직원들도, 이현일과 그 패거리도.

포털사이트에서 제공하는 폐쇄 유예 기간 동안 카페 회원들은 무슨 일인가 우왕좌왕할 것이다. 하지만 잠깐이리라. 해건이 보기에 이 카페의 핵심은 현일이었고, 그나마 그를 대체할 수 있는 사람은 비밀 게시판의 '게릴라전'에 동참한 극단적인 인물 몇뿐이었다.

게릴라전. 브레인 임플란트 시술자를 전파로 공격해 브레인 임플란트의 허점을 폭로하고 부작용 피해자의 존재와 주장을 알리겠다는 작전. 작전 자체는 보기 좋게 성공했다. SUB와 네바의 MOU 체결식에서 실제로 많은 이들이 쓰러졌고 사람도 하나 죽었다. 현일과 그 추종자들은 사건이 뉴스에 계속 보도되고, 언론 또한 벌 떼처럼 SUB에 달라붙어서, 결국에는 여론이 브레인 임플란트와 김해주 박사에게서 등을 돌리는 전개를 예상했으리라.

그렇지만 그 일은 애초 예상과는 달리 '브레인 임플란트 시술자들에 대한 뇌파 공격'이 아니라 '약간의 소동'으로 둔갑돼서 언론에 보도되었다.

'왜일까?'

누군가 여론 조작에 들어간 것일까? 아니면 언론이 보기에 이 일은 테러가 아니라 소동에 불과한 것일까? 어느 쪽이든 범인인 카페 닉네임 '대충'은 대의명분 대신 실리를 위해 거짓 진술을 택한 모양이었다. 이상은 근사했지만 눈앞에 제시된 형량은 현실이었을 것이므로.

비밀 게시판의 공모자들은 잠깐 분노하겠지. 그리고 곧 겁먹을 것이다. 그들에겐 남의 일이 아닐 테니까. '대충'이 '게릴라전'의 계획을 폭로하며 자신들을 엮진 않을까, 경찰이 들이닥치진 않을까 전전긍긍하게 될 터.

이 시점에서 현일이 카페를 폐쇄한다고 하면 그들로선 정말 반가운 일 아닐까?

화룡점정 같은 마무리였다고, 해건은 스스로를 칭찬했다. 카페가 사라짐으로써 현일의 실종과 브레인 임플란트 피해자 모임은 아무 잡음 없이 묻히게 될 것이다. 그는 어깨를 폈다. 성언에 출근한 뒤로 이런 기분은 처음이었다. 자신을 흘깃대는 부서 사람들의 시선도 신경 쓰이지 않았다.

"해건 씨, 부장님이 찾으시는데."

해건은 신 부장의 호출에 자리에서 일어섰다. 사람들의 시선이 그의 뒤를 좇는 것이 느껴져 등이 근질근질했다. 기대하라고. 해건은 생각했다. 당신들이 바라는 바와는 반대겠지만.

재규는 해건이 낸 보고서를 읽고 또 읽었다.

납득이 되지 않았다. 이현일이 카페를 폐쇄했다고? 재규는 다시 보고서를 넘겨 파일 끝에 첨부된 확약서를 확인했다.

이행확약서

각서인 주소 : 서울특별시 ○○구 ○○로 ○○번길 ○○ 201호

성명 : 이현일

주민번호 : ○○○○○○ ─ ○○○○○○○

상기 각서인은 아래와 같이 이행할 것을 확약합니다.

— 아래 —

1. 각서인은 20○○년 ○월 ○일 브레인 임플란트 피해자 카페를 이유 없이 폐쇄한다.

2. 각서인은 20○○년 ○월 ○일 이후 카페 폐쇄를 취소하지 않는다. 또한 카페 활동을 재개하지 않는다.

3. 각서인은 20○○년 ○월 ○일 이후 브레인 임플란트 피해자 카페의 운영자로서 언론 활동을 벌이지 않는다.

4. 상기 각서인은 위 항목을 불이행할 시 여타 사항으로 고소를 제기하여도 일체의 이의를 제기치 않는다.

20○○년 ○월 ○일

각서인 : 이현일 (인)

몇 번을 읽어도 내용은 같았다. 카페를 폐쇄하고 다시는 활동하지 않겠다는 말이었다.

'그 이현일이?'

재규는 고개를 흔들었다. 테러가 일어난 날 이현일이 보낸 카페 쪽지를 보면, 언론을 비판하며 꾸준히 게릴라전을 벌이겠다는 다짐이 쓰여 있었지 않은가.

무엇보다도 이현일은 해건에게 설득될 사람이 아니었다. 그 것은 익명으로 정보를 전하며 이현일과 손을 잡았던 재규가 잘 알고 있었다. 이현일은 똑똑하고 행동력 있는 인간이었지만, 자기가 듣고 싶은 말만 듣는 외골수였다. 절대 남의 말을 들을 인간이 아니었다. SUB의 똘마니일 뿐인, 요령도 없는 해건의 말에 설득될 리가 없었다.

'겁을 먹었나?'

재규는 골똘히 생각했다. 막상 뚜껑이 열리고 경찰 수사가 텔레비전 뉴스로 방송되자 진짜로 저질렀다는 실감이 났을까? 그래서 해건이 찾아오자 넘어간 척한 것일까? 카페를 폐쇄하고 성언 쪽에 서면 감옥행은 면할 수 있을 거라 생각했을까?

그렇지만 테러를 저지른 카페 멤버가 입을 열기만 하면 카페를 접든 말든 이현일의 처지에는 변화가 없을 것이다. 그도 그것을 모르진 않을 테고. 이현일은 폭탄을 등에 짊어진 채로 살겠다고 동아줄을 잡으려 할 타입은 아니었다. 차라리 폭탄을 짊어진 김에 다 죽자고 뛰어든다면 모를까.

'역시 말이 안 돼. 이현일이 카페를 폐쇄한 것도, 그렇게 설득한 것이 김해건 그놈이라는 것도. 다 말도 안 되는 이야기야.'

그런데 휴대폰을 열어도 컴퓨터를 켜도 카페는 폐쇄된 게 확실했다. 또한 몇 번을 확인해 봐도 보고서 말미에는 이현일의 도장이 찍힌 확약서가 첨부돼 있었다. 재규는 귀신에 쓴 기분이었다.

"부장님, 들어가겠습니다."

똑똑 두드리는 노크 소리와 거의 동시에 해건의 목소리가 들렸다. 재규는 이질감을 느꼈다. 해건은 노크를 해 놓고도 못 들었을까 우물쭈물하다 한 번 더 하곤 하는 놈이었다. 덜컥. 그가 들어오라고 하기도 전에 문이 열렸다. 해건이 문 앞에 서 있었다.

'이 새끼가 김해건 맞나?'

재규는 자신의 눈을 의심했다. 머저리 같던 낙하산 부하 직원이 문간에 서서 그를 똑바로 쳐다보고 있었다. 오싹함과 불쾌함이 동시에 등을 서늘하게 훑으며 지나갔다. 늘 그의 처분을 기다리던 어깨 처진 놈이 고개를 빳빳이 들고 그를 가늠하듯이 보는 모습이 예사롭지 않았다. 해건의 껍데기를 뒤집어쓴 다른 놈 같았다.

"너 뭐야?"

저도 모르게 뾰족하게 나간 말에 해건은 미간을 조금 찌푸리더니 들어와서 문을 닫았다.

"부르셨다고 해서요."

그 태도가 왠지 모르게 거슬려, 재규는 퉁명스럽게 말했다.

"너, 내가 왜 불렀는지 알아?"

"네."

해건은 웃음 띤 얼굴로 대답했다.

"브레인 임플란트 피해자 카페 폐쇄한 것 때문에 부르신 거죠?"

당당한 어조였다. 역시 이상했다. 자신이 알던 해건이 아니었다.

"어떻게 한 거야?"

"합의를 봤습니다."

"어떻게?"

재규가 재차 묻자 해건의 얼굴에 의아한 기색이 서렸다.

"어떻게……라니요?"

"이현일 그놈이 그냥 합의를 해 줄 리가 없잖아. 당장 일을 이렇게 벌여 놓은 마당에…….."

"아."

해건이 느리게 눈을 끔벅이더니, 웃었다.

"웃어?"

"부장님, 이현일을 잘 아시나 봅니다. 이현일이 일을 벌여 놓은 것도 아시고…….."

건방진 말투였다. 그런데도 재규는 화가 나기보다 소름이 돋았다. 소름이 돋아? 해건에게? 가만 생각해 보니 방금 전에 놈이 한 말이 마음에 걸렸다. 이현일이 일을 벌여 놓은 것도 아시고…….

재규는 눈을 깜박였다.

이 새끼 알고 있구나.

해건은 아무 말 없이 그를 쳐다보고 있었다. 재규는 확신했다.

이 새끼도 알고 있어.

부글부글. 울화인 줄만 알았던 것이, 좀 더 검은빛을 띠고 머릿속에서 끓었다. 가스가 뻐끔대는 것처럼 생각의 수면 위로 의혹들이 떠올랐다.

해건도 이현일이 일을 벌인 것을 알고 있다.

이놈은 그걸 어떻게 알았을까?

카페는 어떻게 폐쇄했을까?

어떻게?

머리를 점령한 의혹들이 터질 듯이 부풀었다. 연락이 끊긴 이현일. 폐쇄된 브레인 임플란트 피해자 카페. 갑자기 달라진 해건. 모든 상황이 한 가지를 가리키고 있지 않은가.

재규는 이를 지그시 물었다.

"너, 이현일 그놈을 어떻게 한 거야?"

권정호 Ⅱ

식사 시간이 지난 순대국밥집에는 손님이 드문드문했다. 태환은 벌겋게 된 얼굴로 앞서 들어갔다. 누가 보면 낮술이라도 거하게 한 것 같은 얼굴빛이었다.

정호가 그를 발견한 것은 외근 후 회사에 돌아가던 길에서였다. 회사 앞 화단에서 양손을 모은 채 고개를 반쯤 숙이고 앉은 태환의 모습을 발견했을 때는 정말 기함할 듯이 놀랐다. 설마 하며 부르자 태환은 더위에 익은 얼굴을 들며 그를 보았다.

"연락을 하지 그러셨어요."

"시간이 남아서요."

태환이 대답했다. 그렇게 말하는 그의 옷은 여전히 손길이 안 닿은 구깃구깃한 여름 양복이었다. 정호의 시선을 느꼈는지 태환이 머쓱하게 양복 소매를 접으며 자리에 앉았다.

"생각도 정리되고 좋더라고요."

이 더위에 저렇게 얼굴이 익을 때까지 회사 앞에서 자신을 기다리면서 태환은 무슨 생각을 했을까? 정호는 딱한 기색을 감추며 마주 앉았다.

"순대국밥 두 개 주세요."

태환이 정호를 돌아보았다.

"모둠순대도 드실래요?"

"아니요."

정호는 대답하면서 태환을 멀뚱하게 쳐다보았다. 왜 갑자기 살갑게 구는 것일까 싶었다. 태환은 정호의 시선을 모르는 척하면서 주문했다.

"순대국밥 둘. 말아서 나오는 것 말고 순댓국과 공깃밥 따로 나오는 거 있죠?"

"그건 1000원 더 내셔야 하는데."

"괜찮으니까 그거 하나랑 그냥 순대국밥 하나 주세요."

서빙 아주머니가 주방 쪽에 소리쳤다.

"일반 하나 따로 하나!"

태환이 머쓱해했다.

"아예 따로 가리키는 말이 있었네요. 따로."

"이런 데 많이 안 와 보셨나 봅니다."

"랩 사람들이 가끔 끌고 왔죠. 회식한 다음 날 같은 때."

국밥은 바로 나왔다. 태환이 뚝배기에 담긴 순댓국에 부추 겉절이며 들깻가루를 넣으며 말했다.

"밥 알갱이가 푹 퍼지는 것도 맛있긴 한데, 저는 이렇게 선택할 수 있는 게 좋더라고요."

정호는 아무 말 없이 국물 간을 맞추며 태환의 말을 기다렸다. 태환이 휘적휘적 순댓국을 저었다.

"권 기자님 바쁘신 건 알지만, 저도 좀 궁금하더라고요."

"뭐가요?"

"조사는 어떻게 되어 가는지, 진전은 있는지. 제가 알 수가 없으니까."

"……회사는 어떻게 하셨습니까?"

"그만뒀습니다. 그쪽에서도 그러길 바라는 눈치더라고요."

정호는 성언 테러 사건을 수사하는 강력1팀을 조용히 방문한 VIP 중에 한림 브레인 임플란트의 신임 연구소장도 있다는 것을 이야기할까 하다가 말았다. 아직 확실한 것은 아무것도 없었다.

"그 카페 사람들이요."

태환이 불쑥 말을 꺼냈다. 정호는 뜨거운 국물에 입천장을 델 뻔했다. 마침 이현일과 만나는 것을 허탕치고 브레인 임플란트 피해자 카페에 올라와 있거나 취재했던 동료 기자들에게 받아 둔 운영진 연락처를 돌려 두고 기다리던 참이었다.

"만나는 거면 저도 불러 주세요."

"괜찮겠습니까? 그 사람들은……."

당신 아들을 죽인 사람과 한패일지도 모르는데. 뒷말이 목안에서 뭉개졌다.

158

"괜찮습니다. 어떻게 돌아가는 곳인지 저도 알아야 할 것 같아서요. 브레인 임플란트 공격 장치가 어떤 경로로 그 사람한테 들어갔는지도 궁금하고."

태환의 말대로 공격 장치의 유입 경로를 아는 것은 중요했다. 정호가 고개를 끄덕였다. 브레인 임플란트 업계 내부자의 흔적이 발견되면 태환이 큰 도움이 되리라.

"그러시죠. 그런데 같이 가는 거야 어렵지 않지만 뭐가 진행이 되어야 연락을……."

정호가 말을 멈추고 진동하는 휴대폰을 집어 들었다. 새로운 메시지가 와 있었다.

— 권정호 기자죠?

정호는 입 안에 든 것을 꿀떡 삼켰다. 그의 기세에 맞은편에 앉은 태환도 숨을 멈추고 당장이라도 순대국밥집을 뛰어나갈 것처럼 엉덩이를 들썩였다.

지잉. 휴대폰이 또 울렸다.

— 연락받은 브레인 임플란트 피해자 카페 임원인데요. 제가 오늘 시간이 날 것도 같아서요.

정호의 손가락이 기다리지 않고 통화 버튼을 눌렀다.

※

"우와, 진짜 오셨네."

이미 술이 좀 들어간 것 같은 청년이 두 사람을 보고 눈을 크게 떴다. 그러더니 옆을 보며 의기양양하게 말했다.

"봐, 새끼들아. 내가 온다고 했지?"

옆에 있던 다른 청년들이 '오오.' 하고 감탄성을 냈다.

"와, 대박. 진짜 기자세요?"

"야, 술값 굳었다."

태환은 얼굴을 찌푸렸다. 정호는 속으로 한숨을 쉬며 처음 말한 청년을 보았다.

"……'락호'님?"

"우와, 밖에서 닉네임으로 불리니까 기분 되게 이상하네요."

옆에서 다른 청년들이 낄낄댔다.

"락호가 누구야? 너냐?"

"락호님이래. 아이쿠, 락호님. 몰라봬서 죄송합니다."

브레인 임플란트 피해자 카페 닉네임 락호는 20대 후반쯤 된 청년이었다. 제 나이보다 유독 철없어 보이는 행동에 눈살이 살짝 찌푸려지긴 했지만, 사람들을 많이 만나다 보면 별의별 진상을 다 만나기 마련이었다. 정호가 운을 떼었다.

"죄송하지만 저희가 락호님과 할 중요한 이야기가 있어서요."

"에이, 저희 다 친구예요."

미적대며 웃는 청년들의 목적이야 빤했다. 여태까지의 술값은 계산하겠노라는 태환의 말에 다른 청년들은 재깍 빠졌다. 락호도 예상했는지 친구들이 간 자리에 앉는 정호와 태환을 향해 고개를 끄덕였다.

"제가 보기에 워낙에 절실해 보이셔서 연락하긴 했는데요."

그가 히죽 웃었다.

"요즘 뭐, 기자를 알아주나요? 안 그래요, 권 기자님? 그냥 형이라고 불러도 되죠?"

정호는 무시하고 바로 본론으로 들어갔다.

"브레인 임플란트 피해자 카페 임원이시라고요. 생각보다 젊으시네요."

"뭐, 백두산 사태때 고등학생이었으니까요."

락호는 자신이 백두산 사태에서 어떻게 살아남았는지, 보호소 생활은 어땠는지, 브레인 임플란트 피해자 카페 사람들이 어떻게 자신을 환영했는지, 자신이 거기에서 어느 정도의 중책을 맡고 있는지를 줄줄 늘어놓았다. 허세에 버무려진 뻥튀기 같은 이야기를 정호와 태환은 참을성 있게 들었다.

"아무튼 이렇게 갑자기 카페가 닫혀서 저도 황당했잖아요."

"모르셨어요? 공지 같은 것도 안 돌렸나요?"

"몰랐죠. 그냥 갑자기 딱. 전 뭐 난리 날 줄 알았는데, 의외로 사람들 잠잠하더라고요? 다들 목숨 걸 것처럼 정의가 어쩌고 하더니."

정호와 태환은 서로 눈을 마주쳤다. 짐작 가는 바가 있었다. 성언에서의 테러를 저지른 게 이들이라면 이후 수사가 신경 쓰였으리라.

"카페 임원들끼리 연락하고 그러지 않나 봐요?"

"별로 안 해요. 운영자님이 다 알아서 했죠, 뭐. 거기 임원이라고 해 봐야 다 아저씨들인데, 꼰대들 완전 쫄았다니까요. 요즘엔 말 걸어도 대답도 없고."

몸을 사리는 게 맞는 듯했다. 이 녀석은 상황이 어떻게 돌아
가는지도 모르는 애송이였고. 벌써 이 정도라면 핵심 인물은
점점 더 만나기 힘들겠는데. 정호가 고민하는 사이 태환이 끼
어들었다.

"그러면 상황 돌아가는 거를 전혀 모르시는 거네. 왜 나왔
어요?"

락호가 대놓고 눈썹을 찡그렸다.

"아까도 말했잖아요. 워낙 절실해 보여서 연락했다고. 취재
비로 술 얻어먹는 것도 재밌을 것 같고."

하. 태환이 한숨 쉬는 것을 정호가 말렸다. 락호는 별로 신
경도 쓰지 않고 휴대폰을 세워 들었다.

"아, 저 사진 좀 찍어도 돼요? 자랑하게."

20대 후반이 아니라 10대 후반도 저러진 않겠군. 정호는 재
차 셀카를 찍는 락호를 쳐다봤다. 철없고 막 지르는 행동이나
말투와 달리 옷차림은 여자애들 남자 친구 인형처럼 단정했다.

알 만했다. 일도 안 해 봤을 거고 저 옷은 모두 엄마가 코디
해 준 것이겠지. 백두산 사태 이후 많이 보이는 유형이었다. 일
명 '죽다 살아난 자식'. 부모들이 백두산 사태로 자식을 잃은 줄
알았다가 브레인 임플란트 시술을 받고 돌아오자 한없이 관대
해진 탓이었다.

이해가 안 가는 것은 아니었다. 백두산 사태로 뇌가 파괴되
어 멍청이가 된 자식은 기초적인 의사소통도 힘든 짐덩어리였

다. 심하면 의사소통만이 아니라 신체적 장애까지 동반하는 경우도 많았다. 부모로서는 그나마 죽지 않아 다행이라고 위안을 삼았으리라. 아니, 어쩌면 차라리 죽는 게 더 나은 거 아닐까 생각했을지도.

그런데 그렇게 포기했던 자식을 보호소에 강제 수용하더니 브레인 임플란트라는 것으로 말짱하게 되돌려 주었으니…… 그들에게 그것이 기적이 아니고 무엇이었을까.

돌아온 자식은 불치병 치료를 받고 나은 아이인 양 부모에게 애정 융단폭격을 받았다. 요람 속 아기를 대하듯 기대는 없고 과보호만이 동반된 애정이었다. 문제는 그 애정에 휩싸여 자란 아이들이 사회의 천덕꾸러기가 되어 버렸다는 데 있었다. 자기밖에 모르고, 사랑받는 것이 당연하며, 책임감이라곤 없는 어른아이들.

눈앞의 락호라는 청년처럼. 정호는 결론을 내렸다. 오래 시간 끌 필요가 없었다. 그가 입을 열었다.

"성언 테러, 브레인 임플란트 피해자 카페에서 기획했죠?"

"네?"

락호의 목소리가 하이 톤으로 높아졌다.

"제가 안 그랬는데요?"

반응이 컸다. 주워들은 게 있군. 정호가 몰아붙였다.

"당신들이 했잖아요. 성언 테러, 브레인 임플란트 피해자 카페에서 기획했잖아?"

"진짜예요? 그거 진짜 우리 카페에서 했어요?"

흥분과 두려움이 뒤섞인 목소리였다. 정호가 지그시 쳐다보자 락호의 목소리가 작아졌다.

"그거, 그냥 하는 말이었잖아요."

락호가 고개를 숙였다. 역시 카페에서 논의가 있었던 것이다. 정호는 목소리를 낮췄다.

"애가 하나 죽었어요."

"아, 아닌데?"

락호의 목소리가 떨렸다.

"그거 우리 탓 아닐 텐데? 우리가 그런 걸, 어떻게 해요?"

그 말과 목소리가 어처구니없으면서도 가증스러워, 정호는 미간을 모았다. 옆에서 이제껏 가만히 있던 태환이 입을 열었다.

"넌 살인자야."

마주 앉아 있던 락호가 고개를 살짝 들었다. 허공을 헤매는 시선. 느리게 깜박이는 눈꺼풀. 태환이 다시 말했다.

"너희 때문에 우리 아들이 죽었어."

락호는 멍해져서 태환을 보고만 있었다. 정호는 자기도 모르게 락호와 태환 사이에 끼어들었다.

그는 이런 광경을 본 적이 있었다. 이렇게 순간적으로 약에 취한 것처럼 구는 사람을 알고 있었다.

이원경.

그런 이름이었다. 가무잡잡한 얼굴에, 밝은 갈색 쇼트커트 머리가 장난꾸러기 남자애처럼 어울렸다. 눈동자가 늘 총기로 반짝반짝했다.

"선배님, 안녕하세요! 양천경찰서에 배치받은 이원경입니다!"

똘똘해 보인다는 게 첫인상이었다. 잘 어울리는 이름이라고 생각했던 것도 같다.

그때 정호는 경찰팀 1진 기자였다. 남자 후배는 몇 명 받아 봤지만 여자 후배를 받은 것은 처음이었다. 반갑기도 했지만 난감한 부분이 있었다. 수습은 떼었지만 배치를 받았으니 한 달 정도 하리꼬미*를 해야 하는데, 마침 양천경찰서에는 하리꼬미 중인 남자 기자가 한 명 더 있었던 것이다.

"이거, 참."

2진 기자실은 나쁘게 말하면 조금 큰 독방, 좋게 말해서 두세 명 잘 수 있는 공간밖에 안 됐다. 그런데 남녀 둘이 자게 생긴 것 아닌가. 이제 막 들어온 후배라도 나름대로 후배인데 걱정이 되었다.

"숙소를 따로 잡을까요?"

"숙소를 따로 잡을 거면 하리꼬미를 뭐 하러 하냐?"

경찰이 움직이면 눈치껏 따라붙어야 하는 기자가 서 안에 없다면 갑작스런 출동에 대응할 수가 없었다. 누가 전화로 일이 있으니 달려오라고 알려 주는 것도 아닌 상황. 경찰이 그렇게 알려 줄 만한 사이가 될 때까지 요령을 익히는 게 하리꼬미

---

* 경험 없는 초짜 기자들이 퇴근 안 하고 경찰서에서 밤을 새우면서 경찰 출동에 따라가기도 하고 경찰들과 친목도 쌓는 일.

의 목적이기도 했다.

원경보다 앞 기수인 후배와 머리를 굴려 봐도 뾰족한 수가 없었다. 정호는 마음을 먹고 양천경찰서에 슬쩍 시찰을 갔다. 2진 기자실은 기억대로 좁았지만, 같이 기자실을 쓸 남자 기자를 보자 좀 마음이 놓였다. ○○뉴스 막내라는 남자 기자는 착하게 생긴 녀석이었다.

"어떻습니까?"

"애가 아주 착하게 생긴 게, 괜찮을 것 같은데?"

정호는 티 나지 않게 원경을 자주 살폈다. 원경도 잘 적응하고 따라오는 것 같았다. 이대로 무사히 지나가나 싶었는데 그녀의 남자 친구 입장에서는 그게 아니었던 모양이다.

언젠가부터 전화가 오면 원경의 얼굴이 굳었다. 대개는 상대를 확인하고 풀렸지만, 세 번에 한 번꼴은 굳은 얼굴 그대로 휴대폰을 쥐고 밖으로 급히 나가곤 했다. 정호는 대수롭지 않게 여겼다. 전화 오는 빈도를 보니 남자 친구인데 서로 싸웠나 보군 싶을 따름이었다. 흔히 일어나는 일이었다. 그의 동기들만 봐도 기자 생활 초엽에 깨진 커플이 수두룩했다.

그런데 그런 일이 생각보다 오래갔다.

일주일쯤 되던 때, 정호는 새벽에 잠깐 사무실에 들렀다가 원경이 소리 죽여 통화하는 소리를 들었다.

"아니, 진짜 아무 일 없다니까. 나 지금도 경찰서에서 바로 사무실 들어온 거거든? 힘들어 죽겠는데 오빠가 이러면 어떡해? 뭐? 바꾸긴 누굴 바꿔? 오빠 미쳤어?"

대충 상황이 짐작이 갔다. 정호가 나섰다.

"바꿔 줘 봐."

원경은 귀신이라도 본 것처럼 얼굴이 하얘져서 계속 머리를 숙였다.

"아, 아니에요! 죄송합니다!"

휴대폰 너머에서는 뭐라고 계속 떠드는 소리가 났지만 원경은 통화 종료 버튼을 눌렀다. 정호는 머리를 긁었다. 남자 친구로서는 기분 나쁠 수 있겠다 싶었다.

"꽤 곤란한가 보네. 어떻게, 내가 남자 친구한테 말 좀 해 줄까?"

"아니에요, 선배님. 이건 제 개인적인 문제니까 제가 해결하겠습니다."

원경은 똑 부러지게 말했다.

그렇지만 그녀의 남자 친구는 생각이 달랐다. 회사까지 와서 그를 찾은 것이다.

"어떻게 남녀가 같이 한방에서 자게 합니까?"

정호는 그를 휴게실로 끌어내다시피 해서 마주 앉았다. 어딘가 낯이 익었다.

"걱정하시는 건 알겠습니다만, 워낙 피곤하기 때문에 항상 수면 부족에 시달리고, 그래서 뭐 불미스러운 일은 전혀 일어난 적이 없어요. 이 기자한테 들으셨을 거 아닙니까. 그 기자 애가 착해서 맨날 따뜻한 데 내주고 문간에서 잤다던데."

남자 친구가 버럭 했다.

"지금까지 안 일어났다고 앞으로도 안 일어나리라는 보장 있습니까?"

"진정하시고, 제가 그 친구한테 눈도장을 찍었으니 그럴 일 없을 겁니다. 경찰서 출입 기자들끼리 다들 아는 사이인데요."

"도대체가, 하리꼬미 같은 것부터가 구시대적이에요. 없앤 언론사도 많은데 왜 위험하게 여자까지……."

틀린 말은 아니었지만, 약간 짜증이 났다. 내부자가 아닌 사람이 내부 관행을 들먹이는 것도 그렇고, 말싸움에서 이기기라도 한 것처럼 거들먹거리며 투덜대는 것도 영 재수 없었다.

'아.'

정호는 그를 어디서 봤는지 기억해 냈다.

언론고시 준비하면서 겹치는 스터디에서 봤던 인간이었다. 좋게 말하면 튀고, 나쁘게 말하면 설치는 타입. 누구보다 빠르게 대답하고, 공격적으로 몰아붙이면서, 자신이 이미 기자인 양 굴던 모습이 기억났다.

"그러게요. 그런 언론사도 많은데."

정호의 말에 남자 친구 놈은 표정을 구겼다. 아직 스터디 다니느냐고 한마디 더 하고 싶은 것을 참은 것은 원경 때문이었다. 이야기를 들었는지 달려온 원경이 얼굴이 새빨개져서 남자 친구 등을 떠밀었다.

"오빠, 좀 가! 좀! 여기 내 직장이라고!"

정호는 입이 썼다. 왜 원경처럼 괜찮은 애가 저런 인간을 만나는 걸까? 언론고시 스터디 다니다가 찍히기라도 했나?

그렇지만 남의 연애사였다. 자신이 나설 일이 아니었다. 정호는 그 일도, 원경의 남자 친구도 잊었다. 일이 너무 바빴고 곧 백두산 사태가 터졌다.

백두산 사태가 간신히 진정된 후에 원경은 보호소에 놈을 면회하러 갔다. 뇌병변이 많이 진행됐더라고 걱정스런 말을 하면서.

그리고 돌아오지 못했다.

정호는 믿을 수가 없었다. 백두산 사태에서도 살아남았던 원경이 죽다니. 광화문 참극 때 같이 대피했던 그녀가, 대피소 안에서 씻지도 못하고 며칠씩 버티면서도 하리꼬미 때도 견뎠다며 씩씩했던 그녀가 남자 친구에게 살해당하다니.

그는 놈을 찾아갔다. 고개를 푹 숙인 놈의 짧게 깎은 머리. 귀 뒤에 손가락 마디 두 개만 한 브레인 임플란트를 하고 있었다. 원경의 이야기를 했을 때 꼭 저렇게 몽롱하게 굴었다. 그 얼굴에 주먹을 날리고 싶다는 생각을 얼마나 많이 했던가.

지금 눈앞의 저 애송이처럼.

잘못한 주제에 제 분노에 사로잡힌 놈들이 저렇게 멍한 얼굴이 될 때마다 정호는 그 낯짝을 치고 싶었다. 쓰레기 같은 놈들이, 그저 진짜 공격하지 못한다는 이유만으로 세상에 무해하다는 취급을 받고 거리를 돌아다니고 있었다.

태환이 팔을 잡았다.

"권 기자님, 괜찮아요. 저 사람 지금 억제 중인 거니까요. 걱정 안 하셔도 됩니다. 브레인 임플란트가 가동돼서 교란하는 동안 잠깐 딜레이되는 거라서…… . 그러니까 공포나 분노 같은 마이너스적인 감정이 감지되면 말이죠…… ."

"알고 있습니다."

정호가 무뚝뚝하게 말을 잘랐다. 태환은 여전히 팔을 잡은 채 덧붙였다.

"저거 한 사람은 오히려 안전합니다. 공격하기 전에 편도체가 자극돼서 진정되니까요."

안전이라. 정호는 저도 모르게 코웃음을 쳤다.

"그래서 그거 믿고 도발하셨습니까? 싸움이라도 하게 되면 어쩌시려고요. 브레인 임플란트 시술자 상해 관련법도 제대로 안 만들어진 판국인데."

정호가 태환의 손을 슬쩍 떼어 내며 계속 말했다.

"유태환 씨한테 이런 말을 하려니 저도 우습긴 한데, 브레인 임플란트 너무 믿지 마세요. 고장 나면 대책 없어요. 다들 지금 유태환 씨처럼 아무 일 없을 줄 알고 무방비하니까."

태환이 반사적으로 브레인 임플란트를 변호했다.

"초기에는 그런 일이 가끔 있었던 게 사실입니다. 워낙 많은 사람을 시술하기도 했고, 브레인 임플란트도 개발 단계였으니까요. 하지만 요즘엔 그런 일 거의 없어요. 진정하는 데까지 걸리는 시간도 점점 더 짧아지고 있고요."

"거의 없는 거지 완전히 없는 건 아니잖아요."

정호의 말에 태환은 욱하는 기색이었다.

"누가 들으면 브레인 임플란트 피해자 카페 회원인 줄 알겠습니다. 권 기자님은 이 사건 왜 하겠다고 하셨습니까? 브레인 임플란트를 그렇게 못 믿으면서요."

정호의 시선이 태환에게 향했다. 당신이야말로 아직도 그렇게 브레인 임플란트를 옹호할 마음이 드는가. 그는 태환에게서 시선을 돌려 아직 멍해 있는 락호를 쳐다보았다. 센 척하고 까불던 행동의 숨은 기제가 결국 그것이었나. 화난 것이라면 진즉에 진정되었을 것을, 지금까지도 락호는 정신을 못 차리고 있었다.

분노, 공포, 불안 등의 감정은 뇌의 같은 영역을 공유한다. 정호는 락호가 어떤 감정 때문에 저러는지 알 것 같았다.

놈은 불안했던 것이다. 무서웠던 것이다. 저렇게 오래도록 진정되지 않을 정도로. 저런 감정을 정말 편도체 전기 자극 정도로 다 조절할 수 있다고 믿는 걸까? 과학자들이 순진한 건지 세상이 단순한 건지.

어쩌면 그냥 세상은 이미 변했는데 자신이 적응을 못 하고 있는 것인지도 몰랐다. 정호가 한숨처럼 말했다.

"잘 믿어지지가 않는 걸 어쩝니까."

김해주 I

신재규 CS부장이 행방불명되었다.

출근 시간에서 한 시간이 지나도록 출근하지 않자 연락한 휴대폰은 꺼져 있었다. 출근 시간을 칼같이 지키는 신 부장이었기에 CS부 직원들은 당황했다. 교통사고인가? 갑자기 아프신가? 연락도 없으실 분이 아닌데. 우왕좌왕하는 것은 그들이 연락한 신 부장의 아내도 마찬가지였다. 이런 적이 없는 사람인데 어젯밤 이상한 문자를 한 번 보내고는 연락도 없고 집에도 안 들어왔다는 것이다.

그 자존심 강한 신재규 부장의 문자라기엔 확실히 이상하긴 했다. 자신은 패배자이고, 자기가 없는 쪽이 당신과 애들을 위해 나을 것이라는 내용이었다.

비상사태라고 판단한 부하 직원들은 윗선에 보고했다. 부장급 인사의 행방불명이었기에 김해주에게도 빠르게 보고가 들어왔다.

"행방불명?"

보고를 받던 해주는 미간을 좁혔다. 신재규라면 잘 알고 있었다. 성언의 의료 재단 쪽에서 밀린 인물로 SUB에서 CS부를 만들 때 꽂은 사람이었다.

CS부서. SUB처럼 민감한 사안을 다루는 회사에서는 꼭 필요한 부서이기도 했지만 그만큼 위험한 부서이기도 했다. 회사가 책임지는 영역이 늘어날수록 가짜 사고와 부작용도 늘어날 수밖에 없는 법. 지금이야 백두산 사태 끝의 기적이니, 한국의 구원이니 하는 여론에 힘입어 문제가 커지지 못하고 있지만 다 한때의 일. 오래가지는 못할 터였다.

해주는 이런 일들을 어떻게 피해 가야 하는지 잘 알았다. 말썽이 일어날 때는 아낌없이 성의를 보이고, 말썽쟁이들에게 여론이 지겨워할 때쯤이 되면 조금씩 줄인다. 신재규가 부장으로 있는 CS부서가 바로 그 성의 보이기용 전시 부서였다. 브레인 임플란트 피해자 카페가 줄기차게 말썽을 부렸기에 만들어진 부서였지만, 곧 브레인 임플란트 피해자 카페가 폐쇄되는 대로 없어지고 자회사와 외주에 그 일이 돌아가리라. 책임질 곳이 사라지면 문제는 계속 핑퐁핑퐁 언저리를 돌다 지치게 되어 있었다.

신재규도 자신의 처지를 알았을 것이다.

얼마 전 네바와의 MOU 체결식에서 잠깐 소란이 있었지만,

어차피 그 정도에 무너질 계약은 아니었다. SUB는 오히려 그 소란을 빌미로 브레인 임플란트 피해자 카페를 이번에야말로 닫게 만들 생각이었다. CS부서의 앞날은 정해져 있고 신재규의 거취 또한 그러했다.

"……처지 비관으로 보일 수도 있겠어."

해주의 혼잣말 같은 읊조림에 보고하던 양 비서가 고개를 숙였다. 해주가 계속 혼잣말처럼 중얼거렸다.

"이렇게 중요한 시기에. 안타까운 일이지만 시기가 너무 안 좋아."

"그러면 경찰에는……."

양 비서의 말에 해주는 그를 지그시 쳐다봤다. 양 비서가 다시 고개를 숙였다.

"일단 기다려 보자고 하겠습니다."

"어제 퇴근하고 연락이 끊긴 건가요?"

"예. 평소보다 일찍 퇴근했다고 합니다. 부하 직원과 사소한 언쟁이 있었다고 하던데요."

"언쟁을 벌인 부하 직원은 출근했나요?"

"예. 김해건 씨는 정상 출근 했습니다."

김해건?

해건이 CS부서에 있었나. 신재규 부장의 부하 직원이고, 어제 언쟁을 벌였다고? 생각하기 싫은 가정이 번개처럼 스쳤다. 그녀는 이마를 짚었다. 지끈거리던 머리 한구석이 쿡 눌린 것 같았다.

해건이 언쟁을 벌였다고?

불가능한 일이었다. 해건은 백두산 사태 때 브레인 임플란트 시술을 한 이후 공격적인 행동 자체를 못 하는 상태일 텐데. 그녀가 그렇게 만들어 놓지 않은가.

"김해건 씨를 만나 보고 싶은데."

"지금은 안 될 것 같습니다. 3시 정도까지 외근이라고 하던데요."

"CS부서가 외근이 잦나 보죠?"

"아무래도 일반 고객 대응팀이 아니라 특별 관리 대상 대응팀이라서 그런 것 같습니다."

해주는 고개를 끄덕였다.

"그래, 수고했어요. 나가서 일 보세요."

양 비서를 내보내고 그녀는 자신의 운전기사를 불렀다. 감이 좋지 않았다.

해주는 지하 주차장 CCTV 사각지대에 차를 세우고 기다렸다. 해건의 지정 주차 자리가 근처였다.

그녀의 운전기사는 그 자리를 외우고 있었다. 해주가 출근할 때마다 그 앞을 지나게 했기 때문이다. 운전기사는 말은 안 했지만 말썽쟁이 동생을 꽂아 놓고 매일 출근은 제대로 했나 티 나지 않게 확인하는 그녀를 동정하는 기색이었다.

그는 모를 것이다. 해주가 확인하는 것이 출근 유무만이 아니라는 것을. 그녀는 가끔 꿈을 꾸었다. 출근길에 확인하는 해건의 차가 피로 뒤덮여 있고, 금이 무수하게 간 앞유리가 무너지듯 부서지면서 시체들을 꾸역꾸역 뱉는 꿈을.

생각 같아선 해건의 차에 감시 장치를 잔뜩 달고 싶었다. 그러지 않는 것은 순전히 그녀 자신을 위해서였다. 이 정도면 돼. 해주는 늘 자신을 타일렀다. 해건의 집, 해건의 차, 해건의 직장까지 모든 것이 그녀 손바닥 안이었다. 여기에 감시 장치까지 달게 되면 선을 넘는 것은 금방이었다. 어느 순간 해주는 여론도 이목도 신경 쓰지 않고 해건을 뇌병변 보호소에 처넣어 버릴 것이다. 그리고 그것이 부메랑이 되어 어느 날 그녀를 공격하리라.

그게 아니더라도 사람에게는 브레이크가 하나쯤은 있어야 하는 것 아닌가. 한국과 미국의 영재들 틈에서 얼마나 많이 보았던가. 남들보다 빠르게 치솟다가 더욱 빠르게 낙하하는 이들을. 브레이크를 신경 쓰지 않기 시작하면 본인도 모르게 계속 가속이 붙고, 어느 순간에는 달리는 자신을 스스로도 막을 수 없게 된다. 그녀는 그러면 안 되는 사람이었다. 우리의 김해주 박사는 그러면 안 되는 사람이었다.

그러면 해건은 그래도 되는 사람인가?

해건도 그러면 안 되는 사람이었다. 정말 짜증나게도 해건에게 브레이크를 채우는 것은 그녀의 몫이었다. 어머니, 아버지는 세상과 그녀에게 해건을 만들어 떠넘겨 놓고 죽었으니까. 어머니, 아버지를 떠올리는 해주의 눈이 가볍게 경멸의 빛을 띠었다.

— 박사님, 김해건 씨가 오셨습니다.

운전기사는 해건의 지정 주차 자리 근처에서 대기하고 있었다. 해주가 지시했다.

"내리면 이쪽으로 안내하고 제가 오케이 사인 보내면 바로 시작하라고 하세요."

— 예.

해주는 가볍게 심호흡을 했다. 해건이 여전하다면, 그녀도 해건을 놔둘 생각이었다. 그렇지만 만약 해건의 브레이크가 풀렸다면? 그녀가 예상한 것이 맞다면?

"나도 브레이크를 풀어야겠지."

해주가 중얼거렸다.

그녀는 해건의 차를 해킹할 업체를 이미 불러 둔 상태였다. 오케이 사인만 내리면 10분 안에 일이 끝나고, 이후 해킹된 차의 위치 추적 기록과 블랙박스 영상이 그녀의 메일로 전송될 것이다.

똑똑. 운전기사가 해주가 앉은 쪽의 반대편 차창을 두드렸다. 그녀가 고개를 끄덕이자 문이 열리고 운전기사 뒤에 서 있던 해건이 올라탔다.

"오랜만이네."

해주의 말에 해건이 고개를 꾸벅했다.

"회사 생활은 어때?"

"그게 궁금한 건 아니잖아."

해건이 무뚝뚝하게 대꾸했다. 말 섞기 싫은 기색이 노골적이라, 해주는 속으로 헛웃음을 흘렸다. 누군 네놈이 좋아서 불러다 놓은 줄 아냐? 그러면서도 그녀는 해건을 살폈다. 표정, 손끝, 옷차림. 빠르게 스캔한 그녀가 떠보듯 물었다.

"사원증이 새거네?"

"잃어버렸어."

"누구랑 드잡이하다가 흘린 건 아니고?"

해건이 그녀에게서 고개를 돌렸다. 감정을 숨기려는 게 분명했다. 의심스러웠다. 해주의 감각이 바짝 곤두섰다.

"김해건."

"왜?"

"얼굴 돌려. 날 봐."

명령하듯 말하는 해주의 말투에 해건이 찡그리며 얼굴을 돌렸다. 그녀가 속삭였다.

"사원증 걸고 다니니까 네가 멀쩡한 사람 같아?"

"……."

해건이 숨을 삼키는 기색이 느껴졌다. 화를 참고 있어. 해주는 생각했다.

"넌 평생 조심해야 돼."

해주가 해건의 사원증을 잡고 흔들었다.

"이게 네 가면이고 목줄이야. 이거 없으면 자유로울 것 같지? 미친개가 목줄 없이 뛰어다니면 결과는 하나야."

"그 얘기 하려고 불렀어?"

"신 부장하고 싸웠다면서."

"일방적으로 혼난 거야."

"네가?"

"일을 못하니까."

해주는 웃었다.

"너 멀쩡한 사람처럼 얘기한다."

"무슨 뜻이야?"

"내가 너를 몰라? 넌 네가 잘못해도 늘 남의 탓만 하고 화내는 애잖아. 신 부장하고도 그랬겠지. 일을 못한다고 하면 어딜 고치겠다는 생각은 하지 않고 감히 너한테 그딴 소릴 한다고 죽이고 싶다는 생각이나 했겠지."

해건은 멈칫하다 웃었다.

"안 그래."

"안 그래?"

흉내 내며 말끝을 올리자, 해건은 눈을 깜박이며 가만히 있었다. 멈칫 정지하는 것. 잠시 멍해지는 것. 화가 났을 때 분노를 통제하는 브레인 임플란트가 가동되며 찾아오는 증상 중 하나였다. 해주는 그런 해건이 다시 차분하게 돌아올 때까지 그를 보며 기다렸다.

"……정말 신 부장하고 아무 일 없었지?"

누그러진 목소리로 해주가 물었다. 해건이 대답했다.

"그냥 혼난 거라니까."

"그래. 내가 말이 심했어. 미안해."

해주의 말에 해건이 한숨을 쉬었다.

"내가 잘해야지, 뭐. 간다."

탕. 해건이 차에서 내리고는 차 문을 닫았다. 빠른 걸음으로 건물 안쪽을 향해 사라지는 해건의 뒷모습을 눈으로 좇으며 해주는 휴대폰을 들었다.

해건이 멈칫하다 웃을 때, 잠시 멍해졌을 때, 해주는 그 시간이 너무 짧거나 길다는 것을 알아보았다. 흉내는 제법 그럴싸했다. 하지만 해건은 왼쪽 주먹을 자기도 모르게 꽉 쥐고 있었다.

화를 누르며 화나지 않은 척하는 것과, 화났을 때 그 신호가 차단되는 것은 생각보다 많이 달랐다. 일반적인 사람이라면 그 차이를 못 알아보겠지만 그녀는 그와 관련된 분야의 박사였다. 그 증상들을 수도 없이 테스트한.

해건은 화를 참고, 신호가 차단된 양 증상을 꾸몄다. 이 모습이 가리키는 것은 명백했다.

해건의 브레인 임플란트에 문제가 생긴 것이다.

'그리고 나에게 그 사실을 알리거나 들키기 싫은 거고.'

해주는 해건의 새 사원증과, 오른쪽 검지와 중지에 감겨 있던 일회용 반창고를 떠올렸다. 출근하지 않는 신 부장도. 그러고 보니 해건 스스로도 신 부장에게 평소에 많이 혼났다고 말하지 않던가.

'아직 결론을 내릴 때는 아니야. 해건이 뭔가 저질렀다는 증거는 없어.'

하지만 해건의 브레인 임플란트는 그의 공격성을 통제하지 못하고 있었다. 그 말인즉슨 해주도 행동해야 한다는 뜻이리라. 브레이크를 풀고, 그의 고삐를 바짝 당겨야 했다. 해주는 운전기사에게 전화했다.

"시작하라고 하세요."

갈등

커피숍 테이블에 놓인 유리잔 밑으로 물이 흥건했다. 잔에 담긴 얼음이 반 이상 녹아 아이스 아메리카노 윗부분은 보리차인 양 묽었다. 태환이 물었다.

"나오긴 하는 걸까요?"

"한 30분만 더 기다려 보죠."

정호의 말에 태환이 끙 소리를 내며 소파에 몸을 묻었다. 시장 입구 인력 사무소에 엉덩이를 붙이고 있는 아저씨 같은 모양새였다. 이 사람이 바로 얼마 전까지 한림 브레인 임플란트 연구소의 소장이었다고 하면 열에 아홉은 농담하지 말라고 할 것이다.

"계속 공친 게 며칠째네요. 만나 주는 사람은 아는 게 없고, 응답 없는 사람은 더 숨고."

투덜거리던 태환이 정호에게 홱 얼굴을 돌렸다.

"카페 임원들 중에 연락되는 사람 없죠?"

태환의 물음에 정호가 고개를 끄덕였다.

"번호도 바꿨나 봐요. 없는 번호라고 하더라고요."

"주소를 알아낼 수도 없고."

태환이 말하며 정호를 쳐다봤다. 정호가 말했다.

"저도 임원들 주소까지는 모르죠. 이현일 주소야 알지만."

"이현일이요?"

"아, 모르시나?"

정호가 설명했다.

"그 카페 운영자 이름이 이현일이에요. 가 봤는데 집엔 아무도 없고, 이웃들도 아는 게 없더라고요."

"저도 그 주소 좀 주세요. 한번 가 보게."

"뭐, 건질 거 없으실 텐데."

"권 기자님은 바쁘시잖아요. 제가 계속 가다 보면 이현일과 만날지도 모르고요."

괜찮을까? 정호는 잠시 생각하다 태환에게 이현일의 주소를 적어 주었다. 이현일의 전화는 계속 불통이었다. 파면 팔수록 브레인 임플란트 카페는 이현일의 독재 체제였던 것이 확인되건만, 놈은 머리털도 안 보였다. 속이 탔다.

"얼굴이라도 좀 봤으면 좋겠네요. 무슨 잠복 수사처럼 집 앞에서 죽칠 수도 없는 노릇이고. 그 인간이 다 쥐고 있을 텐데, 어디서 무얼 하는지……."

정호가 손으로 얼굴을 쓸며 중얼거렸다.

"솔직히 이현일 아니고는 다 들러리예요. 이렇게 회원들 만나는 것보다 카페에서 무슨 일이 벌어졌는지 직접 알아보는 게 직방일 텐데."

"알 수 있잖아요?"

태환이 되물었다. 정호는 놀라서 눈을 끔벅였다. 태환이 거듭 말했다.

"아직 닫힌 건 아니잖아요."

"닫힌 거나 마찬가지죠. 가입 안 되고 검색도 안 되고."

"원래 회원이면 들어갈 수 있잖습니까."

태환의 말에 정호는 반박하려고 입을 벌렸다 다물었다. 생각해 보면 태환의 말에도 일리가 있었다. 카페는 닫히기 전 유예 기간 상태였다. 신규 가입은 안 되어도 기존에 회원인 사람은 들어가 볼 수 있을 것이다. 정호가 의욕적으로 고개를 끄덕였다.

"거기 취재 때문에 가입했던 사람도 있을 겁니다. 아이디 잠깐 빌려서 들어가 보죠."

■

태환은 정호가 여기저기 메시지를 보내는 것을 보면서 너무 몸을 사린다고 생각했다.

'좀 더 패기 있는 기자인 줄 알았는데.'

홍보를 위해 가끔 회사에서 불렀던 의학 전문 기자들과는 달랐다. 자기 분야 안에서 전문가인, 선을 긋고 넘어오지 않는 점잖은 이들. 의사이거나 제약회사에 다니다 의학 전문 기자가 된 그들을 보면서 태환은 기자 정신 같은 것은 철 지난 향수나 과거의 유산이려니 여겼다.

그런데 그가 세상을 의심하게 된 순간 그에게 손을 뻗은 것은 그가 믿지 않던 기자 정신을 몸에 두른 정호였다. 태환이 상대했던 기자들 중 정호 같은 유형은 없었다. 이런 기자라면 같이 일을 도모할 수 있을 거라고 생각했다.

그렇지만 그런 기자라고 해도 피해자와는 달랐다. 결국은 남의 일인 것이다.

남의 일.

눈을 감으면 성언 본관 로비의 그 아수라장이 떠올랐다. 고개를 숙였던 범인도, 놈에게 주먹을 쥐고 다가가던 자신도 이렇게 생생한데. 태환은 헛웃음을 흘렸다. 테러범을 눈앞에서 보내며 그는 그것이 남의 일이라고 여겼다. 원수를 손끝에서 놓치는 줄도 모르고 경찰이 알아서 할 거라고 생각했다.

상식이 통한다고 생각했던 과거의 자신은 얼마나 어리석었던가. 그 대가를 지금 비싸게 치르고 있었다.

믿을 놈은 아무도 없었다. 태환은 옆에서 휴대폰으로 연락을 돌리는 정호를 흘깃 보았다. 그 역시도 100퍼센트 믿을 사람은 못 되었다.

"저기, 권정호 기자님 되시나요?"

염색한 단발머리의 젊은 여자가 다가와 물었다. 정호가 얼른 일어나 명함을 건넸다.

"○○뉴스의 권정호입니다."

"아, 죄송해요. 많이 늦었죠."

"아닙니다. 닉네임 '미령'님 맞으시죠? 여기 앉으세요."

미령은 정호가 권하는 대로 그의 맞은편에 앉았다. 그녀의 시선이 잠시 태환에게 닿았다 떨어졌다. 미령의 속마음이 들리는 것 같았다. 이 아저씨는 뭐야?

"더운데 여기까지 오느라 고생하셨습니다."

"뭘요."

"일단 목 좀 축이고 시작하시죠. 커피?"

미령이 고개를 끄덕였다. 정호가 재차 물었다.

"아이스 아메리카노로?"

"아니요. 더치커피요. 케냐 AA로."

"커피 좋아하시나 봅니다."

태환은 사근사근한 정호의 행동이 꼴 보기 싫었다. 한참 기다리게 만든 브레인 임플란트 피해자 카페 회원을 무슨 예쁜 소개팅녀 대하듯 하고 있으니 말이다.

예쁘장하긴 했다. 찰랑찰랑하는 짧은 단발은 요즘 많이 보이는 밝은 갈색이었고, 헐렁한 여름 블라우스에 쇼트 팬츠를 받쳐 입은 모양이나 어깨에 멨던 숄더백을 내려놓는 모습이 센스 있으면서 생기발랄했다.

그래서 더욱더 이해가 안 되었다. 저렇게 멀쩡한 젊은 여자가 도대체 왜 브레인 임플란트 피해자 카페에? 태환은 저도 모르게 물었다.

"아니, 그런 미친놈 소굴에는 왜 가입했어요?"

"네?"

미령이 당황해하며 태환을 쳐다봤다. 정호가 얼른 끼어들었다.

"아, 브레인 임플란트 쪽 전문가 분이신데, 연구만 하시느라."

"아, 아아."

미령은 태환의 외양에 미심쩍어하면서도 정호의 말에 납득했다. 태환은 속이 꼬였다. 지금 저 여자가 자신더러 이상한 놈이라는 얼굴 할 군번이냐는 말이다. 멀쩡한 외모를 해 가지고 그 미친 살인자 집단에 들어가 있으면서…….

"브레인 임플란트 피해자 카페에는 왜 가입하셨나요?"

"브레인 임플란트 시술자들의 권익을 대변해 줄 단체도 있어야 된다고 생각해서 가입했어요."

저딴 헛소리를 하고 있지 않은가.

"……임원들이요? 저는 잘 몰라요. 활동 열심히 하는 분이 있긴 했죠. 그건 어느 카페나 마찬가지 아닌가요."

정호는 용케 웃는 낯을 유지하면서 미령에게 물었다. 들어가서 활동은 많이 했는가, 분위기는 어땠는가, 무슨 이야기를 주로 하던가, 운영자와 이야기는 해 보았는가. 미령은 브레인 임플란트 피해자 카페가 처음에 생각했던 것과는 다른 분위기였다고 인정은 하면서도, 거기 사람들과 어울린 이야기는 잘

하지 않았다.

"상주하시는 분들이 친절하긴 했어요. 댓글도 잘 달아 주시고, 인사도 잘해 주시고."

"그분들 닉네임 기억나세요?"

정호가 물었다. 미령은 고개를 저었다. 태환은 열이 올라서 뚜껑이 열릴 지경이었다. 지금 저 여자 하는 양을 보면 모르겠는가. 기억난다고 할 리가 없었다. 그는 불쑥 끼어들었다.

"그 여자 범인 아니에요?"

"네?"

미령이 목소리를 높이며 되물었다. 크게 뜬 눈꼬리가 치켜올라가 있었다. 정호가 제지하듯 손을 내밀었지만 태환은 멈추지 않았다.

"그 여자 범인 아니냐고요."

"난데없이 무슨 소리예요? 범인이라니요?"

"브레인 임플란트 피해자 카페 회원이잖아요."

"그렇죠."

"활동을 그렇게 열심히 한 것은 아니고요."

"거기 임원들이야 운영자 충성 충 종자들이죠. 저는 그 급은 아니었어요."

"거짓말이죠?"

태환의 말에 미령은 기분 나쁜 걸 넘어서 어처구니없다는 표정이 되었다.

"뭐야, 이 아저씨!"

190

"그 인간들이 테러를 벌이고 있는데 정말 몰라요?"

"하고 싶은 말씀이 뭔데요?"

"당신도 같이 한 거 아니냐고요."

미령이 발끈했다.

"왜 절 범인 취급하시는데요?"

그녀는 기분 나쁘다는 듯 정호를 향해 말했다.

"이런 식으로는 더 이상 못 하겠어요. 저 그만둘게요."

미령이 숄더백을 거칠게 집어 들었다. 정호가 일어서서 뭐라 해명하며 말리는 것보다 태환이 그녀의 가방 끈을 잡는 게 더 빨랐다.

"뭐예요? 이거 놔요!"

"아이디와 비번을 사겠습니다."

"뭐라고요?"

"어차피 활동 많이 한 카페도 아니라면서요. 브레인 임플란트 피해자 카페 아이디와 비번 파세요. 카페 폐쇄될 때까지 아르바이트 하나 한다고 생각하면 되잖아요. 금액은 넉넉하게……."

돈 얘기에 저도 모르게 입술을 모으며 고민하던 미령이 퍼뜩 정신을 차렸다.

"무슨……. 전 인터뷰할 거라고 해서 나온 거라고요. 제가 왜 아저씨한테 제 개인 정보를 팔아야 되는데요?"

"보상은 할게요."

"이보세요!"

미령이 소리를 빽 질렀다. 정호가 얼른 그녀에게 고개를 숙였다.

"죄송합니다. 이분이 지금 좀……."

"어디서 미친놈을 데려와서! 아, 진짜 짜증 나! 됐어요. 연락하지 마세요!"

미령은 이번에야말로 홱 돌아서 나갔다. 정호가 태환을 자리에 앉혔다. 그는 어이없어하며 태환을 쳐다봤다.

"유태환 씨, 왜 이래요? 제정신이에요?"

"저 여자보다는 제정신이죠. 권 기자님은 왜 저걸 다 맞춰주고 있어요?"

"살살 달래면 뭔가 나올 것도 같았단 말입니다. 아이디와 비번은 제가 알아보고 있잖아요. 왜 그새를 못 기다리고 나서서 사고를 칩니까?"

"안 나서면? 사고를 안 치면?"

태환이 정호의 다리에 닿아 있던 시선을 위로 올렸다.

"그러면 언제 해결되는데요? 언제 진짜 내 아들 죽인 놈을 알게 되냐고요!"

정호의 얼굴이 딱딱해졌다.

"유태환 씨, 저 그냥 기자 나부랭이입니다. 저한테도 일하는 방식과 순서라는 게 있고요."

"압니다."

"아세요? 모르시는 것 같은데."

정호는 테이블에 놓인 자신의 다 녹은 아이스 아메리카노를 벌컥벌컥 들이켰다. 탕. 소리 나게 빈 잔을 놓은 그가 노트북 가방을 메며 말했다.

　"어디 가서 머리 좀 식히세요. 브레인 임플란트 시술이라도
받으시든가요. 과도한 흥분 상태가 제어된다면서요."

타깃

해건은 엘리베이터에서 내려 차를 향해 걸었다.

야근이 잦은 SUB답게 지하 주차장은 대부분이 차 있었다. 인공적인 시멘트 구조물 사이로, 지나치게 환한 빛이 사방을 비추었다. CCTV 렌즈가 이곳저곳에서 빛을 받아 반짝였다. 회사 안 어디든 안전해야 한다는 김해주 박사의 생각 때문이라고 했다.

안전.

해건은 이곳에서 한 번도 안전하다고 느낀 적이 없었다. SUB라는 곳에 소속된 기분도 느껴 보지 못했다. 퇴근하려 지하 주차장을 가로지를 때마다 경찰의 스포트라이트를 받는 것 같은 기분이 들었다. CCTV 렌즈들이 총구처럼 그를 향하는 것 같았다.

여기 살인범이 있습니다!

당장에라도 사람 목소리가, 이어서 기계음이, 그다음에는 사이렌이 덮칠 듯이 삭막하게 밝은 공간.

"후우."

선팅된 차 안에 들어와 앉으면 그 빛과 시선으로부터 보호받는 듯 편안했다. 이 차 안은 그만의 공간이었다.

시동을 걸자 차체가 부르르 떨렸다. 허벅지와 엉덩이를 타고 척추로 올라오는 떨림. 해건은 이 순간을 좋아했다. 생명을 가지고 그에게 복종하는, 그를 빈틈없이 감싼 커다란 금속체. 이 안에서 그는 강하고 안전했다.

그러나 지금은 운전석에 앉아도 안심이 되지 않았다.

— 어디로 가시겠습니까?

높은 기계음이 목적지를 물었다. 해건이 쉰 목소리로 답했다.

"집으로."

그의 한마디에 차는 미끄러지듯 주차장을 빠져나갔다. 해건은 운전석 시트를 뒤로 젖혔다. 오랜만의 무인 자동 운전에 몸에서 긴장이 풀렸다.

자가운전에 익숙해질 생각이었건만, 이제는 아무 소용없는 일이다. 누나가 자신을 놔둘 리 없었다.

누나의 차 문을 열고 나올 때만 해도 그는 의기양양했었다. 누나가 넘어갔다. 자신의 연기가 먹혔다고 생각했다. 그 생각이 착각으로 판명되기까지는 채 5분도 걸리지 않았지만.

누나와 헤어져 주차장 엘리베이터 앞에 서자 검은 정장 차림의 덩치가 옆에 와 섰다. 훈련받은 사람 특유의, 느슨해 보이지만 양발에 체중을 정확히 나눠 실어 균형을 잡은 자세. 해건은 본능적으로 반대쪽으로 한 걸음 옮겨 섰다.

띵. 엘리베이터가 멈추자 해건이 올라탔다. 따라 탄 덩치가 열림 버튼을 눌렀다. 어울리지 않게 길쭉한 손가락이 버튼을 누르는 사이 검은 정장의 덩치들이 엘리베이터에 우르르 탔다. 해건은 구석에 몰려 검은 어깨의 산 너머 버튼으로 손을 뻗으려 했다.

아무도 비키지 않았다.

뭔가 이상하다고 생각한 해건의 눈이 처음 버튼을 누른 덩치를 찾았다. 본 적이 있는 얼굴이었다. 감정을 드러내지 않는 하관이 강한 얼굴. 누나의 경호와 운전을 맡고 있는 놈이었다.

해건은 아무것도 할 수 없었다. 뱀에 물려 끌려가는 기분이었다. 검은 정장들은 교묘하게 해건을 둘러싼 채 그를 연구실 옆 수술실로 데리고 갔다. 검은 정장의 벽 사이로 장갑을 낀 손이 나와 그에게 마취제를 주사했다.

그걸로 끝이었다.

다시 깨어났을 때는 직원 휴게실 안락의자 위였다. 해건은 무슨 일이 일어났는지 알 수 있었다. 눈을 뜨자마자 누나 생각을 했고, 바로 멍해졌으니까.

그가 극심한 분노와 공포를 느낄 때마다 브레인 임플란트가 과부하를 일으켜 나타난 증상처럼.

지금처럼.

"씨발."

가까스로 멍해지기 전에 욕을 내뱉자 머릿속에 엉켜 있던 분노가 한 줌 빠져나갔다. 어림도 없었다. 남은 감정이 머리를 데우고 얼굴로 뻗쳤다. 씨발. 김해주. 씨발. 코끝, 혀끝, 눈두덩에 열이 몰렸다. 그는 눈두덩에 손가락을 대고 꾹 눌렀다.

참자. 참아야지. 참지 않으면 어떻게 되는지 알잖아.

점점 기분이 나아졌다. 브레인 임플란트가 그의 분노와 공포, 공격성 수치가 날뛰는 것을 감지하고 평정심을 불러일으키는 것이다. 해건의 절망과 상관없이 그의 기분은 점점 더 상승세를 탔다.

아직 처리해야 할 일이 있는데. 기분이 나아지자 서서히 이성이 돌아왔다. 자잘한 걱정들이 떠올랐다. 아직 태우지 않은 드럼통 안의 유류물이라든가, 너무 얕게 판 구덩이라든가. 아지트에 있는 신 부장은 아직 살아 있을지도 모른다. 아니다. 지금쯤은 죽었을 거다. 해건은 아쉬워서 자신도 모르게 한숨을 쉬었다.

이대로 보내는 건가?

안 되는데. 놈의 혀를, 눈깔을……. 그가 이로 혀를 훑는 것과 동시에, 아슬아슬한 살의가 머리끝까지 차올랐다. 해건은 얼른 혀끝을 씹었다. 정신을 놓지 않기 위해서였다. 아픔에 밀린 살의가 주춤했다.

이제 다시 기분이 좋아질 터였다. 해건은 실소를 흘렸다. 아니, 흘리려고 했다. 입꼬리가 부들부들 떨리는 것을 막을 수가 없었다. 이대로 실험실의 개새끼처럼 으르렁거리다 헥헥대고 꼬리를 흔들며 살아야 하는가. 감정의 도돌이표 안에 갇혀, 누나가 목줄을 쥔 얌전한 개가 되어.

이를 악물려는 순간 턱에서 힘이 빠졌다. 해건은 멍하니 벌어진 입으로 침을 한 줄기 흘리며 백미러를 쳐다보았다. 끔찍한 꼴이었다. 정신 차려, 김해건. 그는 의미 없는 다짐을 계속 반복했다. 흥분하면 안 돼. 화내면 안 돼.

집까지 어떻게 왔는지도 기억나지 않았다. 해건은 덜덜 떨면서 오피스텔 현관문을 열었다. 문이 열리자마자 구르듯이 뛰어 들어갔다.

뇌파 공격 장치.

그걸 찾아야 했다.

해건은 행거 밑에 쌓인 옷더미에서 검은 운동복을 발견하고 털었다. 주머니에서 옛날 무전기처럼 생긴 물건이 굴러 나왔다. 그는 버튼을 누르려다 멈췄다.

벌써 한 번 브레인 임플란트 고장을 겪었다.

이번에 또 강제적으로 고장을 내면 자신의 뇌가 어떻게 될지 알 수 없는 일이었다.

'그래서 이대로 살려고?'

그가 스스로에게 되물었다. 지금까지처럼 이현일이나 신 부장 같은 놈들 앞에서 머저리 취급을 받으며 계속 살고 싶어? 그게 될까? 이렇게 발톱이 뽑힌 채로, 약하고 지루한 놈들 사이에서 벌벌 떨면서 놈들의 눈치를 보며?

그럼에도 놈들을 죽일 상상을 멈추지 못하고 순간순간 눈앞이 핑 돌면서?

해건은 웃었다. 너무 머저리 같은 짓이라 터져 나오는 웃음을 멈출 수가 없었다. 제 목에 족쇄를 채워도 정도가 있지. 가능할 리가 없지 않은가. 이미 그 두 놈을 죽였는데.

그는 뇌파 공격 장치의 버튼을 눌렀다.

아무 일도 일어나지 않았다.

해건의 손이 덜덜 떨면서 재차 버튼을 눌렀다. 씨발. 누나가 또 브레인 임플란트로 무슨 짓을 한 거야. 그는 미친 듯이 버튼을 눌러 댔다.

삐이이이이.

머릿속에서 과부하를 견디다 못한 기계의 폭음이 울렸다. 해건은 그것이 비명 같다고 생각했다. 비명. 누구의 비명인지는 몰랐다. 그는 몸을 움츠리고, 두 손으로 양팔을 껴안았다. 떨림이 멈추지 않았다. 입 안에서 혀도 이도 헛돌았다.

해건은 그대로 까무룩 기절했다.

지잉.

해건은 휴대폰이 울리는 바람에 깨어났다.

지잉.

깜박이는 불빛. 그는 긴장한 손길로 휴대폰을 들었다.

목격자의 메시지였다.

— 이번엔 타깃을 정해 보죠.

해건은 깊이 숨을 들이쉬었다. 죽여 버릴까?

'이 새끼는 내가 지 꼬붕인 줄 아나?'

휴대폰을 쥔 손에 힘이 들어갔다. 손아귀 안에서 폰이 부르
르 울리며 타깃의 사진과 신상 정보를 띄웠다.

오세준. A대 컴퓨터공학부 2학년생. 건장한 체격의 남자 대
학생 사진에 해건은 저도 모르게 욕을 했다.

'씨발, 이게 미쳤나.'

어디까지 할 셈이야? 그는 휴대폰을 내던지고 싶은 것을 참
았다.

'위험해.'

지난번에는 어땠는가. 자기 말을 듣는지 실험하듯이, 미로
안의 생쥐처럼 그에게 최소한의 정보만 주었다. 살해 대상도
사회와의 남은 끈 따위는 없어 보이는 노숙자였다. 그렇다고
그 살인이 쉬웠던가? 안전했던가? CCTV 한 장면이나 새로운
목격자만 있어도, 아니, 누군가 그 노숙자를 찾으려 들기만 해
도 그를 찾아내기는 식은 죽 먹기 아닌가.

그런데 이번엔 처음부터 죽일 사람을 지정했다. 신원 확실
한 대학생이었다. 해건은 벌써부터 쫓기는 것처럼 등 뒤가 섬
뜩했다. 사라지면 반드시 누군가 찾을 것이다. 사진으로만 봐
도 건장해 보이는데, 제압은 어떻게 하란 거고 시체는 또 어떻
게 처리하란 말인가.

'이 자식은 내가 잡히면 자기도 끝이란 걸 알기는 하나?'

해건은 어금니 끝을 뿌득 갈며 목격자의 아이디를 노려보았다. 특색 없는 영문의 조합. 그 뒤에 숨어 있을 인간. 이제껏 끌려 다니기만 했던 상대에게 반발심이 일었다.

세영은 해건의 메시지를 확인하고 표정이 굳었다.

— 이건 너무 위험합니다.

살인자 주제에 무슨 소리야? 화가 났다. 해건이 감히 자신에게 반항했다는 것을 참을 수 없었다. 세영은 메시지를 보냈다.

[그러니까 첨부터 사람을 죽이지 말았어야죠.]

해건은 답하지 않았다.

'이게?'

세영은 재차 메시지를 보냈다.

[혹시 모르잖아요. 저한테 두 번째 동영상도 있을지.]

이기려는 마음에 상대를 화나게 하고 있다는 자각 따위는 없었다. 세영은 다리를 떨었다.

이제 와서 왜 이래?

지금이었다. 지금 이 순간을 위해 해건을 몰아 왔던 것이다. 겁에 질려 시키는 대로 해 왔던 해건이 지금처럼 중요한 순간에 반항한다는 것이 납득되지 않았다.

— 체격이 너무 커요.

[자신 없어요?]

조롱하듯 보낸 메시지에 해건은 순순히 답했다.

— 당연한 거 아닙니까.

뭐야, 쫄아서는. 세영이 어처구니없어하는 동안 해건의 다음 메시지가 떴다.

— 저렇게 커서야 시체 처리하기도 힘들고.

세영은 순간적으로 인상을 확 찡그렸다. 혐오감과 당혹감이 섞여 목에서 이상한 소리가 흘러나왔다. 시체? 시체 처리라고? 갑자기 뺨을 맞은 기분이 들고, 몸에 벌레가 기어 다니는 것만 같았다.

세영의 반응과 달리 해건의 메시지는 담백하기만 했다.

— 시키는 대로 하기는 하는데, 이번에는 상대가 너무 커요. 죽이면 처리는 안 하고 그냥 버리겠습니다.

"안 돼."

세영은 반사적으로 내뱉으며 그대로 메시지를 눌렀다. 오세준. 자기가 퍽이나 잘난 줄 알고 그를 모자란 놈 취급하는 재수 없는 형. 세준은 세영을 당연히 자기한테 복종해야 되는 존재로 생각했다. 말대꾸했다고 워커 신은 발로 차고, 학교에 안 간다고 뼈에 금이 가도록 때려도 어머니, 아버지는 늘 형인 세준 편이었다. 그가 하는 말이 맞는 말이고 세영이 잘못하고 있다는 것이다.

형이 죽으면 어머니, 아버지는 제정신이 아닐 것이다. 늘 우리 장남 듬직하다는 소리를 달고 사는 분들이니까. 세영은 더 버린 자식이 될 수도 있었다.

시체가 사라지면, 세준은 실종된 상태일 것이다. 차라리 실종된 상태라면 낫지 않을까? 형이 자의로 집을 나간 것처럼 한다면, 괘씸해도 곧 돌아오겠거니 하면서 대수롭지 않게 생각하지 않을까?

세영은 어머니, 아버지의 반응을 가늠해 보았다. 메시지를 누르는 손가락에 힘이 들어갔다.

[시체는 꼭 처리해야 돼요.]

해건은 한동안 답이 없었다. 세영은 한 번 더 재촉하려다 참았다. 본능적으로 지금 더 티를 내면 안 된다는 생각이 들었다.

한참 만에 해건이 보낸 내용은 뜻밖의 것이었다.

— 이 타깃, 군대는 다녀왔습니까?

유태환 I

태환은 뻑뻑한 눈을 문질렀다. 머리 위로 아직도 정오의 뜨거운 햇빛이 쏟아졌다. 눈앞의 한강은 흐르는 것이 아니라 그 빛을 반사하는 것이 제 일인 양 반짝였다. 물이 파란색이었던가, 회색이었던가? 아니, 은색이었던가? 태환은 충혈된 눈으로 강물을 바라보았다. 물을 보고 있어도 시간이 흐르지 않아 미칠 지경이었다.

자고 싶었다. 그런데 자고 싶지 않았다. 잠드는 것에 죄책감이 들었다. 눈을 감고 쉬는 것도, 집에 들어가는 것도, 아들의 방문을 여는 것도.

다 당신 탓이야.

아내의 말이 맞았다. 모두 그의 잘못이었다.

태환은 휴대폰을 꺼내 들었다. 아내가 보낸 메시지에는 더 이상 그를 원망하는 기색이 없었다. 이혼 소장을 접수했고 집을 정리할 것이니 어서 짐을 가져가라 알려 올 뿐이었다.

차라리 혼났으면 싶었다. 아내가 멱살을 잡고 흔들 때 그는 마치 물에서 꺼내지는 기분이었다. 그녀의 손이 그를 죽을 것 같은 무감각에서 세상으로 꺼냈다. 그래, 다 내 잘못이야. 그러니 나 어떻게 하면 될까? 어떻게 하면 좋겠어? 사죄하라면 사죄하고 무릎 꿇으라면 무릎 꿇을게.

그러나 아내는 그러는 대신 자신의 인생에서 그를 추방했다.

태환은 휴대폰을 꽉 쥐었다. 아내에게 전화하고 싶은 기분과 휴대폰을 강에 던져 버리고 싶은 충동이 동시에 들었다.

디링.

갑자기 휴대폰에서 소리가 들렸다. 태환은 휴대폰 화면을 보았다. 아무것도 없었다. 잘못 들었나? 그의 눈이 뚫어져라 휴대폰 바탕화면을 쳐다봤다. '축! 한림 브레인 임플란트 연구소 알츠하이머 치료 브레인 임플란트 시술 ver.4.0 개발 성공' 플래카드를 찍은 사진이 바탕화면으로 깔려 있었다.

'이게 무슨 소용이야.'

태환은 휴대폰 사진첩을 뒤졌다. 아들과 아내가 얼굴을 맞대고 그를 향해 웃는 사진이 하나쯤 있을 법도 하건만, 정말 한 장도 없었다. 그는 통화 목록을 열어 보았다. '권정호 기자'만이 최근 통화 목록 윗자리에 계속 뜨고 있었다. 그나마도 며칠 전부터는 묵묵부답이었다.

'역시 그때 화가 많이 났던 거야.'

태환은 얼마 전 취재에 동행해 만났던 브레인 임플란트 피해자 카페 회원을 떠올렸다. 잘못한 것은 그 미령인가 뭔가 하는 여자인데, 브레인 임플란트 피해자 카페 놈들인데, 왜 자신과 정호가 이렇게 불편해져야 하는가.

정호도 그랬다. 처음에는 안 그러더니, 그 앞에서 브레인 임플란트 피해자 카페 회원 역성을 들지 않나. 브레인 임플란트를 못 믿겠다고 하지 않나. 그러더니 일하는 방식 운운하면서 그를 떼어 내려는 듯이 굴었다.

'어디 가서 머리 좀 식히세요. 브레인 임플란트 시술이라도 받으시든가요. 과도한 흥분 상태가 제어된다면서요.'

정호의 그 말을 떠올리자 속이 뒤틀리며 뜨끈해졌다. 정호는 그를 아들 잃고 정신 나간 사람 취급했다. 모욕감에 눈으로 열이 몰렸다. 기자 나부랭이 주제에. 남의 불행을 보도하겠다고 물고 늘어지는 놈 아니냔 말이다. 그래서 그에게 접근한 놈이, 제가 뭐라도 된 양 충고하다니.

'댁이 먼저 손을 내밀었잖아.'

그랬다. 정호가 먼저 포도주스를 내밀었다. 생수를 내밀었다. 병원에서. 놀이터에서.

'당신들이 나한테 이러면 안 되잖아.'

정호도 아내도 마찬가지였다. 태환은 주먹을 쥐었다.

'나한테 이러면 안 된다고.'

아내는 석사과정 랩에서 만난 후배였다. 의학부와 공학부 출신이 뒤섞인 뇌공학 랩 분위기를 좋게 한다며 매일 이어진

술자리에서 등 두드려 주고 택시를 잡아 준 게 시작이었다. 택시를 잡아 주던 일은 집에 바래다주는 것으로 변했다. 답례로 내밀었던 아내의 숙취 해소 음료는 곧 같이 먹는 콩나물해장국으로 바뀌었다.

박사과정 유학을 준비하면서 태환은 불안감에 시달렸다. 박사과정이나 유학 자체가 두려운 것은 아니었다. 낯선 타국에서의 유학 생활이 가져올 스트레스와 그 스트레스가 촉발할지도 모를 결과가 두려웠다.

'정신병력은 유전적으로 인자가 어느 정도 있다고 봐야 해요. 스트레스 요인이 그걸 깨우느냐 마느냐, 일정 단계까지 스트레스에 버틸 수 있느냐 없느냐가 관건인 거죠.'

신경정신과 출신의 랩 후배들은 그렇게 말하곤 했다. 태환은 그 말이 무슨 뜻인지 사무치게 잘 알고 있었다. 박사과정 유학을 왜 미루느냐는 아버지의 채근에 그는 용기를 내어 말했다.

'고모도 유학 갔다가 발병했잖아요.'

아버지는 완강하게 부인했다.

'네 고모는 병 때문이 아니라 원래 어릴 때부터 성격이 좀 이상하고 괴팍했어. 너는 우리 집안을 어떻게 보는 거냐? 사내자식이 있지도 않은 병에 지레 겁부터 집어먹고, 제 미래가 걸린 일인데 덤비지도 못하고……. 쯧쯧.'

태환은 대화를 포기했다. 눈을 가린 아버지가 답답한 동시에 부러웠다. 속에서 뭔가 치밀어 오를 때마다 그는 눈을 감고 곧 입학할 미국의 대학을 그렸다. 인터넷에서 본 이미지를 떠

올리며, 조금이라도 더 친숙해진 이 이미지가 유학 생활의 적
응을 도와주기를 빌면서.

하지만 식민지 양식의 하얀 대리석 기둥과 담쟁이가 휘감긴
갈색 벽돌 건물 사이로, 문득문득 소스라치는 이미지가 끼어들
었다. 오후의 햇볕이 환하게 내리쬐던 할머니 집의 마당. 그 마
당 흙바닥에 멀거니 주저앉아 있던 고모.

고모는 어린 태환의 어깨를 잡고 말하곤 했다. 자신이 한 연
구를 일본도 북한도 노리고 있다고. 우리나라 정부가 자신을
제대로 보호해 주지 않는다고. 그렇게 말하다 갑자기 태환을
밀치며, 일본에서 보낸 감시책이라고 비명을 지를 때도 있었
다. 그러면 바싹 마른 할머니가 뛰어나와 고모를 달래었다.

그런 날이면 할머니는 고모를 싸고도느라 털 빠진 살쾡이처
럼 아버지에게 날을 세웠다. 아버지가 고모에 대해 뭐라 입이
라도 떼는 날에도 그랬다. 그러면 아버지는 어린 태환의 손을
잡아끌어 차에 태우고는 집으로 향했다. 집에 도착할 때까지
돌아오는 길 내내 차 안에는 숨 막히는 정적뿐이었다.

이러다 유학 가기도 전에 미칠지도 몰라. 태환은 두려웠다.
사귀던 아내가 점점 더 그에게 거리를 두는 것도 스트레스였
다. 유학 때문에 신경이 날카로워서 그래. 그 말이 계속 먹히지
않을 줄은 알았지만 그렇다고 모든 걸 다 얘기할 수도 없지 않
은가. 집안의 정신병력. 약을 먹고 몽롱해졌을 때 고모가 천장
을 보던 눈빛. 잠 못 드는 밤에, 뚜껑이 열릴 것 같을 때, 지금
자신이 이상하냐고 수십 번 되묻고 확인받고 싶다는 것을, 이

렇게 가다가는 자신이 고모 같은 눈을 하고 넋을 놓고 있을까 무섭다는 것을 어떻게 말한단 말인가?

연락 없던 아내가 2주 만에 불러냈을 때, 태환은 지금 만나면 아내가 이별을 고하거나 뭐가 문젠지 말을 해 달라고 할 거라고 생각했다. 둘 다 안 되었다. 그때 그가 어떻게 했더라?

'결혼해서 같이 유학 가자.'

태환은 벌떡 일어났다. 저질러야 했다.

그는 한강 둔치를 빠져나와 택시를 잡았다. 택시 기사가 태환의 몰골을 보고 설핏 인상을 썼다.

"어디로 가십니까?"

"아, 예……. 잠시만요."

태환은 휴대폰을 뒤져 정호가 알려 준 주소를 찾아내었다.

"여기로 가 주세요."

이현일의 주소지인 3층짜리 다가구 주택 앞에 내린 태환은 201호로 올라갔다. 옛날식 잠금장치가 달린 현관문은 굳게 닫혀 있었다. 그는 초인종을 누르지 않고 철제 현관문을 노려보았다.

'여기까지 와서 뭘 망설이는 거야?'

결론은 이미 나 있었다. 태환은 휴대폰을 꺼내 가까운 열쇠집을 검색했다.

"집 열쇠를 잃어버렸는데, 출장도 오시나요? 예. 여기 주소는요……."

24시간 출장 대기라는 열쇠집 사장은 약속한 대로 20분 만에 왔다. 사장은 후줄근한 태환의 행색을 훑고는 별말 없이 꾸벅하고 인사하더니 작업을 시작했다. 그가 둘러댄 대로 이 집에 산다고 여기는 기색이었다.

작업은 순식간에 이루어졌다. 숙련된 손놀림으로 문을 따고 자물쇠를 문에서 분리한 사장이 물었다.

"이렇게 문을 따고 나면요, 이 자물쇠는 더 이상 못 쓰거든요. 새로 설치해야 하는데 열쇠는 몇 개나 해 드릴까요?"

"세 개……."

아무 생각 없이 말하던 태환이 제 말에 놀라 입을 다물었다.

"아니, 그냥 하나만 해 주세요."

사장은 고개를 끄덕이고는 다시 작업에 열중했다. 새 자물쇠를 설치하고 새로운 열쇠를 꽂아서 돌려 본 사장이 그에게 열쇠를 건네주었다.

"잘 열리네요."

태환은 고개를 끄덕이곤 현금으로 계산했다. 주머니에서 나온 고급 지갑에 사장의 눈이 잠시 커졌지만 그뿐이었다.

열쇠집 사장이 계단을 내려가는 소리가 들리고 나서야 태환은 현관문 손잡이를 잡았다. 차갑지도 뜨겁지도 않은 미지근한 금속을 손에 쥐고 돌리자, 문이 열렸다.

"헙……."

후끈한 공기에 숨이 콱 막혔다. 태환은 남의 집이라는 것도 잊고 현관에 신을 벗자마자 창문을 향해 뛰다시피 했다. 거실

창을 활짝 열자 그제야 숨통이 좀 트였다.

'한증막이 따로 없네.'

혹시나 하면서 고개를 돌리자 에어컨이 보였다. 태환은 잠시 주저하다가 에어컨 앞으로 가서 버튼을 눌렀다. 후끈후끈한 공기는 에어컨 바람에도 가실 줄을 몰랐다. 집 자체에 열기가 고여 있어서 벽과 바닥이 스며 있던 열을 뱉어 내는 느낌이었다.

'오래 비어 있었나?'

그는 좁은 거실을 눈으로 훑었다.

현관과 바로 이어진 좁은 거실은 벽면 두 개를 다 차지하다시피 한 뒤집힌 기역자(ㄱ) 형태의 책상과 그 주변의 컴퓨터, 책, 스크랩 따위로 실제보다도 더 좁아 보였다. 거실 맞은편 벽을 차지한 주방의 일자 싱크대는 물기 하나 없이 바짝 말라 있었다. 태환은 냉장고를 열어 보았다. 유통기한이 지난 편의점 도시락이 두 개, 맥주가 네 캔. 그는 냉장고 문을 닫고 찬장을 열었다. 종류가 다른 다섯 개들이 라면 봉지가 네 개나 되었다. 다섯 개들이에서 죄다 두세 개씩 남아 있는 것과 즉석밥과 참치며 햄 통조림이 몇 개 남아 있는 것도 눈에 들어왔다.

'집을 비우는 사람 찬장이 아닌데?'

이렇게 열기가 고일 정도로 집을 비울 거면서 차단기도 안 내리고 간 것이야, 꼼꼼한 성격의 사람이 아니면 그럴 수도 있다.

하지만 찬장과 냉장고는 달랐다. 태환은 이현일이 집을 비울 계획이 없었으리라 추측했다. 그는 거실 한쪽 벽에 나란히 달린 문 두 개를 쳐다봤다. 문 사이의 좁은 공간에 빼곡하게 기사 스크랩이 붙어, 오른쪽 문까지 넘어가고 있었다.

왠지 소름이 돋았다.

그는 힘주어 왼쪽 문을 열었다. 침실이었다. 이부자리 없는 맨바닥이 휑했다. 행거에는 겨울옷뿐이라 그는 서랍장을 열었다. 수건과 내의, 티셔츠 자리 따위가 움푹움푹 빈 채였다. 태환은 방을 나가 오른쪽 문을 열었다. 화장실이었다. 좁고 마른 화장실에는 수건 하나 안 걸려 있었다.

"아야."

그는 나가려고 하다가 입구를 막다시피 한 세탁기에 정강이를 찧었다. 짜증을 내며 고개를 들자 세탁기의 '세탁 완료' 표시등에 불이 들어온 것이 보였다.

태환은 혹시나 싶어 세탁기 뚜껑을 열었다. 한 덩어리가 된 채 말라붙은 빨래가 통 구석에 몰려 있었다.

태환은 거실로 나와 화장실 문을 등지고 섰다.

에어컨 바람이 뺨과 목에 느껴졌다. 그는 돌아서서 천천히 뒷걸음질 쳤다. 창밖에서도 바람이 불어 창가의 커튼이 안팎의 기류에 흔들렸다. 누렇게 바싹 마른 종이 위에서 김해주 박사의 이름과 얼굴이 무수히 펄럭였다.

바스락.

변색된 김해주 박사 기사 스크랩들이 버스럭댔다. 주인 없는 집에서 주인의 일그러진 욕망이 남몰래 동경, 혹은 증오하는 누군가의 얼굴을 입고 춤을 추는 것 같아, 태환은 오싹했다. 이 집에 살던 사람이 없다는 것이 갑자기 실감났다.

'도망친 건가?'

이렇게 급하게 짐을 챙겨 나갈 일이 달리 무엇이 있을까? 태환은 묻고 싶었다. 이현일 당신이 정말 그 테러를 벌인 거냐고.

눈앞의 스크랩이 대답하고 있었다. 미모, 천재성, 젊음, 세상 사람들의 인정. 그 모든 것을 가진 인물에 대한 뒤틀린 욕망을, 태환은 이해할 수 있었다. 절대 못 이길 것 같은 마음과 일그러진 동경. 이 좁고 허름한 집에서 지내야 하는 남자는 그보다 더했으리라.

태환은 확신했다.

이현일이 김해주 박사와 브레인 임플란트에 대한 적개심을 키우고 브레인 임플란트에 대한 테러 계획을 짠 것이라고.

그 계획으로 정하는 목숨을 잃은 것이다.

눈으로 열이 몰렸다. 태환은 눈을 꾹 감고 침을 삼켰다. 고작 이따위 이유로, 이런 놈에게.

그는 망설임 없이 성큼 책상 앞으로 다가갔다. 그에게는 브레인 임플란트 피해자 카페를 보고 확인할 권리가 있었다. 태환은 이현일이 그랬을 것처럼 책상 앞 의자에 앉아 보았다.

시선을 앞으로 들자 책상 위 모니터에 붙은 포스트잇이 서너 개 보였다. 비슷비슷한 영문과 숫자의 조합들. 그중에 그가 찾는 아이디와 비번이 있을 터였다.

브레인 임플란트 피해자 카페.

이현일.

폐쇄하고 도망쳐도 끝까지 찾아내리라. 찾아내서 죗값을 치르게 해 주리라. 태환은 이를 악물었다. 꼬리를 잡은 기쁨과 놈에 대한 분노가 함께 끓어 잇새로 뜨거운 바람이 새어 나왔다.

"흐으."

모니터에 얼굴이 검은 중년 남자가 비쳤다. 일그러진 낯으로 웃고 있는 그 남자가 너무 낯설어 태환은 중얼거렸다.

"나는 유태환이다. 나는⋯⋯."

뇌공학 박사, 한림 브레인 임플란트 연구소 소장, 한국의 젊은 두뇌. 그 어떤 것도 어울리지 않는 얼굴이었다. 어울리는 것은 단 한 가지뿐이었다. 태환이 모니터 속 남자를 향해 속삭였다.

"⋯⋯유정하의 아버지다."

미행

꾸물대던 하늘에서 빗방울이 떨어지기 시작했다.

해건은 검은색 바람막이 야상의 지퍼를 목 끝까지 올렸다. 물방울이 미끌미끌한 후드에서 미끄러져 캡모자 챙에 맺혔다 뚝 떨어졌다.

눈앞의 편의점에선 아직 밝은 빛이 새어 나오고 있었다. 편의점 간판을 달고 있지만 아무리 봐도 동네 슈퍼 같은 곳이었다. 몇 시까지 영업할까? 1시? 2시? 해건은 가늠하며 시간을 확인했다. 12시 10분. 세준은 계산대에 전공책을 펼쳐 두고 물건을 정리하고 있었다. 해건이 지켜보는 동안 책장은 두 차례 넘어갔을 뿐, 나머지 시간엔 휴대폰을 들여다보기만 했다.

'의욕만 앞서는 놈이군.'

해건은 평가를 내리고 씩 웃었다. 나쁘지 않았다. 욕망이 강하다는 건 미끼를 물 가능성이 높다는 말이 된다.

무슨 미끼를 던진다?

한 번에 덥석 물 만큼, 탐스럽지만 별스럽지 않은 것. 해건은 세준에게 헛손질할 생각이 없었다. 분명 세준과 목격자는 관련이 있었다. 느닷없이 튀어나왔던 목격자의 다급한 메시지가 떠올랐다.

— 안 돼.

절박함이 느껴지는 여과 없는 메시지. 그 뒤에 따라붙은 시체를 꼭 처리해야 한다는 다짐. 목격자가 이제껏 그렇게 직접적인 감정을 노출한 적은 없었다. 노숙자를 죽일 때 보였던 얄밉고 가벼운 반응과 세준을 죽이라고 할 때의 반응은 천지 차이였다. 처음 메시지를 보냈을 때도 그의 머리 꼭대기에 앉은 양 거드름을 피우지 않았던가.

덕분에 목격자에 대해서도 좀 파악이 된 기분이었다. 세준을 죽이라고 하기 전까지는 도대체 이런 짓을 시키는 이유가 뭘까 싶었다. 동영상을 빌미로 그를 가지고 노는 건가 했는데, 이제 보니 애초에 원했던 건 이쪽인 것 같았다.

'그렇다면 끝내주게 잘 처리해 드려야지.'

해건은 턱이 아릴 정도로 이를 꽉 앙다물면서 웃었다. 하는 짓이 아주 깜찍했다. 어디까지 놀아 줄까? 세준을 죽인 뒤 목격자의 반응이 어떨지 궁금했다.

아직까지는 목격자가 그의 목줄을 쥐고 있지만, 처음 지시를 받고 얼떨결에 지나가는 노숙자를 죽였을 때와는 달랐다.

지난 판은 목격자가 벌인 판이었다. 그는 목줄에 끌려가 목격자의 손가락이 가리키는 자를 죽인 것이나 마찬가지였다.

그에 비하면 이번 판은 사냥이었다. 덫을 놓고 사냥감을 모는 것 모두가 그의 손에 달려 있었다. 해건은 가벼운 흥분감에 몸을 부르르 떨었다.

오세준. A대학 컴퓨터공학부 2학년. 군복무를 마쳤다고 하니 제대 후 복학한 지 얼마 안 되었을 것이다. 해건은 2학년 전공 수업이 있는 날을 체크해 날짜에 맞춰 연차를 냈다. 막 학교에 돌아온 복학생이라면 의욕적으로 학점 관리를 할 때였다.

해건은 A대학에서 봤던 세준의 모습을 떠올렸다. 컴퓨터공학부 수업이 끝나자 세준은 복학생인 것 같은 남자 몇몇과 우르르 나왔다. 해건은 티 나지 않게 무리를 쫓았다. '선배님, 안녕하세요!' 인사하는 1학년들에게 세준은 어색하게 웃어 보이더니, 술자리를 권하는 후배들에게 아르바이트를 해야 한다고 거절했다.

그때의 녀석 표정이 어땠더라?

해건은 편의점 유리창 안을 쳐다보았다. 비 때문에 흐릿한 시야로도 알 수 있었다. 세준이 전공책을 들추는 얼굴에는 아까의 그 어색한 표정이 머물러 있었다. 눈치를 가장한 불안. 그 밑에 깔린 분노.

불이 꺼졌다. 해건은 몸을 차양 밑으로 바짝 붙여 숨기며 시간을 확인했다. 새벽 1시. 세준은 나와서 문을 잠그고 셔터를 내렸다. 하는 양이 제법 익숙했는데도 덜컹대는 소리가 크게 났다. 성질이 꽤 급하네. 해건은 생각했다. 힘을 믿고 부리는 성질인지 원래 성미가 그런지는 아직 알 수 없었다.

역시 힘으로 제압하는 건 무리일 성싶었다. 해건이 가늠하는 시선을 모른 채, 세준은 비닐우산을 펴고 걷기 시작했다. 느릿한 걸음이었다. 늦었다면 꽤 늦은 시간인데도 서두르지 않는 것을 보니 집이 가까운 모양이었다. 적어도 차 끊길 걱정은 없는, 걸어서 귀가가 가능한 거리일 것이다.

찰박. 세준이 물웅덩이를 밟는 소리, 침을 뱉는 소리, 건장한 몸이 바닥을 차는 소리. 그가 내는 소리에 해건은 들키지 않고 뒤를 밟을 수 있었다. 빗소리와 시야를 좁게 하는 우산도 해건을 도왔다.

안쪽까지 차가 들어찬 좁은 골목. 낡은 연립의 불 켜진 창문으로 불빛이 새어 나오고 있음에도, 일정한 간격으로 가로등이 빛을 밝히고 있음에도 온기 없이 음험해 보이기만 하는 시멘트 담벼락. 긴장한 채 거리를 유지하며 세준을 따라가던 해건은 기시감을 느꼈다. 도시의 낡아 가는 동네들이야 다 비슷비슷하지만 이곳은 유독 낯익었다.

세준이 가고 있는 동네는 현일의 동네였다.

"하……."

해건은 나오려는 헛웃음을 삼켰다.

심지어 골목까지 같았다. 세준이 들어가는 아파트 건물은 현일의 집과 골목 하나를 사이로 마주하고 있었다. 308호. 호수를 확인한 해건은 다시 내려와 세준의 집을 올려다봤다. 길가 쪽으로 난 창에 불이 켜져 있었다. 자신이 현일을 죽이는 장면이 정통으로 보일 만한 위치였다.

일이 이렇게 돌아가고 있었군그래.

허탈할 정도로 빠하게 그간의 그림이 그려졌다. 그래, 창문이 열려 있었다지만 집 안에서 일어난 일이었다. 목격자는 그 시간 그쪽을 보고 있던 이웃일 터였다. 해건은 자신이 이제껏 얼마나 바보짓을 했나 싶어 어처구니가 없었다. 처음에 현일을 죽이는 동영상을 봤을 때 눈치챘어야 했는데.

그럼 이제 어떻게 한다?

해건은 세준에게 어떻게 접근해야 하나 고민했다. 세준은 군대에 다녀와서 복학한 지 얼마 안 된 대학교 2학년생이었다. 해건은 미행하면서 본 광경을 떠올렸다. 아직은 학과 후배들과도 어색해하고 있었다. 적응 안 되기는 전공 수업도, 사회생활도 마찬가지일 것이다.

'잘하고 싶겠지.'

그러나 공부에 집중은 되지 않고, 편의점도 못 되는 동네 슈퍼에 묶여 있는 처지. 그럼에도 포기하지 못하고 전공책을 덮지 않았다.

'걱정도 많을 거고.'

틈이 보일 것도 같았다. 해건은 캡모자 챙 끝을 손가락으로 긁었다. 가벼운 동작에 챙 끝에 맺혔던 물방울이 후드득 떨어져 나갔다.

오세준 I

세준은 휴대폰을 붙들고 손님을 흘깃 쳐다봤다. 회사원풍의 정장을 말쑥이 빼입은 젊은 남자였다.

"예, 평택에는 내일 오후에 윤 팀장님이 가 보시기로 했고요, 예예. 예, 그건 제가 진행하고 있습니다. 아니요, 금방 됩니다. 예예."

휴대폰을 귀에 대고 남은 손에는 서류 가방을, 옆구리에는 서류 봉투를 낀 모습이 우스꽝스러웠다. 유난 떨기는. 세준은 미간을 찌푸렸다. 핸즈프리며 블루투스며 통화 장비들이 널린 이 시대에 구질구질하게 어깨와 귀 사이에 휴대폰을 끼고 쩔쩔매는 꼴이라니.

손가락이 근질근질했다. 자신이 잘 가는 사이트에 게시글을 올려 비웃고 싶었다.

야 나 지금 알바하는데

손님 하나가 계속 전화 붙들고 '팀장님, 팀장님.' 지랄을 한다.

휴대폰 어깨랑 귀 사이에 끼우고는 서류 가방이랑 봉투랑 주렁주렁 난리 남.

누가 보면 저 회사에서 저 사람 혼자 일하는 줄.

자기가 쓴 글을 보며 낄낄대던 세준은 손님이 이쪽을 돌아보자 소리를 죽였다. 어디 댓글을 살펴보실까. 슥슥 화면을 내려 확인하던 그의 얼굴이 굳었다.

─ 네, 다음 편돌이.

─ 열폭 오지고요.

─ 야, 너 거기 어디냐? 나도 그 편의점 가서 돈자랑 좀 해야겠다. 편돌이한테 맞아서 고소 쨈.

짜증 난 그는 휴대폰을 계산대에 거칠게 내려놓았다. 그사이 손님은 통화를 계속하면서 집히는 대로 컵라면을 하나 들고 와 계산했다. 세준은 아닌 척하면서 손님을 관찰했다.

띠리리리리.

선 채로 라면을 훌훌 들이켜기 시작한 손님의 휴대폰이 울렸다. 입에 라면을 문 채, 손님이 휴대폰을 서둘러 집어 들었다.

"아, 예. 팀장님. 예? 아니요, 그럴 리가 없는데."

손님은 업무 전화인 양 급하게 편의점을 나갔다. 세준은 한참을 기다렸다. 먼저 치웠다가 돌아온 손님에게 괜한 시비 걸리느니 좀 두고 보는 게 나을 성싶었다.

라면이 불어 터질 때까지 손님은 돌아오지 않았다.

"아, 진짜. 이러면 이거 누가 치우냐고."

세준은 투덜거리며 손님이 먹다 놔두고 간 컵라면을 치우다, 옆에 놓인 서류 봉투를 발견했다. 그냥 놔둘까? 조금 짜증이 났다. '나는 지금 바쁘고 중요한 일을 하는 중'이라고 광고하는 듯한 직장인 손님은 언제나 밥맛이었다.

그래도 챙겨 둬야겠지. 중요한 서류일 수도 있고, 손님이 찾으러 올 수도 있었다. 세준은 남은 컵라면을 국물통에 버리고는 봉투를 들어 올렸다. 봉투 위에서 성언그룹 마크가 선명하게 번쩍였다.

"와."

세준은 저도 모르게 감탄했다. 아까 그 손님 성언그룹 다니나 보네. 갑자기 바쁜 척하는 것 같던 손님이 정말 시간 없는 사람처럼 생각되었다. 그는 대기업이 사람 부린다더니 정말인가 보다 생각하면서 부러운 눈으로 봉투를 쓸어 봤다.

세준은 서류 봉투를 계산대 뒤로 들고 들어왔다. 저도 모르게 봉투 쪽으로 자꾸 눈이 갔다. 그는 사이트에 다시 접속했다.

아까 글 올린 편돌인데

계속 전화하던 손님 라면도 다 못 먹고 전화 받고 나감. 서류 봉투 하나 떨구고 갔는데, 이거 뭐임?

세준은 글 밑에 방금 찍은 봉투 사진을 올렸다.

— 헐, 성언 마크.
— 열어 봐. 성언 봉투 안에 뭐 있는지 구경 좀.
— 너 편돌이 맞았냐? ㅋㅋ 뭐 성언이면 열폭 인정.
— 편돌이, 편돌이 하지 마라. 너는 누구에게 한 번이라도 유통기한 남은 삼각김밥 같은 사람이었느냐.
— 열어 봐. 성언 봉투 안에 뭐 있는지 구경 좀 222.
— 열어 봐. 333.

댓글이 순식간에 마구 붙었다. 세준은 조금 의기양양해져서 성언 봉투를 다시 보았다. 열어 보고 싶은 마음이 없다면 거짓말이겠지만, 손님이 찾으러 올지도 모르는데 책잡힐 짓을 할 순 없었다.

'살짝 봤다가 도로 붙이면 괜찮지 않을까?'

세준은 봉투를 들어 올려 햇빛에 비춰 보았다. 봉투 안에서 A4용지만 한 직사각형들이 그림자를 만들고 있었다. 서류다. 그는 저도 모르게 숨을 크게 쉬었다. 봉투를 쥔 손이 구겨지지 않게 모서리를 잡았다. 꼴깍 침이 넘어갔다. 세준은 조심스레,

입구 쪽이 밑이 되도록 내리며 봉투를 흔들었다. 안에 있는 서류들이 입구로 밀리다가 멈췄다.

'아, 씨발.'

그는 속으로 욕을 하며 봉투를 내려놓았다. 이왕 흘린 것 입구도 열려 있으면 얼마나 좋았을까.

세준은 봉투를 다시 계산대 구석에 얹어 두고 전공책을 펼쳤다. 글자가 하나도 눈에 들어오지 않았다. 그는 휴대폰을 들고 게임을 시작했다.

"아, 씨! 좀!"

대전게임 전적이 0승 11패가 되었을 때 그는 욕을 하며 게임에서 나왔다. 저 서류 봉투 때문에 게임 전적이며 랭킹만 엉망이 되게 생겼다. 세준은 휴대폰을 내려놓았다.

무슨 서류일까?

궁금증에 미칠 것 같았다. 입구를 살짝만 봉한 걸 보면 그렇게까지 중요한 서류는 아닐 것 같은데. 세준은 사이트에 올렸던 글을 다시 띄워 보았다. 그사이 댓글에서는 '열어 봐.' 릴레이가 열네 명째를 넘어가고 있었다. 그는 갈등했다.

'이 손님은 왜 찾으러 안 오는 거야?'

댁이 찾으러 오지 않으니까 궁금해서 일이 안 되잖아. 세준의 머릿속에서 손님은 이미 양복을 빼입은 성언의 대리급 이상이 되어 있었다. 그는 침을 삼켰다.

'뭐가 들었는지 한번 확인만 하고 붙여 놓는 거야.'

풀로 살짝 다시 붙이면 눈치 못 챌 것도 같았다. 세준은 눈을 데룩 굴렸다. 때마침 편의점은 한산했다. 물건을 대러 오는 차량도 손님도 없는 시간이었다. 지금이라도 도어벨이 울리며 누군가 들어오길 바라는 마음이 조금 들었지만, 아주 조금이었다.

차르륵.

그는 봉투를 열고 내용물을 계산대에 쏟았다. 이력서들이 계산대 위로 흩어졌다.

'뭐야, 이거?'

김새는 기분이었다. 세준은 그 누구한테 화를 낼 수도 없는 상황에 황당해하며 이력서를 그러모았다. 맨 앞에 있는 이력서의 여자는 제법 그의 취향이었다. 학벌만 빼고.

"아, 씨발. 개나 소나 다 명문대야……."

그는 이력서를 봉투 안에 도로 넣으며 투덜거렸다. 괜히 봤다. 기분만 더러워졌다고, 세준은 봉투를 붙이며 생각했다.

딸랑.

급한 도어벨 소리와 함께 손님이 다시 편의점에 나타난 것은 퇴근하기 10분 전쯤이었다. 걱정스러운 얼굴로 라면 있던 자리로 향하는 그를 세준이 불렀다.

"손님, 이거 놓고 가셨죠?"

세준이 꺼내 든 서류 봉투를 본 손님의 표정이 밝아졌다.

"정말 고맙습니다!"

손님이 허리를 90도로 숙였다. 세준은 머쓱해졌다.

"고맙습니다. 진짜로요. 너무 감사해서 그러는데 조그만 사례라도…….”

“그럴 만한 일은 아닌데요, 뭐.”

세준이 웃으면서 사양했다. 그와 같이 웃던 손님의 얼굴이
봉투의 입구를 확인하더니 조금 일그러졌다.

“이거, 열어 보셨어요?”

“에이. 그랬으면 제가 보관했다 손님한테 드리겠어요?”

봉투를 이리저리 살피던 손님이 억지웃음을 웃어 보이며 말
했다.

“붙인 게 다른데요. 보셨죠?”

“하.”

따지면서도 웃는 낯인 걸 보니 센 상대는 아닌 것 같았다.
세준은 어이없다는 듯 위협적으로 목소리를 깔았다.

“구해 줬더니 생사람 잡으시네.”

“보셨네.”

세준은 움찔했다. 그냥 양복쟁이 직장인인 줄 알았는데 기
가 보통이 아니었다. 자신의 덩치에 쉽게 겁을 먹는 반응에 익
숙해져 있던 세준은 손님을 새삼스레 쳐다보았다. 그러고는 목
소리를 돋웠다.

“그래요. 봤습니다, 뭐. 놓고 간 사람이 잘못이지. 별것도 없
던데.”

“그건 그렇죠.”

이 손님이 방금 뭐라고 한 거지? 세준은 자신의 귀를 의심했
다. 손님이 ‘휴.’ 한숨을 쉬었다.

"이렇게 된 거 밥이라도 먹읍시다. 언제 퇴근하시나요?"

손님이 물었다. 세준은 생각지 못한 손님의 태도에 약간 당황했다.

"아, 그러실 필요 없는데."

"이거 보셨잖아요. 부대찌개 어때요? 아, 치킨을 더 좋아하려나?"

재차 권하자 세준은 점점 더 부담스러워졌다. 여자라면 자신에게 호감이 있나 하는 생각이라도 해 보겠는데 상대는 자신보다 몇 살 많아 보이는 젊은 남자가 아닌가.

'이렇게까지 할 일이 아닌데. 뭐야, 이 인간 왜 이래?'

손님은 약간 초조한 듯 봉투를 만지작거리다가 세준을 쳐다보다가를 반복했다. 그의 시선이 계산대 구석에 놓인 세준의 전공책을 일별하더니 불쑥 말했다.

"그러면 학교와 이름이라도 써 주세요. 뭐, 이력서를 내셔도 좋고요."

세준이 뜨악한 얼굴로 쳐다보자 손님은 얼른 명함을 내밀며 말했다.

"제가 회사에서 대학생 공모전 담당인데, 비는 데 있으면 한 자리 끼워 드릴까 해서 그럽니다."

대박ㅋㅋ 나 아까 성언 봉투 집은 편돌인데

그 손님 왔다. 고맙다고 허리 반으로 접어 인사함. 난 무슨 조폭 인사하는 줄.

근데 그 손님 성언 홍보팀 공모전 담당이었음. 대박.

나더러 대학생이면 한자리 끼워 주겠다고 함.

세준은 결국 손님과 함께 문을 연 치킨집을 찾아 들어갔다. 손님은 자신의 이름이 김해건이라고 했다. 명함에서 본 이름과 같았다. 치킨과 맥주를 시켜 놓고, 해건은 세준에게 설명하듯 말했다.

"기업이 하는 대학생 공모전 같은 건 사실 큰 상 받을 사람은 거의 정해져 있어요. 상무님 조카라든지 전무님 사위 후배라든지. 그런데 걔들이 상금 받자고 하는 게 아니라 취업 때 자소서 빈 칸 하나 더 채우려고 하는 거다 보니까 개인으로 해서 서로 좋을 게 없거든. 회사 측에서도 홍보를 해야 하니까 이왕이면 생색나는 쪽이 좋고. 그러다 보니 꼭 뽑혀야 하는 애들한테 끼워서 팀을 만들어서 상을 나눠 주는 거죠."

세준은 고개를 끄덕이며 해건의 말을 경청했다. 세준도 해건이나 해건이 하는 말이 어느 정도 미심쩍은 건 사실이었다. 지금 해건이 보이는 호의가 과한 것이고, 해건이 자신에게 이렇게까지 해 줄 이유가 없다는 것도 알고 있었다. 지금 해건이 말한 대로 그런 꿀 떨어지는 공모전 자리가 있다면 왜 오늘 처음 본 자신에게 주겠는가.

하지만 해건이 내미는 유혹은 너무 강력했고, 해건의 정장과 성언그룹 후광은 세준이 요새 가장 동경하는 것이었다. 군대 다녀오기 전에는 몰랐다. 꼭 고등학교 막 입학해서 그랬던 것처럼, 세상에 그의 자리 정도는 좋은 곳에 남아 있는 줄 알았다. 당연히 명문대에 갈 수 있을 줄 알았던 근거 없는 자신감과 낙관적인 기대들. 그렇게 당연하게 대기업에 취직할 수 있을 거라고 생각했다.

군대에 다녀오자 그게 아니라는 것을 알게 되었다. 객관적인 수치는 그를 평균 언저리에서 맴돌게 만들었다. 억울했다. 이건 뭔가 잘못된 것이 아닌가. 부모님의 전폭적인 지지와 중학교 때 훌쩍 큰 덩치, 그럭저럭 제 할 일은 하는 성미와 나쁘지 않은 성적 때문에 그는 어디 가서 무시당한 적이 없었다.

그런데 군대에서는 그냥 군인1이었고, 사회에 나오자 예비역1이었고, 학교로 돌아가자 흔한 복학생1이었다. 왜 아무도 나를 알아주지 않는 건지. 말도 안 되는 억지라는 자각이 가끔 들었지만 정말 가끔이었다. 편의점 아르바이트를 시작하자 상황은 더 나빠졌다. 편돌이라고 부르는 놈들, 술 마시고 시비 거는 인간들, 그를 무슨 포스나 ATM기기처럼 그 자리에 서서 바코드나 찍는 무생물인 양 취급하는 또래의 여자들.

부글부글 속이 끓어올랐다. 왜 나를 알아주지 않는 걸까. 왜 나를 이따위로 취급하는 걸까. 내가 이렇게 애쓰고 있는데.

그런데 성언에 다니는 해건이 지금 그와 친해지고 싶어 하고 있었다. 그에게 호의를 보이고 있으며, 기회를 주고 싶어 하고 있었다. 뭔가 인정받고 있다는 기분이 세준의 마음을 너그럽게 만들었다.

그리고 어쩌면 해건의 말이 다 진짜일지도 모른다. 상 줘야 할 사람에게 자리를 만들어 주다 보면 자리가 남거나 더 만들 수도 있는 거고, 해건처럼 그게 일이 되면 매번 그 자리를 채우기 힘들 수도 있을 것이다. 그렇다면 지금 해건이 보이는 호의가 말도 안 되는 것만은 아니리라.

'어쨌거나 내가 도운 것은 사실이니까.'

세준은 납득하며 맥주잔을 들고 해건과 건배했다.

'그냥 놔뒀어 봐. 누가 봉투 집어 갔으면 어쩔 뻔했냐고.'

해건의 속도에 맞춰 연달아 맥주를 죽 들이켜자 금세 소변이 마려웠다. 그는 양해를 구하고 화장실로 향했다.

"어우, 취한다. 빨리 마셔서 그런가."

세준은 중얼거리며 아예 화장실 안쪽 칸 하나를 차지하고 들어갔다. 이참에 사이트에 올린 글이나 확인할 요량이었다. 생각보다 댓글이 많이 달려 있었다. 여러 반응 중에 눈이 번쩍 뜨이는 글이 있었다.

— 그래서 처음에 그렇게 너 끼워 주겠다고 난리 친 거네. 입막음 하려고.

— 네가 봉투 안 내용을 봤을 거란 생각에, 공범 만들어서 말 새 나가지 않게 하려는 거지.

세준은 숨죽여 아래 댓글들을 읽었다.

— 헐, 그런 깊은 뜻이 있을 줄은.
— 사회가 이렇게 더럽구나. 이런 식으로 무임승차 가나요.
— 말은 바로 합시다. 무임승차가 아니라 커넥션이지.
— 꼭 능력 안 되는 놈들이 사회정의 찾더라. 야, 내가 너라면 글 싹 지운다. 기회가 왔을 때 잡아야지.
— 와, 난 이런 일 도시전설인 줄만 알았는데 실제로 있구나.

과연. 그렇게 생각하니 해건의 초조했던 기색과 과한 호의가 이해가 갔다.
'뭐, 내가 꼭 덕을 보겠다는 것은 아니지만, 상대해서 손해 볼 것은 없잖아?'
세준은 얼른 오늘 올렸던 게시글을 죄다 삭제했다.
만약 해건이 거짓말을 하고 있고 지금 자기를 속이려는 것이라고 해도, 다단계나 보험 가입 정도일 것이다. 그런 것 정도는 눈치채고 빠져나올 수 있다고 세준은 자신했다.

███

해건은 세준의 태도 변화를 눈치채고 속으로 비릿하게 웃었다. 미끼를 더 깊게 물었다. 자신이 삼킨 것이 무엇인지 깨달았을 때는 내장 깊은 곳을 휘저을 바늘인 줄도 모르고.

세준이 무엇을 기대하는지, 무슨 생각일지 훤히 보였다. 화장실에 다녀온 뒤로 더 열심히 경청하는 자세로 바뀐 모습이 꼭 예전 현일 앞의 자신을 떠오르게 했다. 그는 씁쓸하게 맥주를 마셨다.

"표정이 안 좋으세요."

세준의 걱정스러운 말에 해건은 짐짓 고뇌하는 표정을 지어 보였다.

"제가 하는 일이 그런 일이긴 한데, 이렇게 학생을 끌어들여도 되는 건지…… 면목이 없네요, 참."

"말씀 놓으세요. 저보다 훨씬 형이신데."

"아."

해건은 약간 망설이는 듯하다가 술김인 척 말했다.

"그래도 될까?"

"그럼요, 형."

"하하. 남동생이 없어서 형 소린 많이 못 들었는데, 참 듣기 좋더라고."

해건은 세준의 잔에 자기 잔을 부딪쳤다. 세준이 맥주잔을 들이켜면서 눈을 설핏 찡그렸다. 흑맥주임을 감안해도 맛이 좀 이상할 터였다.

"들어올 때는 이런 일 할 줄 몰랐는데 말이야."

"형 하시는 일이 어때서요."

"짜식."

해건은 또 세준과 건배했다.

"그래도 이런 일도 제대로 안 하면 큰일 나는데 덕분에 살았다."

"그냥 할 일을 했을 뿐인데…….."

세준은 말을 흐리더니 이번엔 자기가 해건의 잔에 맥주잔을 부딪쳐 왔다.

그래도 안 하겠다는 소리는 안 하는군. 해건은 세준이 거의 넘어온 것을 알고 술을 더 시켰다. 세준은 눈을 껌벅껌벅하면서도 해건이 권하는 술을 거절하지 못했다.

해건은 술에 취한 세준을 상대로 떠봤다.

"외동?"

세준은 얼굴을 찡그렸다.

"동생이 있어요."

"여동생이냐?"

해건의 장난스런 질문에 세준이 대답했다.

"나이차 많이 나는 남동생이요. 아직 고등학생이에요."

"속 썩일 시기네."

알겠다는 듯이 고개를 끄덕인 해건이 덧붙였다.

"그래도 중2는 아니잖아?"

해건은 제 농담에 취한 것처럼 하하 웃었다. 그에 울컥한 세준이 내뱉었다.

"그거보다 나을 것도 없어요. 학교도 안 가고 방 밖으로 나오질 않는다니까요. 종일 컴퓨터 앞에만 붙어 앉아서."

"아이고."

"요즘에 고졸도 안 되면서 어떻게 살아요? 도대체 무슨 생각을 하는지."

해건은 생각했다.

무슨 생각을 하는지, 그거 내가 알 것 같은데.

세준이 주먹을 꾹 쥐며 말했다.

"형이니까 책임지고 바로잡아 놔야죠."

"아하."

해건이 한쪽 눈썹을 들어 올리며 세준을 쳐다봤다. 세준은 그런 그를 보면서 말을 덧붙이려고 했다.

"형, 표정이……."

"어? 뭐가?"

세준이 눈을 감았다 뜨면서 정신을 차리려고 애썼다.

"뭔가 되게…… 못마땅해 보이는데……."

그 말을 마지막으로 세준은 고꾸라졌다.

■

세준이 눈을 떴을 때 해건은 그의 몸 위로 흙을 뿌리고 있었다. 뭐냐고 물으려는 입은 테이프로 봉해져 있었고, 손발도 묶여 있었다. 세준은 몸을 꿈틀대며 왜 이러는 거냐고 눈으로 물었다.

해건이 혀를 찼다.

"젊어서 그런가 그 아저씨보다 빨리 깨네."

그 아저씨?

세준이 그 말을 되씹기도 전에 해건이 삽을 휘둘렀다.

그 일격을 피해 구르며 세준은 깨달았다. 해건은 진심으로 자신을 죽이려 하고 있었다. 재차 날아온 삽날에 정수리가 찍혔다. 세준은 피를 흘리며 꿈틀대었다.

해건은 피로한 얼굴로 그 꼴을 내려다봤다. 삽으로 쳐 죽이는 게 두 번째인가, 세 번째인가. 현일까지 포함하면 네 번째로 묻는 시체. 죄다 남자들이어서 무겁고 힘들었다. 쯧쯧. 그가 다시 혀를 찼다.

"그냥 가만히 있어."

어조가 담담해서 더 무서웠다.

"쓸데없이 힘 빼지 말고. 그냥 머리 몇 대 맞고 죽는 게 너도 편할 거야."

세준은 머리끝과 위장이 같이 곤두서는 느낌이었다. 토하고 싶었지만 속이 딱딱했다. 자신이 지금 누워 있는 이 흙바닥처럼.

왜?

자신은 해건에게 이런 일을 당할 만큼 잘못한 게 없었다. 왜? 세준이 필사적으로 해건을 올려다보며 도리질했다.

해건이 삽으로 그 머리를 내리치며 말했다.

"미안한데, 네 동생을 원망해라. 잘할 수 있을 거야."

카페

정호는 또 회사 입구 화단 앞에 앉아 있는 태환을 발견하고는 한숨을 쉬었다.

'브레인 임플란트 전문가라고 손잡는 게 아니었는데.'

피해자 가족의 감정 상태가 어떤지 모르는 것도 아니면서 같이 협력할 생각을 하다니. 정호는 후회했다. 아들을 잃었는데 감정적으로 위태위태한 게 당연하지 않은가.

'어떻게 생각하면 차라리 잘됐어.'

태환의 행동은 도를 넘었다. 찾아온 김에 그만두자고 말할 셈이었다. 이쯤에서 끊는 것이 태환에게도 좋을 것이다.

"아, 권 기자님."

태환이 고개를 들며 그를 불렀다. 정호는 저도 모르게 한 발짝 물러섰다.

'눈이 번들번들하더라고.'

문 기자의 말이 떠올랐다. 그게 무슨 말인지, 정호는 대충 알고 있다고 여겼다. 어리석은 생각이었다. 세상에는 직접 봐야 알게 되는 것이 있었다.

제정신이 아니야.

그 사실을 깨닫자 이제껏 태환이 보였던 행동이 납득되었다. 술이라도 한 잔 기울이며 천천히 말하려던 생각이 싹 사라졌다. 그만둡시다. 역시 브레인 임플란트 피해자 카페와 테러 사건이 관련됐다는 증거가 없어요. 입에서 말이 막 나가려는데 태환이 선수를 쳤다.

"여기 1층 커피숍으로 가시죠. 드릴 말씀이 있습니다."

"잘됐네요. 저도 드릴 말씀이 있습니다."

커피숍에 자리를 잡자마자 태환이 테이블 위로 몸을 기울였다.

"브레인 임플란트 피해자 카페 말입니다. 지난번에는 제가 너무 마음이 급해서, 실수했던 것 같습니다. 그래서 말인데요……."

정호는 경계했다. 이건 또 무슨 수작이야. 태환이 빠르게 말했다.

"제가 다른 아이디를 구해 왔습니다."

"뭐라고요?"

태환이 명함을 내밀었다. 한림 브레인 임플란트 연구소 소장 유태환. 이제는 의미 없는 명함이 죽 테이블 위로 밀려나오다 뒤집혔다. 낯선 영문과 숫자가 두 줄 적혀 있었다.

"브레인 임플란트 피해자 카페 운영자 아이디와 비번입니다."

정호는 몸을 내밀다 반사적으로 명함 위를 손으로 덮었다.

"이걸 어떻게?"

"권 기자님은 모르셔도 됩니다."

태환의 번들번들한 눈이 말하고 있었다. 당신은 이 일에 아무 책임도 없는 거야. 태환이 쐐기를 박듯 말했다.

"누군가 제보한 겁니다."

누가요?

정호는 묻고 싶었지만 입 밖으로 말이 나오진 않았다. 말이 되어 나오는 순간 깨져 버리는 마법처럼. 정호가 침을 삼키며 손바닥으로 명함을 꽉 눌렀다.

"권 기자님이 안 쓰실 거면 제가 쓰면 되니까요."

태환이 말했다. 정호가 그 말에도 손을 쉽게 떼지 못하자 그가 덧붙였다.

"제가 쓰는 것보다는 권 기자님이 쓰시는 게 나을 것 같아서 적어 온 겁니다."

정호는 테이블 위의 손가락을 까딱였다. 이현일의 계정과 비밀번호. 이것만 있다면 이제 브레인 임플란트 피해자 카페는 그 앞에서 비밀 없이 옷을 벗을 것이다. 목이 말랐다. 지금껏 왜 브레인 임플란트 피해자 카페와 관련된 이들을 쫓아 왔던가. 무슨 일이 일어나고 있는지 알고 싶어서 아니었나?

정호가 갈라진 목소리로 물었다.

"들어가 보셨습니까?"

태환은 고개를 저었다. 정호는 고개를 끄덕였다.

"일단 한번 보죠."

정호와 태환은 정호의 노트북 앞에서 머리를 맞대고 눈앞의 화면에 집중했다.

자유 게시판, 정보 게시판, 사진 게시판. 둘은 말없이 훑으며 마지막 게시판에 다다랐다. 클릭하자 지금껏 볼 수 없었던 문구가 떴다.

"인증된 회원만 이용할 수 있는 게시판입니다?"

태환이 문구를 따라 읽었다. 정호는 게시판의 제목을 다시 확인했다. 비밀 게시판. 게시글 목록을 확인하는 그의 눈에 힘이 들어갔다.

가장 위에 있는 최신글은 제목이 '다들 이대로 주저앉을 겁니까?'였다. 작성자의 닉네임이 낯익었다. 락호. 깐죽거리던 놈의 얼굴을 떠올리며 정호는 글을 클릭했다.

아, 님들. 진짜 내가 어이가 없어서ㅋㅋ 처음 패기들 다 어디 가고 쫄아 가지고. 운영자님은 왜 암말이 없어요? 한번 해 보자고 하더니 이래서야 대충님만 엿 되는 거 아니에요?

댓글은 하나도 안 달려 있는데 조회수는 꽤 높았다.

'그 새끼……'

이래 놓고 아무것도 모르는 척을 해? 정호는 속으로 락호를 욕했다.

"대충님만 엿 된다는 게 무슨 뜻일까요?"

"일단 더 보죠."

스크롤을 내릴수록 글 제목들이 가관이었다. '게릴라전 1차', '선발대 지원 받습니다.', '성언 잡놈들 잡으러 갑시다.' 등. 정호와 태환은 말을 잃고 화면을 쳐다보았다. 정호가 첫 번째 게시글을 클릭했다.

성언과 대화를 시도하는 것은 시간 낭비입니다. 놈들이 원하는 것은 우리 카페를 폐쇄하고 피해자들이 뭉치지 못하게 막는 것일 뿐, 우리의 말에 진정으로 귀 기울이거나 제대로 된 사과와 피해 보상을 할 생각이 없습니다.

우리 피해자들이 이런 피해를 받은 것이 어디 우리의 잘못이었습니까? 뇌병변이 있기 전까지 우리 모두 이 나라의 건실한 국민이었습니다. 백두산 사태 같은 비상사태를 맞아 대처하는 것이 국가가 해야 할 일 아닙니까?

그런데 국가가 우리에게 한 일을 보십시오. 브레인 임플란트라는 증명도 안 된 위험한 시술을 강제로 하더니, 부작용에 대해 모르쇠로 일관하다가 민영화를 핑계로 성언에 모든 권한을 넘기고는 아무 책임도 지지 않고 있습니다.

성언은 또 어떻습니까? 부작용은 없다는 말만 반복하면서 뒤로는 우리 회원들에게 카페 폐쇄를 종용하고 있습니다. 언론도 마찬가지입니다. 성언에 아부하는 기사를 내느라 손가락이 닳을 지경이지요.

모두 제 이득과 밥그릇만 챙기는 놈들입니다. 이런 놈들에게 상식과 정의를 말해 봐야 아무 소용없습니다. 우리도 실력행사를 해야 합니다. 브레인 임플란트 부작용을 적극적으로 알려야 합니다. 필요하다면 불법적인 수단과 폭력을 동원해서라도 말입니다.

저는 앞으로 벌일 우리의 투쟁을 '게릴라전'이라고 명명하고 싶습니다. 뇌파 공격 장치에 대해 아십니까? 예전부터 많은 나라의 군과 정보부에서 개발하려다 실패한 물건입니다. 주로 전파 따위를 이용해 뇌파를 교란해서 대상자에게 고통을 주죠. 사람에게 고통을 줄 만큼의 전파를 소규모로 지정한 대상에게만 쏜다는 것이 거의 불가능했기 때문에 무기로는 적합하지 않다고 판명이 났습니다.

하지만 브레인 임플란트 시술자를 대상으로 하면 이야기가 다릅니다. 그리고 특정인을 대상으로 하지 않고 반경으로 범위를 잡으면 훨씬 더 쉬워지지요. 부끄럽습니다만 저는 소싯적에 전자공학을 공부했었습니다. 이러한 뇌파 공격 장치 정도는 도움을 받아 제작할 수 있었습니다.

곧 성언, 아니, SUB에서는 유럽의 다국적 의료 기업과 대규모 기술 협약을 체결한다고 합니다. 저는 첫 게릴라전으로 이 기술 협약에 재를 뿌리려 합니다. 브레인 임플란트 기술 협약에서 브레인 임플란트 부작용을 외치며 뇌파 공격 장치를 가동시켜 그 자리에 있는 사람들과 해외 전문가들에게 브레인 임플란트의 부작용과 피해자들의 분노를 알리려 합니다.

동참하실 회원분들은 댓글 달아 주십시오.

정호는 닉네임과 제목을 다시 확인했다. hyun1의 '공격적으로 나가야 할 때입니다.'였다.

"이현일……."

태환이 이를 갈았다. 정호 역시도 심각한 얼굴이 되었다.

"성언에서의 테러 주모자는 역시 이현일이었군요."

"미친 새끼들."

현일의 글에는 댓글이 잔뜩 달려 있었다. 처음 댓글을 단 이는 닉네임 대충이었다.

― 깊이 동감하며 동참합니다. 운영자님의 발상에는 늘 감탄뿐입니다. 어떻게 이런 생각을 해내시는지? 지렁이도 밟으면 꿈틀한다고 했습니다. 성언과 김해주에게 본때를 보여 줍시다.

락호의 댓글도 보였다.

― 우와, 역시 억대의 남자. 운영자님은 스케일이 다르네요. 이러니 성언이 그렇게 빌빌 기지.

억대? 성언이 빌빌 기어?

"이게 무슨 말일까요?"

"허풍이겠죠. 어린놈이 바람만 들어서."

정호는 고개를 갸웃했다. 허풍이라기엔 다른 사람의 댓글이 심상찮았다.

— 역시 억대의 남자. 222.

— 역시 억대의 남자. 33333. 대단하십니다. 운영자님이 일제시대에 태어나셨다면 독립투사가 되셨을 겁니다.

— 운영자님이 일제시대에 태어나셨으면 바로 일본 패망이죠.

"아까 그 글도 한번 봐 보죠. '선발대 지원 받습니다.' 그거."

태환의 말에 정호는 그 글을 클릭했다. 제목 그대로의 글이었다. 게릴라전을 일으킬 때 앞장서서 희생할 용감한 대원을 지원받는다는 내용이었다. 이 글에도 역시 일착으로 대충이 댓글을 달았다.

— 대업에 동참할 수 있어서 영광입니다. 제가 선발대가 되어 성언 놈들에게 본때를 보여 주겠습니다.

태환이 화면을 노려보았다.

"대충 이놈이네요. 아까 락호가 왜 대충님이 엿 됐다고 하는지 알겠습니다. 이놈이 성언에서 테러 저지른 범인 놈일 겁니다."

정호는 고개를 끄덕였다. 다른 멤버의 댓글도 대체로 비슷했다. 테러에 대한 굳은 동참 의지, 운영자에 대한 존경과 찬사, 성언에 대한 반감.

"성언에서 회유하려고 접촉했었나 본데요."

태환도 동의했다.

"다른 게시판을 보니 성언이나 SUB 욕하는 글이 많더군요. 폐쇄 공작이라는 둥, CS부서 인간들 진짜 찰거머리라는 둥."

정호는 생각에 잠겼다. 이현일은 성언이 제대로 된 보상과 사과를 할 생각 없이 카페를 폐쇄시킬 생각뿐이라고 했다. 락호는 이현일이 억대의 남자이고 성언이 빌빌 긴다고 썼다.

'그렇다면?'

정호는 검색으로 락호의 게시글을 찾아보았다. 몇 개의 신변잡기 글을 건너뛰자 그가 찾던 글이 나타났다.

'다들 얼마까지 불러 보셨어요?'

태환은 재촉하는 눈길로 정호를 쳐다봤다. 정호가 제목을 눌러 글을 띄웠다.

우리끼리니까 까놓고 한번 터 보죠.

성언에서 보상해 준다고 바짓가랑이 잡을 때 얼마까지 불러 보셨어요?

신 부장 그 새끼 500 부르니까 얼굴 싹 바꾸던데.

SUB에서 정말로 회유를 위해 돈까지 제시했던 모양이었다. 정호는 침을 꿀꺽 삼켰다. 댓글도 꽤 달려 있었다.

— 300 제시받아 봤습니다.

— 이야, 우리한테 그 정도면 운영자님한테는 억대 부른 거 아니

에요?

　— 억이 뭡니까. 운영자님 모셔 가려면 본부장 자리는 줘야지.

　— 저는 3000 불러 봤습니다. 다시는 연락 안 하던데요.

　— 현덕님 용자시네. 얼굴 보고 진짜 3000 불렀어요?

　— 제가 다단계도 했던 사람임. 대기업 아가들한테 3000 부르는 거야 쉽죠.

　둘은 비밀 게시판을 마저 훑었다. 비밀 게시판에는 이현일의 '공격적으로 나가야 할 때입니다.'라는 첫 글을 시작으로 테러가 기획되고 준비되는 과정이 고스란히 남아 있었다. 다 훑은 정호는 CS부, 신 부장, 보상 등을 검색해 보았다. 글과 댓글을 취합하자 대략적인 그림이 그려졌다.

　SUB는 처음 브레인 임플란트 피해자 카페에 대한 방송이 나가고 화제가 될 뻔한 이후 브레인 임플란트 피해자 카페 임원들을 마크하면서 끈질기게 활동을 중단하도록 회유했다. 그 업무를 맡은 것이 CS부서로 부장은 신재규라는 인물이었다. 그들은 임원들을 정기적으로 찾아 인정에 호소했으며 보상을 제시했다. 몇몇 직원은 임원들과 상당한 친분도 쌓은 모양이었다.

　그렇지만 결과적으로 CS부서는 실패했다. 이현일의 독재 체제에서 그를 사로잡지 못한 것이 패인이었다. 이현일은 한결같이 신 부장을 '성질 나쁜 여우'라고 불렀고, 자기 담당을 '모자란 놈'이라고 지칭했다. 이현일의 철벽에 임원들도 점점 더 CS부서를 무시하는 쪽으로 태도를 바꾸었다.

그리고 CS부서의 회유 제스처로 이현일의 주장은 명분을 더 얻었다. SUB 측이 떳떳하다면 굳이 브레인 임플란트 피해자 카페를 회유하려 애쓸 필요가 없다는 것이었다. 설득이 계속될수록 임원들은 점점 더 자신들이 거대 악의 세력을 상대로 싸우는 투사라고 여기게 되었다.

그렇게 분위기가 조성되자 이현일은 정말로 테러를 기획했던 것이다.

어떻게 그런 일이 가능했을까?

이현일이 아무리 성언과 브레인 임플란트를 증오했다 하더라도 그는 그저 피해자 카페의 운영자일 뿐이었다. 그가 할 수 있는 일이란 언론을 통한 이미지 흠집 내기 정도였고, 그마저도 점점 호응이 줄고 있었다.

일개 피해자 카페 운영자에서 지식과 무기를 가지고 실질적으로 피해를 주는 테러리스트로의 변화. 중간에 무언가가 개입하지 않고서는 일어날 수 없는 일이었다.

누굴까? 무엇일까?

정호와 태환은 그 원인을 찾아 카페 게시글을 뒤지고 또 뒤졌다.

답은 처음 모의 게시판에 올렸던 이현일의 글과 쪽지 보관함에 있었다.

태환은 SUB와 네바의 MOU 체결식에 대해 미리 알고 있었다. MOU 체결식 일주일 전쯤 참석을 바란다는 초대장을 받았기 때문이다.

그런데 이현일이 MOU 체결식이 있을 테니 테러를 준비하자고 글을 올린 날짜는 그보다 한 달도 더 전이었다. SUB 쪽 내부자가 정보를 흘렸다고밖에 볼 수 없는 상황. 정호와 태환은 흔적을 찾아 메일과 쪽지를 뒤졌다.

증거는 곧 나왔다. 전파를 이용해 뇌파를 교란하는 기술을 브레인 임플란트에 적용했을 때 어떤 결과가 나오는지부터 MOU 체결식이 언제인지까지 알려 주는 수많은 쪽지들.

"아…… 이건 정말 내부 정보인데."

태환의 얼굴이 흙빛이 되었다.

"뭔데요?"

"지금 브레인 임플란트는 크게 보면 뇌 자극용과 뇌내 이상 증상 완화용 두 가지로 분류되거든요. 이를테면 집중력 강화 시술은 뇌 자극용이고, 공황장애 치료는 뇌내 이상 증상 완화용이랄까."

정호는 계속하라는 듯 고개를 끄덕였다.

"백두산 사태 때 시술한 분들은 거의 두 가지 다 한 편입니다. 뇌 자극용은 다친 부위의 뇌에 전기 자극을 줘서 활성화시키려고 하는 것이고, 이상 증상 완화용 브레인 임플란트를 시술하면 뇌파가 불안정해질 때 그에 대응해서 전극으로 교란시키니까 트라우마 치료에도 효과가 있고, 공격성 완화 효과도 있고……."

"그런데요?"

태환이 잠시 침묵했다.

"……이상 증상 완화용 시술은 뇌내 이상 증상에 기민하게 반응해야 하기 때문에, 뇌파에 민감하게 설계됩니다."

"그게 뭐가 문젭니까?"

"해킹이나, 외부 뇌파나 전파 공격에도 취약해지죠."

"그럼!"

태환은 고개를 저었다.

"오래전부터 이 부분을 보완하기 위해 연구를 많이 했어요. 한국 브레인 임플란트 연구소 시절부터. 지금 출시되는 제품들은 외부 전파에도 취약하지 않아요. 그런데……."

그가 쪽지 중 하나를 가리켰다.

"……여기서는 그 개선이 이루어진 게 ver.3.22부터라고 하는데요. 백두산 사태 때의 시술자 대부분은 ver.2.09 모델을 쓰고 있어요."

정호는 눈앞이 깜깜해졌다.

"그러면 성언 테러 같은 일이 일어나면 시술자 대부분이 이상 증상을 보인다는 것 아닙니까?"

"이상 증상이라고 해 봤자 경미한 두통, 어지럼증, 구토감 같은 것들입니다. 잠깐 스치는 두통보다도 못해요. 특이체질이 아닌 이상……."

"그걸 말이라고 해요? 특이체질이 얼마나 있는지도 모르잖습니까."

"그러면 뇌병변에서 회복 안 되고 트라우마 치료도 안 되는 게 그보다 낫다고요?"

화난 어조였다. 정호는 놀라 태환을 쳐다보았다. 태환이 굳은 얼굴로 빠르게 쏘아붙였다.

"권 기자님은 뇌병변 환자 가족 있습니까? 뇌에 이상 있는 환자는요?"

"없습니다."

"정신병 있는 가족도 없겠죠? 치매 환자도?"

"다행히 아직은 없습니다."

"다행, 정말 다행이죠. 정말 운이 좋으신 겁니다. 그러니 환자들과 가족들에게 브레인 임플란트가 어떤 물건인지 모르시겠죠. 그 사람들은 말입니다, 지금보다 훨씬 더 위험한 부작용이 있어도 브레인 임플란트를 쓸 겁니다. 두통? 어지럼증? 구토감? 그게 뭐가 중요합니까? 집 주소도 못 외우던 사람이 직장에 가고, 제 몸도 못 가누던 사람이 조깅을 하고, 냉장고에 양말 집어넣던 분이 혼자 강습을 다닙니다. 자살하려던 사람이 감정 컨트롤이 되고, 아들 얼굴 못 알아보던 사람이 아들 생일도 기억해요."

열을 내던 태환이 갑자기 말을 멈추고 조용해졌다. 그는 정호의 시선을 피하며 작게 덧붙였다.

"실에 비해 득이 너무 큽니다."

당신이 그런 말을 하면 안 되는 거잖아. 정호는 생각했지만 입 밖에 내진 않았다. 태환도 정호의 얼굴에서 하지 않은 말을 읽은 모양이었다.

"원래는 안전합니다."

"원전 관련자 같은 말씀을 하시네요."

"……어쨌건 이건 내부자의 정보 제공이 확실합니다."

"이거, 증거 사라지면 안 되는 거 아닙니까? 카페 폐쇄 중지해야 될 것 같은데요."

정호가 손가락으로 화면을 치며 말했다. 태환도 동의했다. 이현일의 아이디와 비번이 있는 이상 못 할 것도 없었다.

"이 내부자, 누구일까요?"

이현일과 접촉해 내부 정보를 보내며 그의 테러를 부추긴 인물. 정호는 이현일을 자주 찾아와 문전박대 당했다던 청년을 떠올렸다. 그가 이현일의 CS부서 담당자 아니었을까?

정호는 태환에게 옆집 할머니에게 들은 이야기를 해 주었다. 태환이 고개를 끄덕였다.

"일단 그 사람에게 연락해 보죠."

방문

해건은 청바지에 남방을 걸쳐 입고, 집 현관 앞에서 운동화를 신으며 자신의 모양을 살펴보고 있었다. 세준이 입었던 복장과 비슷했다. 뿔테 안경을 쓰고 머리를 앞으로 내리자 훨씬 더 어려 보였다. 해건은 얼핏 보면 대학생처럼 보이는 모습에 만족했다.

조금쯤은 신이 난 것 같은 걸음걸이로, 해건이 집을 나섰다. 손에는 운동하는 대학생이 가지고 다닐 법한 보스턴백이 들려 있었다.

해건이 다시 나타난 곳은 세준의 집 앞이었다. 삐리리리. 벨을 누르자 안쪽에서 발소리가 나더니 중년의 여자 목소리가 물었다.

"누구세요?"

해건은 싱글 웃었다.

"안녕하세요."

"누구신데요?"

"세준이 친구인데 동아리방에 놓고 간 물건을 집에 가져다 놔 달라고 해서요."

급하게 문을 여는 소리에 해건은 슬쩍 고개를 끄덕였다. 이거라면 먹힐 줄 알았다는 듯 무감하고 당연해하는 모습이었다.

현관에 들어서기가 무섭게 중년 여자는 해건을 향해 물었다.

"우리 세준이 친구라고? 세준이가 그쪽에는 연락했어요? 지금 어디 있대요?"

해건은 엉뚱한 소리를 했다.

"저, 어머님."

"네? 네."

"제가 지금 화장실이 너무 급해서 그러는데……."

중년 여자는 눈을 깜박였다. 애가 뭐라는 거지? 그녀의 혼란에 상관없이 해건이 이어 물었다.

"……화장실 좀 먼저 쓰면 안 될까요?"

여자는 표정 관리가 안 되는 얼굴을 다잡으며 화장실 위치를 알려 주었다. 해건은 운동화를 신은 채 안쪽 화장실을 향해 내달렸다.

어머, 이게 뭐야? 여자는 바닥에 난 신발 자국을 찡그린 얼굴로 내려다보았다. 아니, 아무리 급해도 그렇지 남의 집에 신발도 안 벗고 들어오는 경우가 어디 있냐고. 여자는 걸레를 가지러 화장실로 가려다 멈췄다. 문이 닫힌 화장실에서 해건이 물었다.

"그런데 아버님은 언제 오세요?"

여자는 저 예의 없는 아들 친구에게 뭐라고 하고 싶었지만, 세준의 소식을 들을 수 있을 거라는 기대에 순순히 대답해 줬다.

"쉬는 날이라 안방에서 자고 있어요."

해건이 말했다.

"아, 그렇구나. 그런데 어머님, 저 배고파요."

여자는 어처구니가 없어서 화가 났다. 뭐 저런 놈이 다 있지? 아니, 세준이 얘는 어디서 저런 애를 친구라고 사귀고 다니는 거야?

그러면서도 아들 친구라는 타이틀에 약해진 여자는 주방으로 가 칼질을 하기 시작했다. 탕탕탕탕. 화가 섞인 칼질 소리가 요란한 중에 이상한 소리가 끼어들었다. 와장창. 뭔가 부서지는 소리였다. 여자는 몸을 돌려 소리가 들린 화장실 쪽으로 가 보려 했다.

"뭐야?"

안방에서 잠을 자던 남편이 깬 듯 먼저 나왔다.

"세준이 친군데, 세준이가 시켜서 들렀더라고요."

"세준이가?"

되물은 남편은 화장실 쪽으로 다가갔고, 여자는 다시 주방으로 돌아와 칼질을 시작했다. 탕탕탕탕탕. 문득 여자는 생각했다.

재가 우리 세준이 친구가 맞을까?

해건은 화장실 문을 조금 열고 밖에 선 중년 남자를 확인했
다. 눈이 마주친 그가 남자를 향해 목례하며 난처하게 웃어 보
였다.

"안녕하세요, 아버님. 그런데 변기 뚜껑이 부서져 버렸네요."

남자는 고개를 쓱 들이밀며 변기를 살폈다.

"부서진 게 아니라 빠진 거 아니야?"

그가 경계심 없이 화장실 안으로 들어왔다. 덜컥. 남자가 변
기를 살피는 사이 해건은 화장실 문을 잠그면서 닫았다.

"그런데 우리 세준이 친구라고?"

남자의 물음에 해건은 그렇다고 답하며 보스턴백에 손을 넣
었다.

"세준이는 왜 갑자기……."

남자가 하던 말을 멈췄다. 그의 시선이 해건의 운동화에 닿
아 있었다. 순간적으로 이상함을 감지한 남자의 목에 서늘한
게 닿았다.

여자는 칼질을 멈추고 화장실의 소리에 귀 기울였다. 남편
의 소리가 난 것도 같고, 아까처럼 뭔가 떨어지는 소리가 난 것
같기도 했다. 그녀는 다시 요리를 하려다 불안함을 참을 수 없
어졌다. 여자는 부러 화장실 쪽으로 다가가 큰 소리로 물었다.

"이게 무슨 소리야?"

"변기 뚜껑이 빠진 줄 알았는데 부서졌어요."

아들 친구의 엉뚱한 대답에 여자는 처음엔 어이가 없고, 뒤이어 화가 났다. 예의 없는 놈이 남의 집 물건까지 부수고 있지 않은가.

그렇지만 계속해서 이어지는 중얼거림에 여자는 마음이 조금 누그러졌다.

"아, 씨. 세준이 이 새끼 난리치겠네."

뭔가 아들이 사고 칠 때의 엄마 마음이 되어, 여자는 고개를 절레절레 저으며 다시 주방으로 돌아왔다.

조금 뒤 여자는 화장실을 향해 물었다.

"김치찌개에 돼지고기와 참치 중 어느 쪽이 좋아요?"

집 안은 조용하기만 할 뿐, 화장실에서는 아무 대답이 없었다. 여자는 목소리를 높여 다시 물었다.

"돼지고기와 참치 중에 어떤 걸로 넣을까?"

여전히 아무 대답도 없었다. 그녀는 화장실 앞으로 가서 불러 보았다.

"저기요. 세준이 친구라는 학생."

왜 이렇게 조용하지? 주방 쪽에서 나는 보글보글 찌개 끓는 소리가 크게 들릴 정도였다. 여자는 조금 불안한 기분이 되어 남편을 불렀다.

"세준이 아빠."

세준의 친구도 남편도 대답이 없었다. 여자가 화장실 문을 두드리려다가, 문이 열린 것을 발견하고 슬쩍 밀어 보았다.

문 바로 앞에는 세준의 친구가 서 있었다. 여자는 기겁하며 물러섰다.

"아이고, 놀래라."

해건도 눈을 크게 떴다.

"저도 놀랐어요, 어머님."

"미안해요. 나는……."

헉. 여자는 말을 잇지 못하고 눈을 홉떴다. 옆구리에 들어온 것은 의심할 여지없이 칼이었다. 벌벌 떠는 여자를 향해 해건은 낮게 말했다.

"조용히 하세요."

▬

게임하던 중 갑자기 컴퓨터가 꺼지고 전등이 나가자 세영은 당황했다. 동네 정전인가 싶어 창밖을 보았지만 다른 집은 멀쩡했다.

우리 집이 뭔가 잘못된 건가? 세영은 방 밖으로 뛰어나왔다. 그리고 바로 무언가에 걸려 넘어졌다.

"형하고는 안 닮았네."

귀에 익지 않은 목소리가 위에서 들리는 것과 동시에 누군가 양손을 뒤로 비틀어 묶었다. 세영은 있는 힘껏 반항했지만 체급 차이가 있는데다 넘어진 상태라 변변치 못했다. 그는 자신의 발을 걸어 넘어뜨린 것도 바로 이 사람이라는 것을 깨달았다.

"뭐야? 누구야? 경찰 부를 거야!"

세영의 말에 그를 묶은 상대는 웃음 띤 목소리로 말했다.

"이제 경찰 부를 생각이 드셨어?"

세영의 얼굴이 창백해졌다. 상대가 누군지 알아챈 것이다.

김해건.

사원증 안의 얼굴과는 달리, 그를 내려다보는 지금의 해건의 표정은 오싹했다. 세영은 자신이 알았던 해건의 모습과 너무 다른 모습에 패닉에 빠졌다.

해건은 세영의 반응에 상관치 않고 그의 팔다리를 꼼꼼히 묶었다. 꼼짝도 못하고 옆으로 누운 세영 앞에 해건이 쭈그려 앉았다.

"내가 좀 바쁘거든? 잠깐 얌전히 있어."

바빠? 무슨? 세영의 머리는 이 상황을 받아들이지 못하고 느리게 움직였다. 해건이 선심 쓰듯 말했다.

"너희 부모님부터 마저 처리하고 와서 널 상대해 줄 테니까."

세영은 경악했다.

"나만 죽이면 되는 거 아냐!"

하하. 해건이 짧게 웃었다.

"네가 죽을 짓 했다는 건 아는구나."

웃고 있었지만 무서웠다. 세영은 자신이 무슨 짓을 저질렀는지 깨달았다. 좋다고 몇 번을 돌려 봤던, 건너편 집 아저씨를 죽이는 영상에서도 해건은 웃고 있었는데.

"살려 주세요."

목소리가 떨려 나왔다.

"잘못했어요. 저, 전 죽어도 싸요. 그렇지만 부모님은 아무것도 모르세요. 진짜예요."

해건이 대수롭지 않게 어깨를 으쓱했다.

"나도 그럴까 했는데, 형도 실종됐는데 너까지 실종되거나 죽으면 너희 부모님이 난리칠 것 같아서 어쩔 수 없네."

세영은 입을 딱 벌렸다. 그렇게 벌어졌는데도 이가 서로 부딪쳐 딱딱 소리를 내는 것을 해건은 우습다는 듯이 쳐다보았다. 청테이프를 뜯어 다가오는 해건을 올려다보면서 세영이 말했다.

"다들, 다들 알게 될 거예요."

"아니지."

해건이 웃으며 고개를 흔들었다.

"다들 범인은 너인 줄 알 거야."

세영은 부인할 수가 없었다. 해건은 충분히 그럴 수 있고, 조금의 조작에도 사람들은 자신이 범인이라고 믿을 것이다. 묶인 채 누워 있는 세영의 눈에서 눈물이 줄줄 흘렀다. 이렇게 당하면서 아무것도 할 수 없다는 것이 너무 고통스러웠다.

이럴 줄 알았으면 어젯밤에라도 해건이 사람 죽이는 영상을 인터넷에 올리는 건데. 휴대폰으로 동영상이라도 올릴 수는 없을까?

하지만 이렇게 꽁꽁 묶인 상태에선 불가능했다. 세영은 미칠 것 같았다. 으으으으으응으. 해건이 간 방향에서 미약하게 들려오는 소리. 입을 막힌 채 속에서 지르는 비명 같은 것이 들려왔다. 입을 벌리지 못하고 코로 헐떡이는 소리가 들려왔다. 공포, 고통. 그 소리가 속을 후벼 파며 세영의 목에서도 비슷한 소리를 나게 했다. 그렇지만 그는 지금 귀를 막는 것조차 할 수가 없었다.

다음 순간 세영은 해건의 피 묻은 사원증을 기억해 냈다.

그는 꿈틀꿈틀 지렁이처럼 자신의 방을 향해 기어갔다. 책상 서랍을 향해 가는 길이 멀기만 했다. 한 번, 두 번, 세 번. 서랍을 향해 얼굴을 비비는 몇 번의 시도 끝에 겨우 서랍이 앞으로 조금 밀려 나왔다. 세영의 뺨은 빨갛게 붓고 광대 부분은 까져서 피가 맺혔다.

쩌억.

생각지 못한 소리에 세영은 멈칫했다. 숨죽인 비명 소리는 언제 멈췄는지, 집 안은 고요하기만 했다. 방 밖에서 나는 소리는 하나뿐이었다.

쩌억. 쩌억.

발소리였다. 이쪽으로 다가오고 있었다. 고무 밑창이 바닥에 붙었다 떨어지는 소리가 요란했다. 신발 바닥에 무엇이 묻은 것일까? 무엇이……. 갑자기 해건의 메시지가 생각났다.

— 시체 처리도 하기 힘들고.

세영은 토할 것 같았다. 그는 서둘러 서랍을 향해 이를 댔다. 이를 세워 모퉁이를 물고 당기려 하자 입에서 후드득 피가 쏟아졌다. 으악. 세영은 순간적으로 입을 닫았다. 그 동작에 서랍이 안쪽으로 밀려 버렸다.

"뭐야? 어디로 갔어?"

우습다는 듯한 해건의 목소리가 방 바로 밖에서 들렸다.

이판사판이다. 세영은 책상 옆으로 몸을 부딪쳤다. 서랍이 쏟아지고 책상 위의 모니터며 과자 봉지가 우르르 떨어졌다. 난장판 속에서 세영은 필사적으로 사원증을 찾았다.

그가 사원증을 찾아낸 순간, 해건의 피투성이 운동화가 세영의 얼굴 옆에 멈춰 섰다.

권정호Ⅲ

SUB에서는 CS부서와의 연결 자체를 거부했다. 담당자를 만나고 싶다는 말에도 한결같은 반응이었다. 해당 부서의 직무와 관련된 궁금한 사항은 홍보부를 통해 정식으로 인터뷰 요청을 해 달라는 답변뿐이었다.

정호는 지인의 지인을 엮어 어렵게 SUB의 CS부서 여직원에게 연락을 넣었다. 약속한 SUB 건물 근처의 프랜차이즈 뷔페에서 기다리고 있자 인터뷰이는 친한 동료까지 데리고 나왔다. 둘은 한참 만에 입을 열었다.

"우리도 찜찜하니까 얘기하는 거지만……."

말을 끌던 여직원이 정호와 눈을 마주쳤다.

"……우리는 인터뷰한 적 없는 거예요."

정호가 고개를 끄덕였다. 여직원은 다짐받듯이 물었다.

"아시죠?"

그녀가 목 긋는 시늉을 해 보였다. 정호는 상황을 파악했다. 대기업 특유의 몸 사리기와 직원의 협조 사이에서 줄타기를 잘해야 한다는 뜻이었다.

"익명이니까 걱정 마세요."

뜻밖의 소득도 있었다. 신재규 CS부장이 장기 무단결근 중이며, 다들 쉬쉬하지만 실종 아니겠냐고 생각하는 분위기라고 했다. 집에서도 행방을 모르더라는 것이다.

"그러면 부장급 인사가 다시 나겠군요."

정호의 말에 직원들은 애매하게 웃기만 했다. 신 부장에서 브레인 임플란트 피해자 카페 운영자와 그 담당으로 화제가 넘어가자 그들은 어깨를 움츠렸다.

"담당자요? 김해건 씨죠. 무서워요."

"맞아. 요즘 무서워."

두 직원은 맞장구를 치며 이구동성으로 무섭다고 말했다.

"뭐가 무서운데요?"

그의 질문에 커트 머리가 말했다.

"태도가 갑자기 달라졌어요."

안경이 끼어들었다.

"부장님 실종 직전에도 김해건 씨하고 안 좋았거든요."

신 부장이 실종되기 직전에 김해건과 마찰이 있었단 말이었다. 정호는 기억해 두며 여상히 물었다.

"싸웠나요?"

"싸웠다기보단, 부장님이 김해건 씨를 유독 쥐 잡듯 해서. 터질 게 터진 느낌이었어요."

"전에는 잘 참더니. 하긴 그동안 무능하긴 했죠. 회사 생활도 처음이라고 하고."

정호는 장단을 맞췄다.

"그런 사람이 어떻게 성언에 들어왔답니까?"

"낙하산 아닐까 하던데요, 다들."

안경의 말에 커트 머리가 목소리를 낮췄다.

"소문으로는 김해주 박사 동생 아니냐고."

"에이, 김해주 박사 동생이면 왜 이런 부서에."

안경이 손사래를 쳤다. 커트 머리가 말했다.

"왜? 동생한테는 꼭 좋은 자리 만들어 주란 법 있어? 내가 김해주 박사면 김해건 씨 같은 동생 안 달갑겠다. 사람이 중간이 없어 중간이. 전에는 자기 밥그릇도 못 챙기더니 지금은······. 어휴. 보니까 브레인 임플란트 하고 있던데 좀 문제 있는 사람 아니야?"

안경이 민망한 듯 커트 머리의 팔을 쳤다.

"너는, SUB 다니는 사람이 브레인 임플란트로 그런 얘기를 잘도 한다."

"못 할 게 뭐 있어? 평생 다닐 직장도 아닌데, 뭐."

두 사람의 이야기를 들으며 정호는 머리를 굴렸다. 김해건. 20대 후반에서 30대 초반 추정. 12년 전 백두산 사태 때 딱 10대에서 20대 사이. 락호와 비슷한 나이였다. 그 나이대의 사람이 브레인 임플란트를 하고 있다면 십중팔구 백두산 사태 피해자였다.

그렇다면 뇌병변 환자 보호소에 들어간 전력이 남아 있을 것이다.

김해건 IV

사무실 입구에서 마주친 동료 직원은 목례도 하는 둥 마는 둥 빠르게 멀어졌다. 얼마나 서두르는지 얇은 여름 블라우스에 싸인 어깨가 걸을 때마다 들썩들썩했다.

해건은 손에 남은 물기를 바지에 문질러 닦고는 시계를 보았다. 아직 9시가 안 된 시각이었다. 그는 자기 자리로 돌아간 동료를 좇아 눈을 돌렸다. 시선을 눈치챘을 텐데도 모르는 척 컴퓨터 화면만 보고 있는 옆모습이라니.

좋지 않은 징조야. 그의 이성이 속삭였다. 부서 사람들이 자신을 슬금슬금 피하는 것을 느낀 것은 이번이 처음이 아니었다. 신 부장의 실종 이후부터 시작된 꺼리는 듯한 시선은 시간이 갈수록 점점 더 늘어나고 있었다.

몸을 낮춰야 했다. 티 나지 않고 자연스럽게 섞여 들 수만 있다면, SUB라는 대기업의 허울은 그를 꽤 덮어 줄 터였다.

그러면 오랫동안 놀 수 있었다.

'살려 주세요.'

꺽꺽대며 빌던 세영의 목소리가 떠올랐다. 깜찍한 놈. 그런 머리에 피도 안 마른 애송이가 자신을 이리저리 굴리며 가지고 놀다니 세상 참 말세 아닌가.

대가는 이자까지 잘 쳐서 받아 주었다. 제법 재미있었지. 해건은 마른 입술을 적셨다. 칼끝으로 늑골 위를 긁을 때 희생자가 보여 주는 반응은 얼마나 그를 들뜨게 하는지.

처음에는 하나같이 움찔하면서 몸을 떨었다. 그리고 공포에 질린 채 자신의 운명을 예감하면서도, 아닐 거라는 희망을 버리지 못하고 그를 올려다보는 것이다. 그 비굴한 웃음과 떨리는 눈빛이라니.

해건은 흘깃 아까의 동료를 훔쳐봤다. 저 동료 직원도 칼을 들이대면 비슷한 반응을 보일까 궁금했다. 다음번에는 얇은 블라우스 입은 여자를 타깃으로 찍어 볼까. 젊은 여자. 영리한 얼굴에, 피부가 하얗고 눈동자와 머리가 검은…….

부르르.

진동이 느껴져 순간적으로 흠칫했다. 주머니에 있던 휴대폰을 꺼내 화면을 확인할 때까지 스스로의 동작이 굼뜨게만 느껴졌다.

'아, 뭐야.'

자동차 관리 앱의 알람이었다. 그의 하이브리드 차량에 충

전이 필요하다고 알리고 있었다. 별생각 없이 남은 배터리 잔
량을 확인하던 해건의 손이 멈췄다.

그의 차가 원래 이렇게 빨리 배터리가 닳았던가?

해건은 미심쩍은 기분으로 새로 온 부장에게 불려 갔다. 새
로 온 부장은 신재규 부장과는 달리 소탈해 보이는 초로의 사
내였다. 말이 부장이지 규모는 팀 급의 장으로 왔는데도 얼굴
이 좋아 보였다.

"내가 올 9월이 정년이거든. 대기업에서 정년 찍으면서 마지
막에 부장도 달아 보고, 이만하면 성공했지. 그래서 말인데, 김
해건 씨……."

새 부장이 말했다.

"……나는 말야 깨끗이 정리하고 가고 싶어요. 내 말 무슨
말인지 알지?"

해건은 잘 알겠다는 듯이 고개를 끄덕였다. 회사가 CS부서
를 정리하리라는 것은 공공연한 비밀이었다. 그 전에 원인이
되는 브레인 임플란트 카페의 극렬분자들을 치우고 나가고 싶
다는 뜻이리라.

"김해건 씨가 이현일 담당이었다는 것은 알고 있어요. 지난
보고서를 보니까 브레인 임플란트 피해자 카페를 폐쇄하고 확
약서도 받았더군요."

"예, 그렇습니다."

"다들 덤벼도 못 하던 일을 해내다니 대단하네. 그런데 일처
리가 좀 부실한 것 같아."

"예?"

무슨 말씀이죠? 되묻는 눈의 해건에게 새 부장이 웃는 얼굴로 말했다.

"브레인 임플란트 피해자 카페가 다시 열렸더라고요?"

김해주 II

　해건을 막아야 한다.

　잠깐 눈을 감을 때마다, 해주의 뇌에서는 스위치가 켜지듯 한 문장이 떠올랐다. 야근을 끝낸 뒤의 쓰러지려는 몸도, 샤워기 아래에서 뜨거운 물을 맞으며 깜박 졸던 정신도 그 문장이 떠오르면 눈을 떴다.

　해주는 일어난 사건을 묻을 생각까지는 없었다. 그녀가 해건의 공범도 아니고, 증거를 인멸까지 하기에는 감당해야 할 리스크가 너무 크지 않은가. 신 부장의 일이 해건과 관계있다면 언젠가 드러날 것이다. 그녀가 할 수 있는 것은 그 시기를 조금 늦추고 대비를 하는 정도였다.

　'내가 할 일은 따로 있지.'

　일어날 사건을 막는 것. 김해건이라는 괴물에게 목줄을 채우는 것. 그것이 자신이 할 일이라고 생각했다. 그랬기에 해건의 브레인 임플란트에 문제가 있어 보이자 바로 재시술을 강행했다.

'이걸로 끝이면 좋으련만.'

해주가 이끄는 연구팀은 성언 본관에서의 테러 사건 이후 외부에 알리지 않은 비밀 프로젝트를 진행하고 있었다. 뇌파 공격 장치의 브레인 임플란트 공격 기제를 알아내고 방어책을 보강하는 연구였다. 기존의 프로젝트를 진행하면서 동시에 병행 추진되었기에 연구원들 사이에서는 과로용 브레인 임플란트를 만들어야 한다는 자조적인 농담이 떠돌았다.

정신없이 바쁜 와중에, 해주는 업무 짬짬이 해건의 자동차에서 전송된 동영상을 확인했다. 4배속으로 돌려 보아도 수면의 절대량이 부족했다. 이 상황 자체를 불평할 생각은 없었다. 이미 벌어진 일이었다. 그녀가 관심 있는 것은 과연 언제까지 이 일정이 계속돼야 하느냐는 것이었다.

해주는 해건의 차량 감시를 풀옵션으로 신청했었다. 차량의 전방과 후방은 물론, 차량 내부, 음성 녹음, 위치 추적까지. 거기에 인공지능 영상·음향 선별 과정까지 지정해 놨기에 사람의 손을 거치지 않고도 '일이 발생했다고 여겨지는' 부분만 편집본으로 보고 들을 수 있게 되어 있었다. 타는 사람의 모션과 시간, 장소, 상황을 모두 반영해서 특이 사항을 기록하고 편집하는 최신형 인공지능이었다.

서울을 벗어난다든가, 혼자 타지 않고 다른 사람을 태우는 따위의 일이 생기면 바로바로 영상이 편집되어 그녀에게 전송 되게 되어 있었다. 당연히 비쌌지만 돈을 아낄 여유는 없었다. 여기에 일정 금액만 추가하면 차량 원격조종까지 가능하다는 광고가 영상 하단마다 붙어 길게 잔상을 남겼다.

그녀는 며칠 전에 새로 전송해 온 영상을 클릭했다. 건장한 젊은 남자를 부축하듯이 끌고 오는 해건이 보였다. 남자를 뒷 좌석에 태우고 차는 곧 출발했다. 그나마 건장한 젊은 남자라 조금 마음이 놓였다. 저 정도면 해건의 덩치로 제압하기 힘들 터였다.

화면이 끊겼다가, 다시 이어졌다. '서울을 벗어납니다.' 안내 메시지가 녹색으로 반짝였다. 시각은 새벽 3시. 가로등도 변변 히 없는 시골길이 나타났다. 한참을 달려 점점 외진 산길로 들 어가는 영상.

해주는 가는 길이 낯설지 않다고 생각했다. 특히 진입로가 눈에 익었다. 나무로 만든 사유지 표시. 긴 각목 몇 개를 이어 붙여 막은 울타리 문. 해건이 차에서 내리더니 능숙하게 울타 리 문을 열었다. 산길로 들어가던 차는 방향을 오른쪽으로 틀 어 길의 흔적조차 거의 남아 있지 않은 곳으로 올라갔다. 어두 워서 잘 보이진 않았지만 폐건물이 멀찍이 있는 것도 같았다. 차가 멈추고 한참 뒤에 해건이 내렸다. 뒷자리에서 아까의 젊 은 남자를 질질 끌고 폐건물 뒤를 향해 사라졌다.

해주는 영상이 멈춘 뒤에도 다음 걸 클릭하지 못하고 멍하 니 검은 화면만 보고 앉아 있었다. 남자는 정신을 잃은 것 같아 보였다. 자세히 보이지는 않았지만 몸에도 뭔가 감겨 있었다. 처음 화면에서는 술 취한 사람을 부축하는 것처럼 보였는데, 끌고 갈 때는 무슨 짐을 끌고 가는 것처럼 기계적인 움직임이었다.

그녀는 일어나서 냉장고 앞으로 갔다. 냉수를 한 잔 따라 마시고 자리로 돌아와 다시 마우스에 손을 얹었다. 그녀의 손이 이번에는 영상이 아니라 위치 추적 자료를 클릭했다.

그래, 여기였어. 해주는 영상 속의 진입로를 기억해 냈다. 어릴 적 아버지가 집을 뒤집어엎을 때마다 어머니는 도망치듯 그 기도원으로 가곤 했다. 해주도 아주 어렸을 때는 어머니가 몇 번 데리고 갔었다. 아마도 어머니가 돌아가시기 전에, 그러니까 백두산 사태 이전에 문을 닫은 걸로 기억했다.

여기에서 무슨 짓을 하고 있는 거야?

해주는 다른 영상을 클릭했다. 차량 내부 영상이었다. 뒷문이 열렸지만 뒷좌석에 밀어 넣어진 젊은 남자는 그대로 뻗어 있었다. 해건은 그런 남자를 얇은 담요로 감쌌다. 어두운 차 내부라 잘 보이진 않았지만 저렇게 싸이면 쉽게 움직이지 못할 것 같았다. 화면이 잠시 끊기고, 이번엔 남자를 끌어낼 때의 영상이 나왔다. 해건이 차를 멈춘 뒤 뒷자리로 가서 남자를 묶는 것 같았다. 찍. 찌익. 조용한 차 안에 테이프 찢는 소리만 크게 들렸다.

그녀는 팔짱을 끼고 눈을 감았다.

저 청년은 누구일까? 그리고 신재규 부장은 또 어디 있을까?

영상에 등장하는 사람은 이 청년 한 명뿐이었다. 그렇지만 저 기도원 근처에 시체가 하나뿐일까?

어머니도 아버지도 해주에겐 쩔쩔맸다. 특히 어머니는 더 심했다. 그녀는 해주를 어려워하고 눈치를 보았지만 그 상황을 기꺼워했다. 어미로서 자식에게 가지는 애틋한 감정이라기보다는, 강한 자에게 복종하는 약한 자의 기쁨에 가까운 애정이었다.

하지만 어머니는 해건에게는 태도가 아주 달랐다. 해건이 조금만 잘못해도 쥐 잡듯이 잡고 툭하면 무시했다. 아버지에게도 해주에게도, 다른 대부분의 사람들에게도 지나치게 비위를 맞추려던 어머니였지만 해건에게만은 냉혹했다. 해건이 화를 내면 아버지를 닮아서 그렇다고 했고, 해건이 얌전히 있으면 꿍꿍이가 있다고 했다. 아버지가 집을 뒤집어 놓으면 네가 회개해야 한다고 기도원으로 해건을 끌고 갔다.

아버지는 그런 해건을 가끔은 안쓰러워했다. 지나칠 정도로 비싼 선물이나 많은 용돈을 주기도 했다. 그렇지만 어머니를 막아 주진 않았다. 때로는 네가 못난 탓이라며 해건을 탓하고 주먹을 휘두르기도 했다.

양친 사이에서 샌드백 역할을 하며 둘의 기분에 따라 흔들리는 해건을, 해주는 방관했다. 신경이 쓰이긴 했지만 자신의 생존이 훨씬 더 중요했다. 사실, 그녀가 뭘 어떻게 할 수 있단 말인가?

그리고 그 바닥에서 찰랑대던 죄책감도 해건이 해주가 키우던 햄스터를 죽이면서 완전히 말라 버렸다.

해주의 햄스터만이 아니었다. 동네를 돌아다니던 길고양이를 아파트 5층 복도에서 바닥으로 집어던졌고, 위층 언니가 키우던 새도 집 밖으로 날아 나왔다가 해건의 손에 고양이와 똑같은 최후를 맞았다. 새를 던진 게 해건이라는 것이 밝혀졌을 때 그 애는 새라서 날 수 있을 줄 알았다고, 겁먹은 목소리로 울먹였다.

그랬구나. 놀랍게도 어른들은 해건의 말을 믿어 주었다. 저걸 믿는 거야? 어린 해주는 어이가 없었다. 그냥 들어도 어린애가 몰라서 그랬다고 하면 넘어가 줄 만한, 만들어 낸 말이라는 것이 티가 나지 않는가. 고양이를 던졌을 때 발견됐더라면 고양이는 높은 곳에서 뛰어도 괜찮을 줄 알았다고 했겠지.

해주는 아주 우연히도 해건이 고양이를 유인할 때의 얼굴을 봤었다. 그 얼굴은 절대로 아무것도 모르는 악의 없는 얼굴이 아니었다.

어린 해주는 아니라고 입을 떼려다 다시 입을 닫았다. 자신이 아는 것을 어른들이 모를 것 같지 않았다. 어쩌면 어른들은 모든 걸 알고 있지 않을까? 그렇지만 넘어가 줄, 믿어 줄 구실이 필요한 건 아닐까? 우리 애가 그런 위험한 애라고 믿고 싶지 않으니까. 우리 이웃에 사는 꼬맹이가 악마라고 생각하는 건 피곤하니까.

하지만 어른들이 직접 해건의 얼굴을 봤어도 그렇게 생각했을까?

해주는 모르는 척했다. 쉬웠다. 이제까지처럼만 하면 되니까. 그녀는 해건과 거리를 두는 쪽을 택했다. 해주는 7층의 중풍 걸린 할아버지가 휠체어를 놓치고 계단에서 굴러 입원했다 돌아가신 것도 해건과 관련 있지 않을까 의심했었다.

아마 그때 그녀만이 아니라 다른 이들도 의심의 눈길을 보냈을 것이다. 해건은 이후로 그런 행동을 싹 멈췄으니까.

'그리고 백두산 사태를 빌미로 폭발했지.'

해건은 뇌병변 바이러스에 조금도 감염되지 않았었다. 그는 뇌병변 환자로 위장해 법망을 피해 가고 싶었고, 해주는 그의 본성에 고삐를 채우고 싶었다. 합의한 사항이라고 생각했는데. 해주는 멈춘 영상을 다시 돌려 보기 시작했다. 브레인 임플란트가 고장 났다고 바로 살인을 시작하는 동생을 어디까지 봐줘야 할까?

봐줄 필요가 있을까?

'잠깐.'

해주는 생각을 멈췄다. 뭔가 중요한 것을 놓친 것 같았다. 그녀는 사고의 흐름을 되짚었다. 왜 해건을 봐줘야 하지? 해건이 문제를 일으켰으니까. 해건이 왜 문제를 일으켰지? 살인이 놈의 본성이니까.

아니, 아니. 그게 아니었다. 그건 예측한 사항이었다. 막을 수 있다고 생각했기에 뇌병변 보호소에서 빼냈다. 왜 막을 수 있다고 생각했지? 브레인 임플란트 시술을 했으니까. 그러면 지금은 왜 막을 수 없는 문제를 일으킨 거지?

브레인 임플란트가 고장 났으니까.

피가 식었다. 손가락 끝과 발가락 끝이 차가워지며 머리로 열이 몰렸다. 해건을 막는 데만 급급해서 중요한 문제를 못 보고 지나칠 뻔했다. 해주는 해건에게서 회수한 이전 브레인 임플란트 파일을 열었다. 분석할수록 뇌파 공격 장치로 인해 고장 난 것이라는 확신이 더해졌다.

이 정도의 외부 공격은 충분히 막을 수 있다고 생각했다. 성언 본관에서의 테러 사건 이후, 자체 조사 결과 그로 인해 브레인 임플란트가 고장 났다는 보고는 없었다. 한 건. 테러로 브레인 임플란트가 고장 나고 사망한 일이 있기는 했다. 그렇지만 그것은 한림 측의 일이었다.

실제로 테러 현장에서 발생한 일들은 브레인 임플란트 고장은커녕 부작용이라고 하기에도 민망한 수준이었다. 약간의 두통과 어지럼증, 구토감. 테러범 일당은 그 상황이 뭐라도 되는 양 물고 늘어질 생각이었는지 몰라도, 그 결과는 오히려 브레인 임플란트의 안정성과 견고함을 보여 주고 있었다. 소란스러운 사건을 배제하면 '브레인 임플란트에 대한 전파를 이용한 공격이 있었지만 큰 피해 없이 방어에 성공했다.'는 팩트만이 남았다.

그녀와 연구팀은 몇 번 더 실험을 해 봤지만 결과는 같았다. 브레인 임플란트는 안전했다. 그 팩트가 있는 한, 다음 테러도 언론도 무섭지 않았다.

그런데 해건의 경우는 달랐다.

외부 공격으로 브레인 임플란트가 고장 날 수 있다는 것을 보여 준 것이다. 게다가 브레인 임플란트가 고장 나고 저지른 일은 살인이었다. 해주의 얼굴에서 핏기가 가셨다. 얼음물이 혈관을 타고 도는 것처럼 오싹했다.

해건을 막아야만 했다.

김해건 V

해건은 퇴근 후에도 휴대폰을 손에서 놓지 못하고 안절부절 못했다. 하루 종일 휴대폰을 쥐고 브레인 임플란트 카페를 주시했지만 새글은 올라오지 않고 있었다. 조용한 반응에 오히려 피가 말랐다.

이럴 거면 왜 카페를 다시 연 것일까? 무엇을 노리고? 생각은 도돌이표처럼 한곳으로 다시 흘렀다.

'도대체 누가 카페 폐쇄를 중단시킨 것일까?'

현일이 카페의 임원 중 하나에게 자기 계정을 알려 주고 공유하고 있었던 것은 아닐까? 그 임원이 뒤늦게 카페가 닫힌 것을 알고 다시 연 것일 수도 있다. 생각에 생각을 거듭하던 해건은 머리를 흔들었다. 현일은 자기 계정을 다른 사람에게 맡길 위인이 아니었다.

만에 하나 현일이 카페의 임원에게 자기 계정을 알려 주었다고 치자. 그러면 지금처럼 이렇게 카페가 조용할까? 이런 미친놈들 소굴인 카페의 임원쯤 되면 현일의 추종자로 반쯤 돌았을 텐데, 훨씬 더 시끄럽지 않을까?

해건은 브레인 임플란트 피해자 카페 놈들을 잘 알고 있었다. 어떻게 나올지 그림이 그려졌다. 계정을 넘겨받은 놈은 이럴 때를 대비해 운영자님이 자신에게 계정을 알려 주셨다고 뻐길 것이고, 다른 회원들을 선동해 성언은 운영자님에게 무슨 짓을 한 것이냐며 난리치리라. 그게 놈들의 방식이었다.

해건은 초조하게 휴대폰 액정을 두드렸다. 상황이 돌아가는 모양새를 읽을 수가 없었다. 현일도 아니고 카페 임원도 아니라면 누가 한 짓일까? 브레인 임플란트 피해자 카페를 다시 열어서 이득을 얻는 사람이 있을까?

'혹시 경찰이 테러 사건을 조사하다가?'

아니겠지. 지나친 걱정이었다. 경찰 조사가 거기까지 진행되었으면 현일을 쫓다가 자신에게 조사가 들어왔을 것이다. 신재규 부장이 무단결근하자 누나가 바로 자신을 불러 추궁했던 것처럼.

'사원증 걸고 다니니까 네가 멀쩡한 것 같아?'

'이게 네 목줄이야.'

씨발년. 욕을 뱉으며 해건은 목을 문질렀다. 목덜미에 돋은 소름이 가라앉지 않았다. 누나가 차에 뭔가 해 놓았을지도 모른다는 생각에 이르자 아예 온몸의 털이 솟았다. 진정하자. 해건은 심호흡을 했다. 누나가 자신을 감시할지도 모른다는 건 알았지 않은가.

두려웠다. 경찰보다 누나가 먼저 움직이면 어떻게 하지? 경찰에 잡히면 기나긴 재판 끝에 사형 선고를 받겠지만 형이 집행되지는 않을 것이다.

하지만 누나가 손을 쓰면 최소 브레인 임플란트 재시술, 어쩌면 정신 병동 감금, 혹은 둘 다일 수도 있었다.

해건은 필사적으로 머리를 굴렸다. 어쩌면 누나를 협박할 수 있지 않을까. 동생이 살인자라고 알려지는 것은 그녀도 바라지 않을 것이다. 누나가 시켜서 이현일과 신재규를 죽인 거라고 언론에 흘리겠다고 하는 것은 어떨까. 돈과 여권을 준비하라고 하면…….

빵.

해건은 클랙슨 소리에 퍼뜩 놀라 몸을 일으켰다. 저도 모르게 이마를 자동차 핸들 중앙에 박고 있었다. 핸들을 잡은 손에 땀이 흥건했다.

"후우."

차창 너머로 낡은 3층 다가구 주택이 보였다. 현일의 집이었다.

'왜 또 여길 온 거냐고.'

해건은 속으로 혀를 찼다. 잠시였다. 건물을 올려다보는 그의 입매가 풀어졌다.

현일의 미친 듯이 흔들리던 눈동자는 꽤 보기 좋았다. 놈의 혀 위에 철수세미를 문지르던 감각도, 그때마다 놈이 몸을 비틀며 펄떡대던 것도.

잠깐 기분 전환만 하는 거야. 해건은 차에서 내렸다. 주머니에 찔러 넣은 손에 미지근한 금속이 닿았다. 손끝으로 금속의 판판한 면과 홈을 비비듯 확인했다.

현일의 집 열쇠.

그 물리적인 접촉이 그를 가라앉혔다. 이 열쇠의 주인은 당분간 해건 자신이었다. 아직 아무도 모르고 범행 현장이 그의 통제권 안에 있다는 증거.

목을 졸린 것 같은 불안은 그저 기우일 뿐이리라. 해건은 건너편 아파트를 흘깃 보았다. 현일의 집에서 치러 낸 강렬한 첫 경험도, 이제는 자신밖에 모르는 일이었다. 후텁지근한 한증막 같은 방 안. 살려 달라는 비명이 제발 죽여 달라는 애원으로 바뀔 때까지 놈의 양말 신은 발이 고장 난 것처럼 떠는 것이 너무 우스워서…….

해건은 현일의 집 앞까지 거의 날듯이 올라갔다.

한 번만, 딱 한 번만 더 들어가 보는 거야. 혹시 놓친 게 있을지도 모르잖아. 스스로에게 변명을 해 대며 해건은 열쇠를 구멍에 밀어 넣었다. 드극. 금속끼리 서로 긁는 소리가 났다. 해건은 힘주어 밀어 보았다. 열쇠가 들어가지 않았다.

순간 기시감이 들었다. 시체를 치우던 밤의 긴장이 되살아났다. 당황한 해건은 헛손질을 하다가 열쇠를 떨어뜨렸다.

챙.

이 소리. 심장을 꽉 쥐어짜는 것 같던 금속음. 해건은 손을 떨면서도 태연한 척 쭈그려 앉았다. 열쇠를 쥔 그의 눈이 잠금장치로 향했다.

비슷하게 생겼지만 다른 물건이었다.

벼락 맞은 것처럼 소름이 돋았다. 그는 거의 주저앉을 뻔했다. 누가 이런 짓을 했을까? 누가? 해건은 눈을 꽉 감았다 떴다. 착각이 아니었다. 구형 잠금장치이긴 했지만 다른 물건이었다. 열쇠 구멍도 그의 손에 쥔 열쇠와는 전혀 다르게 생겼지 않은가.

누군가 바꿔 단 것이다. 집주인도 아니고 죽은 이현일도 아닌 누군가가.

"씨발."

해건은 욕을 하며 일어섰다. 뭔가 잘못되고 있었다. 브레인 임플란트 피해자 카페의 부활, 누나의 감시, 잠금장치가 바뀐 이현일의 집. 급하게 일어선 그의 눈으로 강한 햇살이 찔러 들어왔다. 쨍. 마치 SUB의 지하 주차장에서처럼 발가벗겨지는 느낌에, 해건은 미간을 찌푸렸다.

부스럭.

등 뒤에서 인기척이 느껴졌다. 그는 경계하며 돌아보았다. 어디선가 본 듯한 중년 남자가 멀거니 서 있었다.

마구 엉킨 머리, 검게 탄 얼굴, 언제 빨았는지 모를 구깃구깃한 여름 양복. 혹시라도 길에서 마주친다면 누구라도 한 발짝 뒤로 물러날 몰골이었지만 뜯어보면 또 달랐다. 편의점 비닐봉지를 쥔 손은 고생 안 한 사람처럼 깨끗했고 신발은 명품 수제화였다.

"누구세요?"

도피

태환은 편의점 비닐봉지를 들고 골목을 올랐다. 허름한 다가구 주택도 두 번째로 보니 사람 사는 곳처럼 보였다. 입구에 들어서면 복도고 엘리베이터고 꽉 막힌 느낌이었던 아파트와 달리 확 트여서 여름 햇볕이 그대로 쏟아지는 것이 마음에 들었다. 건물에 다가가면서 주머니를 뒤지는데 정호에게 전화가 왔다. 뇌병변 보호소에서 확인할 것이 있으니 약속을 좀 더 미루자는 말이었다.

"그럽시다. 저는 그동안 이현일이 주고받은 쪽지하고 카페를 좀 더 뒤져 보고 있을게요. 이렇게 된 거 밖에서 만날 게 아니라 이쪽으로 오세요."

— 어디로 가면 됩니까?

"이현일의 집으로 오세요."

정호는 전화기 너머에서 기겁했다.

— 거기서 뭐 하시려고요?

"뭐 하긴요. 이현일을 기다려야죠."

태환은 주머니를 계속 뒤지며 말했다.

"카페 뒤지는 건 태블릿PC만 있으면 되니까 이현일이나 기다려 보려고요. 어차피 집은 아내가 매물로 내놨고."

번호키나 생체 인식 시스템에 너무 익숙해져서인지 열쇠를 찾는 일이 낯설었다. 태환이 부스럭대는데 정호가 한숨을 쉬었다.

— 그런 이야기가 아니잖습니까.

그런 이야기가 아니면 무슨 이야기인가. 매물로 내놓지 않았어도 집에는 들어가기 싫다는 이야기라도 해야 한단 말인가? 할 말이 없지는 않았다. 셋이었을 때는 좁았던 아파트가 왜 그리 넓은 무덤 같은지. 아이의 물건은 왜 어느 구석에서건 하나씩 튀어나오는지.

특히 그놈의 플라스틱 팽이들.

밤새 잠 한숨 못 자고 거실로 나가는 새벽에는 거실 문간에서 발을 찔렸으며, 아침에 화장실에서 아무 생각 없이 나오다보면 영락없이 밟히곤 했다. 도대체 이 집 어디에 그 많은 팽이가 숨겨져 있었는지 알 수가 없었다. 아이들 사이에서 유행한다는 그 플라스틱 팽이가 몸을 곧추세우고 빙글빙글 도는 것을 태환은 보지 못했다. 그가 본 것은 쓰러지고 부서진 팽이뿐이었다.

정하는 놀이의 규칙을 파악하지 못했다. 그 애는 새 팽이를 욕심내고 미친 듯이 집어던지는 것만 아는 다섯 살배기 같았다. 그러면서 똑바로 서지 않는다고, 잘 돌지 않는다고 얼굴이 새빨개지도록 화를 내며 지치지도 않고 소리쳤다.

아내는 아이에게 팽이를 제대로 돌리게 가르쳐 주고 싶어 했다. 아빠의 도움이 있다면 해낼 수 있을 거라 믿고 싶어 했다. 불가능해. 태환은 진즉에 포기하고 있었다. 그는 정하에게 팽이 돌리는 법을 가르치는 대신 팽이를 빼앗았다. 아이가 소리칠 때마다 벽을 보고 움직이지 못하게 붙잡고는 말했다. 빨간불.

우리 애는 문제가 있어. 정하에게 필요한 건 교육이 아니라 훈련과 제압이야. 말은 하지 않았지만 아내는 태환의 의중을 눈치챘다. 아이를 볼 때마다 태환이 애써 무표정을 유지하고 있어도 내심 혐오한다는 것도 눈치챘다. 아내는 그가 팽이를 자기 손으로 돌리고서는 '이야, 우리 아들 잘한다.'고 박수를 치는 아빠가 되기를 바랐다.

'못 하겠어? 왜 못 해? 아빠 흉내라도 내란 말이야!'

아내가 그렇게 닦아세울 때마다 그는 일로 도망쳤다. 그를 부르는 강연마다 얼굴을 내밀었다. 아들의 머리에 시술할 ADHD 브레인 임플란트를 만들었을 때 태환은 드디어 떳떳해진 기분이 들었다. 브레인 임플란트 연구는 더 이상 핑계도 방패막도 아니었다. 아들을 향한 아버지의 부정이었으며 아들의 미래였다.

정호가 말했다.

— 이현일을 찾아서 어쩌시려고요?

"찾아야죠."

— 그러니까 찾아서 어쩌시려고요. 죗값을 치르게 하려면 지금에라도 경찰에 신고하면 되잖아요.

"경찰은…… 숨기고 있습니다. 우리 애 브레인 임플란트를 돌려주지 않았다고요."

— 유태환 씨.

정호는 약간 망설이는 듯하다 입을 열었다.

— 숨기는 건 유태환 씨잖아요. 정하 군 브레인 임플란트를 빼돌린 사람이 누군지 저도 알아봤습니다. 한림 브레인 임플란트 연구소 쪽이던데요.

태환은 멈춰 서서 눈을 질끈 감았다. 사방이 너무 환했다. 머릿속이 타들어 가는 것 같았다.

— 저한테 말 안 한 거 있으시죠?

추궁하는 듯한 정호의 물음에 태환은 허겁지겁 통화 종료 버튼을 눌렀다.

어지럽고, 머리가 뜨거웠다. 그는 손이 닿는 대로 두툴두툴한 건물 외벽을 짚었다. 달궈진 시멘트가 손을 지졌지만 아무것도 느낄 수가 없었다.

"찾아야 해……."

태환은 중얼거렸다. 이현일을 찾아야 했다. 놈을 쫓는 동안 만큼은 다른 생각을 하지 않아도 괜찮았다. 놈의 잘못이니까. 놈의 잘못이 확실하니까. 그는 비틀대며 이현일의 집으로 가는 계단을 올랐다.

챙.

"씨발."

뭔가 떨어지는 소리에 이어 젊은 남자의 목소리가 들렸다. 태환은 고개를 들었다. 양복 차림의 남자가 201호 현관문 앞에서 쪼그리고 있다 몸을 일으켰다.

"누구세요?"

이현일과 관계있는 사람일까? 태환은 저도 모르게 기대를 품고 물었다. 남자가 그를 돌아보았다.

"……."

태환은 본능적으로 물러섰다.

태환은 눈앞의 남자 같은 사람을 알고 있었다. 백두산 사태 때 뇌병변 보호소에서 뛰어다니며, 살면서 볼 일 없으리라고 여겼던 여러 부류의 인간 군상을 다 보았다. 수많은 뇌병변 환자들과 뇌병변을 핑계 삼아 들어온 다른 이들을. 원래 뇌질환을 앓던 사람, 부모가 떠밀어 들어온 정신지체인, 사고로 뇌를 다쳤거나 정신병으로 고통 받는 사람들.

그리고 기회를 틈타 사람을 죽인 쾌락 살인자들.

법망을 피하려 들어온 그들의 변명은 뇌 검사에서 걸러져 경찰로 넘어갔다. 대개는 그랬다. 그 시기가 지나고 나서 그런 인간을 또 맞닥뜨리게 될 거라곤 생각 못 했는데.

얽히면 안 되었다. 태환은 남자의 관심에서 벗어나기 위해 목을 돌렸다.

"아, 죄송합니다. 제가 착각했네요."

그는 슬쩍 민망해하는 것처럼 시선을 피하면서 뒤돌아섰다. 그러고는 남자가 자신을 붙잡기 전에 계단 쪽으로 향했다. 태환은 가능한 한 평범하고 느긋한 걸음걸이로 걸으려 애를 썼다.

계단을 내려가기 시작하자 정강이에 편의점 비닐봉지가 부딪쳐 왔다. 차가운 캔이 붙었다 떨어지는 감각 때문인지, 아니면 조금 전 맞닥뜨렸던 양복 차림의 남자 때문인지 다리에 소름이 돋았다. 귀가 곤두섰다. 자신을 따라오는 발소리가 들리는 건 아닌지, 돌아보면 남자가 따라오고 있는 건 아닌지 불안했다.

골목길에 다다랐을 때에는 비닐봉지가 축축했다. 손끝에서 흐른 땀 때문인지 차가운 음료수에 맺힌 물방울 때문인지 알 수 없었다. 그저 한시라도 빨리 멀리 떨어지고 싶어서 태환은 달리기 시작했다.

저 남자는 누구일까?

왜 이현일의 집 앞에서 쭈그리고 앉아 욕을 하고 있던 것일까? 두려움 사이로 기억이 끼어들었다. 정호가 말하지 않았던가. 이현일을 찾아오던 양복 차림의 젊은 남자가 있었다고. 이현일의 CS부서 담당자가 그 사람 아닐까 한다고.

땀에 젖은 셔츠가 몸에 달라붙었다. 숨이 찼다. 머릿속에서 시끄럽게 떠드는 가정들을 흔들며, 태환은 다시 뛰었다. 아직도 넘어가지 않은 여름의 긴 태양이 골목길에 그림자를 드리우며 그를 따라왔다. 자신의 그림자가 그에게 묻는 듯했다. 그렇게 계속 도망칠 거냐고. 정하를 죽인 것은…….

추적

'이 양반이…….'

정호는 통화가 종료된 휴대폰을 주머니에 넣으면서 속으로 혀를 찼다.

처음에는 아들을 잃어서 그런가 보다 했다. 어떻게 죽었는 지라도 알고 싶은 게 부모 마음 아니겠는가. 안됐다 싶어 넘기는 사이 선을 넘은 것도 초반에는 그러려니 했었다.

그렇지만 남의 집에 무단 침입해서 집주인을 기다리겠다니, 대체 무슨 생각인 거야? 이현일을 만나서 뭘 어쩌려고? 도대체 무엇 때문에 억지를 부리고 있는 것인지 알 수가 없었다.

"오래 기다리셨습니다."

담당자가 미안한 낯으로 맞이해서 정호는 상념에서 빠져나왔다.

보호소 쪽 담당자는 보직이 결정된 지 채 2개월도 안 된 신출내기였다. 보호소 출신 브레인 임플란트 시술자의 성공적인 사회 적응 사례에 대해 취재하는 중이라는 말에 의욕적으로 자료를 가지고 나왔다.

"어? 이분이 취재 대상인가요?"

담당자는 김해건의 서류를 보며 갸웃했다.

"2년 전에 나가셨네. 입소 날짜는 12년 전인데."

정호도 고개를 들이밀었다.

"딱 백두산 사태 직후니까 보호소에 10년간 있던 셈이네요? 보통은 그렇게 안 있죠? 뇌병변이 심했어도."

"그럼요. 재활 치료까지 다 합쳐도 최장 기간이 3년이었을걸요. 10년을 치료해야 되는 사람이면 이미 사망 진단 나왔어야 할 사람이에요."

정호는 담당자의 말을 듣자 보호소에서의 10년 기간이 더욱 의미심장하게 느껴졌다. 그는 슬쩍 찔러 보았다.

"절차가 꼬여서 못 나갔을 수도 있잖습니까?"

"그거야 옛날이야기죠. 지금은 문서는 증거용일 뿐 기본적으로 모든 걸 다 컴퓨터로 처리하거든요. 아마 보호자가 감호 목적으로 이용한 것일 거예요."

아주 가끔 그런 경우가 있다고 담당자가 덧붙였다.

"그런 경우에는 보호자 신원을 알 수 없죠?"

"그럼요. 환자와 보호자 신원은 기밀입니다. 사례만 알려 드리는 거예요. 꼭 가명으로 써 주셔야 합니다."

그렇게 말하면서 보호자의 신원을 확인한 담당자의 눈이 잠깐 커지는 것을, 정호는 놓치지 않았다. 역시 김해주 박사가 김해건을 보호소에 넣어 둔 것인가.

누나는 백두산 사태의 후폭풍을 해결한 스타 과학자. 동생은 보호소에 들어간 뇌병변 환자. 그리고 10년이 흘렀다. 이쯤 되면 누나는 동생을 빼 줄 생각이 없다고 봐야 한다.

'김해건을 나오게 해 줄 다른 가족은 없었지?'

정호는 김해주 박사에 대해 조사했던 내용을 떠올렸다. 부모는 백두산 사태 때 사망했다고 했다. 이거 촉이 오는데. 그의 머리가 빠르게 돌았다.

김해주 박사와 김해건 남매의 부모는 백두산 사태 때 사망했다.

김해건은 직후 뇌병변 보호소에 입소했다.

김해주 박사는 동생을 10년간 가둬 두다 2년 전에야 퇴소시켰다.

'2년 전에 무슨 일이 있었더라?'

답은 금세 나왔다. 2년 전에 한국 브레인 임플란트 연구소가 민영화되며 SUB가 되고 연구소장이었던 김해주 박사도 SUB의 대표가 되었다. SUB는 김해주 박사의 명성을 광고에 적극 활용했고 언론의 주목도도 이전보다 훨씬 높아졌다.

그 정도 일이 있지 않았다면 김해주 박사는 동생을 영영 빼내 줄 생각이 없었던 것일 수도 있다. 어째서 친동생에게 그렇게까지 했을까? 정호의 이마가 꿈틀했다.

'혹시 김해건이 부모를 어떻게 했다면…….'

백두산 사태 때 그런 일이 없진 않았다. 아니, 다들 쉬쉬해서 그렇지 꽤 빈번한 일이었다. 내로라하는 집안에서도 명사들이 뇌병변 환자 가족에게 목숨을 잃은 일이 많아 기자들 사이에서 이야기가 돌지 않았던가. 만약 그렇다면 김해주 박사가 친동생을 10년간 처박아 두었던 것도 이해가 갔다.

'담당자요? 김해건 씨죠. 무서워요.'

'맞아. 요즘 무서워.'

직장 동료들은 김해건의 이야기를 할 때 어깨를 움츠리며 소름 돋는다는 동작을 했었다. 보여 주려고 과장하는 것이 아니라 본능적으로 무서워하는 반응이어서 기억에 확실히 남아 있었다. 점점 머릿속에 어떤 가설이 떠올랐다.

김해건이 이현일과 신재규 부장을 어떻게 한 것은 아닐까?

이현일과 신재규 부장. 둘 다 최근에 실종되었다. 김해건은 이현일의 담당자이자 신 부장의 부하 직원이었다. 이현일은 김해건을 문전박대하며 모자란 놈이라 불렀고, 신 부장은 김해건을 쥐 잡듯이 했다고 하지 않았던가.

태환이 그의 가정을 들었다면 말도 안 되는 소리라고 할 것이다. 브레인 임플란트 시술을 받은 사람이 누군가를 죽이는 것은 불가능하다고. 폭력적인 사람에게 진정 효과를 주는 시술이라고. 맞는 말이었다. 브레인 임플란트 시술 이후 강력 사건이 줄어들었다는 통계는 새삼스러운 이야깃거리도 아니었다.

정호는 벤치에 앉아 휴대폰을 꺼냈다. 배터리가 좀 남아 있을 거라고 생각했는데, 그새 방전되었는지 꺼져 있었다. 그는 충전기를 연결하며 생각했다. 기계는 끌 수도 있고 고장 날 수도 있지. 브레인 임플란트가 꺼지거나 고장 난 사람이 아닌 척 돌아다닌다면…….

그는 골똘히 생각하며 휴대폰을 켰다. 부재중 전화 내역 몇 건과 음성 메시지가 도착했으니 통화 버튼을 누르면 청취 가능하다는 메시지가 떴다.

부재중 전화는 태환에게서 온 전화였다. 아까 그러고 끊더니 찔리기라도 했나. 정호는 생각하며 태환에게 전화를 걸다 끊었다. 먼저 전화할 사람이 있었다.

"형님, 잘 지내셨어요?"

수화기 너머에서 그와 친하게 지내는 형사 반장이 신음했다.

― 야, 이 권쇠똥구리야……. 이제 좀 마무리되어 가는데 또 뭐냐?

정호는 형사 반장에게 이현일의 행방불명에 대해 말하기 시작했다. 신재규 부장의 실종과 이현일, 신재규 둘 다 김해건에게 지속적으로 모욕을 가했던 것도. 김해건이 김해주 박사의 동생이며 부모가 백두산 사태 때 사망했다는 것도. 이후 10년간 뇌병변 보호소에 있었던 것도 이야기했다.

형사 반장은 한참 듣고 있다 툭 던졌다.

― 그래서 하고 싶은 말이 뭐냐?

"형님도 참. 우리가 언제 뭐 목적 있는 대화만 하고 살았습니까."

정호가 말했다.

"저는 궁금하니까 파 보는 거고, 형님은 잡고 싶으니까 쫓는 거고. 우리 다 생긴 대로 사는 거 아닙니까."

수화기에서 한숨이 들려왔다. 한 대 때리고 싶은 감정이 실려 있는 듯 묵직했다.

— 넌 기자 안 했으면 뭐 해 먹고 살았을까?

"형사 아니었을까요? 형님 밑에서 날렸을 것 같은데."

형사 반장이 콧방귀를 뀌었다.

— 강력반은 맞겠네. 너 눈매만큼은 당장 강력반 데려다 놔도 안 꿀려. 흉악범이야, 흉악범.

"아, 형님도. 제 눈빛은 흉악한 게 아니라 스마트한 거죠."

개뿔. 스마트가 다 얼어 죽었냐. 투덜대는 형사 반장에게 정호가 웃음기 남은 목소리를 낮췄다.

"저 금방 터뜨릴 겁니다."

형사 반장은 침묵했다. 정호가 속삭였다.

"말 나온 다음에 쫓는 거 재미없잖아요. 안 그래요, 형님?"

도주

번화가 대로에 면한 오피스텔로 들어가는 길은 언제나처럼 막혔다. 얇은 옷으로 몸을 감싼 여자들과 노타이 차림의 남자들이 느슨한 얼굴로 차 옆을 걸어갔다. 밤이 깊어도 커지기만 하는 음악 소리, 문이 열린 가게에서 쏟아지는 불빛, 가끔 음악소리를 뚫고 들리는 깔깔대는 웃음소리.

조금 전 떠나온 현일의 동네와는 다른 세상 같았다. 이토록 환한 불빛 아래 얇은 옷 한두 장으로 활보하는 인간들. 자신에게 별일 없을 것이라 철석같이 믿는 인간들. 신기루 속의 사냥감을 보는 것 같은 뒤틀린 허기가 밀려와, 해건은 인도에서 시선을 떼어 사거리 맞은편에 있는 자신의 집을 보았다.

딸꾹.

그는 순간적으로 딸꾹질을 했다. 오피스텔 정문 앞에 앰뷸런스가 서 있었다.

빵. 신호가 바뀌었다고 뒤차가 클랙슨을 울렸다. 기계적으로 액셀을 밟으며 해건은 자신의 오피스텔 앞을 지나쳤다. 앰뷸런스 운전자는 흰색 방역복을 입고 있었다. 흰색 방역복. 뇌병변 보호소였다.

누군가 신고한 것이다. 여기 브레인 임플란트에 이상이 생긴 뇌병변 환자가 있다고. 해건은 눈앞이 까매지는 기분이었다. 신고자가 누구일지는 뻔했다.

이런 식으로 나가겠다 이거지.

"김해주!"

해건은 속도를 높이며 차로를 바꿨다. 평소처럼 퇴근 후 집으로 바로 왔다면 지금쯤 자신은 저 흰색 방역복의 장정들에게 양팔을 잡혀 나왔을 것이다. 대로변을 걷던 사람들은 흰색 방역복을 보고 홍해처럼 갈라졌으리라. 막 나오려던 딸꾹질이 목을 달구며 넘어갔다. 누나는 진심이었다.

"이 쌍년!"

누나는 늘 그랬다.

기도원에서 돌아오는 자신을 방문 앞에서 조용히 쳐다보던 10대 때부터 그랬다.

"쟤 왜 저래?"

"아유, 냄새 나지?"

어머니는 살살 누나의 눈치를 보며 말했다.

"기도원 옆에 문 닫은 축사 있잖아. 거기서 엄마가 기도원

간사님하고 쟤 붙들고 밤새 기도했거든. 기도원에서는 밤에 다들 자잖니."

"거짓말."

어렸던 해건이 일렀다.

"거기에 나 묶어 놓고 아침에 왔잖아. 태워 죽이려고 했잖아!"

"어머, 너는 말을 꼭 이런 식으로 하더라. 무슨 소리니? 원래 거기서 쓰레기 태워."

해건은 누나가 뭐라 말해 줄 것이라 기대했다. 하지만 누나는 아무 표정 없이 어머니를 쳐다보더니 자신의 방으로 들어갔다.

그 방문이 닫히고 누나가 미국으로 떠나 버린 후 해건은 늘 환상과 함께 살았다. 누군가를 죽이는 환상이었다. 그 대상은 때론 어머니였고, 때론 아버지였으며, 드물게는 동급생 여자애이기도 했다. 그리고 여자애들은 마지막 순간에 꼭 누나 같은 눈을 하고 그를 쳐다보았다.

그랬던 누나는 악몽의 끝에서 현관문을 열고 그를 데리러 왔다.

피가 사방으로 튄 거실에 주저앉아 있던 그날, 아파트 현관문을 열고 들어오던 낯선 여자.

빛을 등진 그 여자가 누군지 해건은 바로 알아볼 수 있었다.

소녀에서 여자가 되어 돌아왔어도 바로 알아볼 수 있었던 건 눈 때문이었다. 그렇게 냉정하고 속을 알 수 없는 눈을 가진 사람은 한 사람밖에 없었다.

"누나."

해건이 부르자 그녀가 한숨을 쉬었다. 그리고 문 밖을 향해 말했다.

"데리고 가요."

흰 방역복을 입은 장정들이 그를 보호소에 집어넣었다. 브레인 임플란트 시술이 끝나고 시간이 흘렀다. 같은 시술을 받은 사람들이 모두 나가고 이후에 들어온 사람들이 또 죄다 나가도록 해건은 보호소 밖으로 나가지 못했다.

보호소 밖의 세상이 어땠는지도 가물가물할 무렵, 그의 앞에서 문이 열렸다. 누나가 보낸 차에서 기사가 내려 그를 맞이했다. 원룸과 통장과 체크카드와 자동차가 지급되었다. 곧 직장이 결정되고 명함이 나올 것이라고 했다.

해건은 깨달았다. 깨닫지 않을 수가 없었다.

자신의 인생에서 문이 열리고 닫히고는 순전히 누나의 의지에 달려 있었다. 그런 누나가, 드디어 움직인 것이다.

"쌍년!"

해건이 다시 외쳤다. 말의 내용과 달리 입술은 미친 듯이 떨리고 있었다.

지금은 백두산 사태 직후의 혼란기와 달랐다. 뇌병변 보호소에 신고해서 그를 잡아가게 하면 사람들의 시선 앞에 동생을 노출시키게 된다. 대한민국을 구원한 김해주 박사. 그녀를 지켜보는 눈들이 많았다.

그런데도 그를 잡아넣는 것이 낫겠다고 판단한 것이다.

벗어날 수 없을 것이다. 해건은 초조하게 핸들을 두드렸다. 지난번 시술한 브레인 임플란트는 자폭에 가까울 정도로 뇌파 공격 장치를 연타해서 겨우 고장 냈다. 또 쓰려면 목숨을 걸어야 했다.

뇌파 공격 장치.

해건은 신음했다. 목숨을 걸 기회도 없었다. 뇌파 공격 장치도 집에 있지 않은가. 저 집에 들어가는 순간 자신은 누나의 손에 떨어질 텐데.

이대로 차를 몰고 돌진해 경찰서를 박아 버리고 싶은 기분에 휩싸였다. 경찰 몇 명 다치게 하고 감옥에 들어가는 것이 낫지 않을까? 누나의 손에 떨어지는 것보다, 살인 행각이 드러나는 것보다.

하지만 감옥에 들어간다고 누나에게서 벗어날 수 있을까?

해건은 액셀을 밟았다. 끝장이었다.

"끝이야."

그가 미친놈처럼 반복했다.

"끝이라고."

목구멍이 조여들어 중얼거리는 소리가 점점 더 인간이 아닌 것처럼 그르륵댔다. 자신의 것 같지 않은 목소리를 들으며 깨달았다. 더 이상 멀쩡한 인간인 척할 이유는 없다는 것을.

어차피 끝이었다.

머릿속에서 조심스런 살얼음판이 깨졌다. 그 위를 살금살금 디디며 애쓸 필요가 없었다. 물속에 잠겨 있던 욕망이 솟아올랐다. 거대하고 진득한, 오래 묵은 욕망이.

"누나를 죽여야겠어."

누나를 죽여 버려야겠어. 김해주를. 나 김해건이. 그는 크게 웃었다. 끝내준다.

씨발, 이렇게 끝내줄 수가.

빛

정호의 기사는 조간신문 1면 머리기사로 보도되었다.

브레인 임플란트 피해자 카페가 SUB를 노리고 브레인 임플
란트 시술자를 공격하는 테러 사건을 벌였다. 이 사건으로 네
바와 SUB의 MOU 체결식에 참석했던 브레인 임플란트 전문가
와 기자, 성언의 직원 다수가 이상 증상을 호소했으며 유정하
군이 사망했다. 테러에 가담한 카페 회원들은 테러를 공모하
며 게릴라전이라 칭하고 오랫동안 준비해 왔으며, 이는 운영자
에게 내부자로 추정되는 익명의 협조자가 기술 지원을 해서 가
능했던 일이다. 정호는 이어서 브레인 임플란트 피해자 카페의
실체에 대해 자세하게 기술한 뒤 막바지에 카페 운영자인 이현
일의 행방불명에 대해서도 의혹을 남기며 끝을 맺었다.

브레인 임플란트 테러 연작 기획 3부작의 1부였다. 브레인

임플란트 피해자 카페의 실체, 아들을 고치고 싶었던 아버지, 테러범의 행방 순으로 사흘간 특집 기사로 나갈 계획이었다.

태환은 기사가 나간 오후에 관련 기자회견 자리에 나타났다.

"저는, 제 아들의 죽음에 대해 밝히고자 이 자리에 나왔습니다."

아들의 죽음 이후 못 알아볼 정도로 늙고 초라해진 그의 모습에 기자들은 셔터를 눌러 댔다. 전 한림 브레인 임플란트 연구소장 유태환이었다. 검게 탄 그의 얼굴이 곧 기삿거리가 될 터였다.

소란이 가라앉기를 기다려 태환이 입을 열었다.

"제 아들 정하가 죽은 데에는 한림과 제 책임도 있습니다."

예상치 못한 말에 좌중이 술렁였다. 브레인 임플란트 피해자 카페를 규탄하러 나왔을 줄 알았는데 이게 무슨 반전이란 말인가. 태환의 고백이 이어졌다.

"한림은 사실 자체 브레인 임플란트 기기가 없습니다. 시술법과 프로그램 적용을 개발하는 거죠. 기본 모델은 SUB 것을 가져다 변형해서 쓰거든요. 그쪽은 한국 브레인 임플란트 연구소일 때부터 쌓여 왔던 기술이라…… 아무튼 이게 아니고, 후, ADHD 시술 개발할 때도 마찬가지였습니다. 기본 기기는 그때도 SUB 것을 가져다가 개발했어요."

태환은 계속 말했다. 뇌 이상 증상 완화 시술의 부작용 중에 전파 개입에 의한 방해나 해킹 문제가 있는데 그것을 개선한 것이 ver.3.22부터이며 백두산 사태 때의 시술자 대부분은

ver.2.09 모델을 쓰고 있다고.

ADHD 시술 개발 때 자신은 최신 모델을 쓸 수도 있었지만 그렇게 하지 않았다고. 어차피 브레인 임플란트 해킹은 개념만 존재하는 괴담 비슷한 것으로 해킹을 해서 브레인 임플란트 시술자의 기억을 얻거나 마음대로 조종할 수 있는 것도 아니고, 치명적인 상해를 입히는 것도 불가능하기 때문이었다고. 위험에 비해 얻는 것이 없으니 하려 드는 시도 자체가 별로 없었다고. 그런 브레인 임플란트 해킹을 걱정하느니 다른 확실한 것을 잡고자 했다고.

"저는 제 아들이 다른 아이들 같았으면 했습니다."

태환이 토하듯 말했다.

"효과가 강력하다고 초기 모델로 주장한 것은 저였습니다. 위에서는 싸다고 허가가 바로 났고요."

그 뒤는 생각지 못한 사건의 연속이었다. 이현일과 브레인 임플란트 피해자 카페가 오직 브레인 임플란트에 엿을 먹이겠다는 마음으로 테러를 감행했다. 작은 소동으로 끝날 수 있었던 일이었지만 정하는 너무 어렸고, 그 애의 머릿속에 있는 브레인 임플란트는 해킹에 약한 버전이었다. 시술 후 재활을 견뎌 낸 상으로 가족 외식을 하러 아빠를 따라왔던 아이는 그렇게 죽고 말았다.

"저는 아들인 정하에게 늘 잘못했습니다. 상대를 안 하려고 했고 피하려고만 들었어요. 아빠로서 져야 할 감정적 책임을 모조리 회피했습니다. 제가 보고 싶은 것만 봤습니다."

그의 목소리가 잠겼다.

"죽은 뒤에조차 그랬습니다. 테러를 벌인 놈들이 나쁜 것이라고요. 그놈들을 잡아서 죗값을 물리겠다고요. 나는 잘해 보려고 한 것이라고, 몰랐다고, 그렇게 말입니다."

태환의 눈이 정호에게 향했다. 이현일이 살해당한 것 같다고 자기 추측을 전했던 사람에게. 퉁명스러운 말투였지만 태환에게 그 말을 하기 힘들어하는 기색이었다.

그 순간 태환의 머리를 채운 생각은 하나였다.

'이제 난 누구를 탓하지?'

정호를 원망하는 것은 쉬웠다.

자책하는 것보다, 자신이 도망치려고 이현일을 쫓고 있다는 것을 인정하는 것보다.

"하지만 그러면 안 되겠더라고요."

길고 지루할 책임 공방의 시작점에 선 태환이 숨을 가다듬었다. 괜찮다. 괜찮을 것이다. 앞으로의 고난이야 지나온 터널에 비하면 아무것도 아니었다. 이제야 그는 아들에게 사과할 수 있게 되었지 않은가.

정호가 그에게 파이팅 포즈를 취해 보였다. 태환은 작게 고개를 끄덕였다.

◼

지하 주차장의 환한 불빛이 해건을 반겼다.

그는 적당한 위치에 보스턴백을 내려놓으며 주위를 살폈다. 지난 2년간 수없이 긴장해 다닌 덕에 CCTV의 위치와 사각지대는 다 외울 지경이었다.

오늘만큼은 이 불빛이 두렵지 않았다. 이 백색광들은 경찰이 아닌 무대의 스포트라이트처럼 자신을 비춰 줄 것이다. 이 또렷한 불빛을 받으며 누나 앞에 나타나면, 그녀는 뭐라고 할까?

기겁하겠지. 해건은 기대감을 감추지 못하고 혀로 입술을 축였다. 자신의 갑작스런 등장에 놀라고 겁을 먹던 희생자들의 얼굴이 떠올랐다. 그는 겁에 질린 누나의 얼굴을 상상해 보려했다. 잘 되지 않았다. 해건은 대신 다른 광경을 떠올렸다.

'살려 줘.'

신재규 부장이 그렇게 빌었었다.

'우리 애들 아직 어려. 아들이 초등학생이야. 아들한테는 아빠가 필요하잖아.'

자신이 그때 뭐라고 대답했던가? 잘 모르겠다고 했던가? 아, 잘 모르겠다고 하고는 신 부장 앞에 쭈그려 앉았었다.

'부장님, 진짜 진지하게 생각해 보세요. 진짜 그런지.'

그렇게 말했을 때 신 부장이 짓던 표정이라니.

'아드님이 부장님을 보고는 싶어 하나요?'

나는 어디 가서 콱 뒈져 버렸으면 싶던데. 해건이 웃으며 덧붙이자 신 부장의 얼굴은 잿빛이 됐었다. 찍어 두고 두고두고 보고 싶은 얼굴이었다.

재미있었지. 이제 그 재미를 느낄 일은 없으리라는 사실이 사무치게 쓰라렸다. 누나는 보상해 줘야 했다. 이것도. 다른 것들도. 그의 인생에서 앗아 간 것들을 전부 다.

인내심을 가지고 기다릴 때였다. 해건은 늘 주차된 채로 서 있는 CS부서 신임 부장의 차와 기둥 사이에 앉아 고열량 칼로리바를 씹었다. 허기인지 흥분인지 모를 것이 강해질수록 신경이 곤두섰다.

'왔다.'

텅 빈 주차장에 누나의 세단이 미끄러져 들어왔다. 스트레스를 받을수록 일에 몰두하는 괴팍한 성미 때문에, 그녀는 종종 깊은 밤중에 회사를 다시 찾곤 했다. 해건은 자리에서 일어나며 팔다리를 풀었다.

그리고 휴대폰을 꺼냈다.

끼이이익.

누나의 차가 급하게 멈췄다. 해건은 보스턴백에서 꺼내 놓은 삼단봉을 들었다. 운전석 창문이 조금 열렸다. 운전기사의 고집 있어 보이는 얼굴에 의아함이 떠올랐다.

그가 다시 차를 조작하려 애쓰는 사이, 해건은 숨을 죽이고 다가갔다. 소용없을 것이다. 차는 움직이지 않을 것이다. 그러니 내려. 내리라고. 해건이 형형한 눈으로 운전석을 노려보았다.

운전기사가 차 상태를 확인하기 위해 내렸다. 이 순간이었다.

해건이 날듯이 박차 오르며 삼단봉으로 놈의 뒤통수를 가격했다.

아드레날린이 머릿속에서 폭죽처럼 터졌다. 히이. 입에서 이상한 소리가 새는 것도 모르고, 그는 자신보다 강한 적을 쓰러뜨리는 데 몰두했다. 퍽. 퍽. 머리를 재차 내리치는 동작에 근육질의 운전기사가 차를 짚었다. 비틀대는 와중에도 해건이 못 들어가도록 운전석 문을 닫고 그에게로 돌아섰다.

퍼억.

그사이를 놓치지 않은 해건의 삼단봉이 운전기사를 때렸다. 눈이 풀리며 놈이 차에 기댔다. 주륵. 미끄러지는 몸을 세우려고, 운전기사가 부들부들 떨었다. 경련 같은 몸짓이었다.

해건은 손목 아대로 눈가에 튄 피를 닦으며 놈을 내려다봤다. 보스턴백을 어깨에 메고, 발로 운전기사를 밀었다. 마지막 힘을 짜내 버티던 운전기사가 차 옆으로 쓰러졌다.

"눈물 나는 직업 정신인데 소용없어서 어쩌냐."

그는 휴대폰을 눌렀다. 해킹 업체에서 거금을 받고 깔아 준 자동차 해킹 앱은 조작이 간단했다. 해건은 재빨리 문을 열고 운전석에 올라타 출발했다.

백미러에 비친 누나의 얼굴이 창백했다.

"아까 차에서 내리려고 했으면 여기서 영화 한 편 찍는 건데 말이야. 장르는 호러영화 어때?"

누나는 대꾸하지 않았다. 해건은 누나의 부르르 떨리는 눈꺼풀을 보면서 느긋하게 보스턴백을 조수석에 놓았다. 그의 손이 지퍼를 열고 연장들을 스쳤다.

칼로 할까? 일단 망치로 머리를 좀 때리고 시작해 볼까? 칼이 좋을 것 같았다. 의식이 있는 채로 시작하는 것이다. 그냥

죽일 수는 없잖아. 누나인 김해주인데. 김해주라고, 그 김해
주. 누나. 그는 입 밖에 내어 발음해 보았다.

"누나."

순간 혀끝에서부터 비릿한 기쁨이 퍼졌다.

"누나, 정신 좀 차려 봐."

누나가 몸을 뒤틀며 눈을 반쯤 감았다 떴다.

"휴대폰 이리 내놔."

해건이 손을 내밀었다. 누나는 아무 말 없이 휴대폰을 그 손
에 건넸다. 파르르 떨리는 손끝과 오르락내리락하는 가슴을 보
자 기분이 좋아서, 해건은 굳이 누나의 얼굴을 확인했다. 그녀
의 새카만 눈이 해건을 쏘아보았다.

"차에 무슨 짓을 한 거야?"

해건은 하하 웃었다.

"보면, 누나는 나를 너무 무시하더라. 누나가 하는 걸 보고
내가 따라 할 수도 있는 건데 말이야."

"……."

"내 차에 감시 장치 설치했지? 요즘엔 자동차가 움직이는 스
마트폰이나 마찬가지라고 하잖아. 돈 좀 더 내면 해킹 싹 해 주
고 원격조종 앱까지 깔아 준다는데. 돈이 없는 것도 아닌데 좀
더 쓰지 그랬어?"

나처럼 말이야. 해건이 으쓱했다.

"……어디로 가는 거야?"

"누나도 아는 데."

해건이 말을 이었다.

"엄마 다니던 기도원 있잖아. 거기 완전 폐가 됐어. 종탑 벽 돌벽은 무너지고, 시멘트벽은 얼룩덜룩 시커멓고. 폭격이라도 맞은 꼴이라니까. 그거 분명 불 때문에 그럴 거야. 산에서 멋대로 쓰레기 태울 때부터 알아봤다니까."

누나는 그답지 않게 그녀 앞에서 수다스러운 동생의 뒤통수를 쳐다보았다.

"쓰레기 태우던 덴 그 옆의 폐축사라며."

해건이 움찔했다. 그의 목소리가 갈라졌다.

"그걸 기억하면, 누나가 나한테 빌어야지. 안 그래?"

"……"

"나는 정말은 누나 데리고 예전 아파트로 가고 싶었어. 엄마, 아빠하고 살던 집 말이야. 누나가 미국에서 공부할 때 나 거기서 정말 많이 생각했거든. 누나 죽여 버리고 싶다고. 누나 방문에 양쪽 눈깔을 다 파서 붙여 놓으면 다시는 날 그렇게 쳐다보지 못할 테니까."

해건이 속삭였다.

"살려 달라고 해 봐."

"살려 줘."

그가 꿈꾸던 환상과는 너무 다른 목소리였다. 공포가 하나도 스며들지 않은 버석한 목소리. 해건의 얼굴이 일그러졌다.

"이게 아냐. 이게 아니라고."

해건은 고개를 흔들었다. 이제 시작이었다.

아니, 아직 시작도 안 했다. 누나도 마찬가지일 것이다. 칼 끝이 피부 위를 긁기 시작하면 똑같이 쥐어짜는 목소리로 목숨을 구걸하리라.

"김해건."

누나가 그를 불렀다. 해건은 백미러로 그녀를 쳐다보았다. 누나는 평소와 다를 바 없이 차분한 얼굴로 말했다.

"나 이제 너 못 지켜 줘."

해건은 헛웃음을 흘렸다. 누나가 언제는 날 지켜 줬냐고 말하려고 했다.

그때였다.

대형 트레일러가 시야 안으로 나타난 것은.

트레일러는 누나의 세단과 보조를 맞추며 차로를 막아섰다. 해건은 이를 악물고 속도를 냈다.

"뭐야!"

액셀이 먹히지 않았다. 해건의 얼굴이 파랗게 질렸다. 그제야 주변 상황이 눈에 들어왔다. 불 꺼진 공장 지대의 슬레이트 벽들이 텅 빈 도로를 둘러쌌다. 슬레이트 벽 사이로 흐르는 것은 적막뿐이었다.

덩치에 어울리지 않게 부드러운 소리를 내며, 트레일러가 문을 열었다. 차량 사다리가 매끄럽게 내려왔다. 세단은 빨려 들어가듯이 트레일러를 향해 접근했다. 해건이 핸들을 붙들고 용을 썼지만 소용없었다. 누군가에 의해 조종되는 것이 분명했다.

"무슨 짓을 한 거야?"

"확실한 안전을 위한 플랜B야."

누나가 말했다.

"내가 탄 차량을 누가 탈취하면 저절로 작동하게 되어 있어."

해건은 분노로 돌아 버릴 것 같았다. 눈앞이 하얗게 점멸했다.

"나한테 함정 판 거지?"

"뭐라고?"

"그 정도의 기술과 보안이 있다면 해킹도 충분히 막을 수 있을 것 아냐. 내가 일부러 걸리라고 함정 판 거지?"

누나는 어이없다는 듯이 고개를 저었다.

"넌 네가 왜 그렇게 중요하다고 생각해?"

"……뭐?"

"내가 내 목숨까지 걸면서 널 잡을 이유가 뭐가 있어? 해킹도 그래. 대비를 하는 거지, 어디서 어떻게 들어올지 모르는 해킹을 죄다 어떻게 막겠어?"

해건은 말문이 막혔다.

트레일러는 그의 상태와 상관없이 가까이 다가왔다. 밤의 공장 지대에서, 트레일러 안만이 환하게 밝은 빛을 뿜었다.

그곳에서 그를 기다리는 백치의 세계.

순간 해건은 떠올렸다.

기계는 고장 날 수 있다.

그의 행동을 통제하던 브레인 임플란트가 폭발하던 지점들. 머릿속이 날아갈 것 같은 분노와 모멸감 속에서, 연달아 들어온 공격에 터져 나갔지 않은가.

복잡한 기계일수록 꼬이는 지점은 많아지기 마련이었다. 해건은 휴대폰으로 차량의 모든 기능을 최대치로 올렸다. 와이퍼가 흔들리다 앞유리 가운데에서 멈췄다. 히터에서는 냉풍과 온풍이 번갈아 나오기 시작했다. 내부등과 후미등이 미친 듯이 깜박였다.

누나의 새파래진 얼굴이 도깨비에 홀린 것 같은 차 안의 불빛을 받으며 조금씩 빛을 잃었다. 그녀는 해건의 뒷좌석에 바짝 붙어 안전벨트를 맸다. 섬세한 손마디가 하얗게 질려 벨트 사이를 파고들었다.

해건은 순간 그 손가락을 자르고 싶었다. 이렇게 무력한 순간에조차 최대한 합리적으로 움직이는 누나의 존재가 참을 수 없이 거슬렸다. 어째서 너 같은 괴물이 내 누나로 태어난 거냐. 누나의 눈에서 늘 읽을 수 있던, 그 말이야말로 그녀에게 어울리는 것이었다.

"그만둬. 잠깐 한 해킹으로는 우리 측 조종을 막을 수 없어."

"그건 끝까지 해 봐야 알지."

해건은 누나의 말에 몸을 돌리는 척하며 오른손을 휘둘렀다. 손끝에 뭔가 걸린 느낌과 함께 피가 확 튀었다. 누나는 머리만큼 몸을 잘 쓰는 것은 아닌 모양이었다. 예상한 것보다 크게 벤 느낌에 해건이 칼을 다시 잡았다.

그 순간 해건의 목덜미에 테이저건이 꽂혔다.

손에서 칼이 미끄러졌다. 해건은 느리게 눈을 감았다 떴다. 창백한 내부등. 붉은 후미등. 경쟁하듯 떨리는 두 빛을 받으며

와이퍼가 춤을 추었다. 눈앞에서 귀신같은 그림자들이, 귀신의
형상을 한 사람이, 아니, 백미러에 비친 자신의 괴이한 얼굴이
무너져 내리고 있었다. 해건은 힘없이 쓰러지는 몸을 끌며 핸
들을 꽉 잡았다. 양쪽에서 행해지는 해킹과 조종에 차가 널을
뛰었다. 그리고 과부하의 순간.

움직이는 것은 가장 단순한 기능이었다.

부우우. 차에서 타는 냄새가 나는 것과 동시에, 해건은 핸들
을 확 꺾었다.

끼이이이이이이이이.

트레일러의 거대한 바퀴가 눈앞을 덮치며 텅 빈 도로에 굉
음이 울렸다. 그 사이로 누나의 비명 소리가 들렸다. 아아, 그
래. 저런 걸 원했다고. 멀어지는 의식 끝에 다가오는 사이렌 소
리가 크게, 더 크게 울렸다.

에필로그

겨울의 만두집은 따끈따끈한 습기로 차 있었다. 정호는 가게에 들어서자마자 뿌옇게 김이 서린 안경을 벗었다. 구석 명당자리를 차지한 인영이 아는 사람과 비슷했다.

"어째 제 단골집인데 유태환 씨가 더 자주 보이는 거 같습니다?"

"여기 왕만두가 제 취향이더라고요."

테이블에 놓인 만두 두 접시에서 아직 김이 모락모락 났다. 정호는 태환의 맞은편에 앉았다. 짧게 깎은 머리카락 사이로 브레인 임플란트가 눈에 띄었다. 정호가 말했다.

"매몰형으로 선택 안 하셨네요. 요즘 그게 뜨던데."

"브레인 임플란트는 부끄러운 게 아니니까요."

태환이 이끄는 '바른 브레인 임플란트 모임'은 회원이 4000명이 넘은 모양이었다. 뒤늦게 한 브레인 임플란트 시술도 그의 트레이드마크가 된 듯했다.

"권 기자님, 술 한 잔 하실 거죠? 빼갈?"

"맛을 모르시네. 여기는 군만두에 칭따오예요."

"권 기자님이야말로 입맛이 20대 고착이네요. 겨울에 무슨 맥줍니까."

주거니 받거니 하던 두 사람의 대화는 만두집 텔레비전에 뉴스가 나오면서 끊겼다. 미래과학기술부 장관이 된 김해주 박사가 화면에 비쳤다. 불행한 가족사를 딛고 일어선 사람이라는 내레이션이 나오며 그녀의 하얀 얼굴이 잠시 클로즈업됐다.

— 김해주 장관의 취임 후 그 행보에 관심이 쏠리고 있습니다. 첫 번째로 부처 발의한 성폭력범 강제 브레인 임플란트 시술 법안이 오늘 국회 본회의를 통과하면서…….

태환이 입을 벌렸다.

"저게 결국 통과되네요."

"저번에 잡힌 초등생 성폭력범이 동종 전과 14범이었잖아요. 그렇잖아도 양형만 때릴 거면 목줄이라도 채우라고 시끄러운데, 김해주 박사가 자기 가족사까지 등에 업고 등판했으니, 못 버티는 거죠, 뭐."

정호가 쓸쓸하게 말했다. 야심차게 내놓았던 브레인 임플란트 테러 시리즈 특종은 그때 터진 김해주 박사의 사고로 묻혔다. 태환은 새 잔을 채워 정호에게 밀어 주었다. 정호는 사양치 않고 쭉 들이켰다.

따지고 보면 태환도 김해주 박사 사고의 피해자였다. 태환은 브레인 임플란트 연구자로서의 경력을 포기하고 내부 고발을 한 것이나 다름없었다. 그의 기자회견으로 브레인 임플란트가 테러당할 수도 있고 안전에 더 신경을 써야 한다는 여론이 일어날 뻔도 했다.

하지만 SUB에서 구형 브레인 임플란트를 최신형으로 무상 교체 시술을 해 주면서 의식불명의 김해주 박사와 그녀의 업적을 광고하자, 여론은 김해주 박사에게 몰려갔다.

'대한민국의 수호 여신님, 깨어나세요.'

늦여름, 강남 성언병원 앞에 많은 사람들이 모여 기도했다. 김해주 박사님, 깨어나세요. 브레인 임플란트로 새 삶을 찾은 사람들과, 가족을 다시 돌려받은 사람들이 몰려들었다. 폭우가 내리는 날, 부대원 전원이 감염됐다 브레인 임플란트 시술로 멀쩡해진 이들이 군복을 입고 찾아왔다. 거수경례를 하며 우는 그들의 모습이 전파를 타고 퍼져 나갔다.

가을이 되자 그녀의 회복을 기원하는 장소는 광화문광장이 되었다. 시민들은 기도를 하고 노래를 불렀다. 열두 살이 되지 않은 소녀도 작은 두 손을 모았다. '아빠가 그러는데, 김해주 박사님이 아니었으면 난 진작 죽었을 거래요.' 소녀의 옆에 서 있던 젊은 엄마는 북받치는 감정을 못 이겨 엉엉 울었다.

수많은 인터넷 게시글과 기도하는 손과 플래카드의 나부낌. 그녀가 두 달 만에 극적으로 깨어났을 때 방송 채널들은 모두 실시간 보도를 이어 갔다. 그리고 민영화 이후 자수성가한 천재 CEO로 입지가 바뀌고 있던 김해주 박사는 두 달 만에 대한민국의 구원자 타이틀을 되찾았다.

뒤늦게 해건의 살인 행각이 밝혀지고 재판이 시작됐지만, 그때쯤에는 그가 살인마인 것보다 김해주 박사를 죽이려고 했다는 것이 공분을 일으키는 실정이었다.

"참 운이 좋은 사람이에요."

"수완도 보통이 아니고요."

정호가 혀를 찼다.

"저 성폭행범 강제 브레인 임플란트 안건, 벌써 지난주에 SUB 쪽에 수주 들어갔다고 하더라고요. 뇌내 이상 증상 완화용으로."

"전도체 심부 자극을 쓸 모양이네요."

"주문 수량이 어마어마한가 봐요. 요즘엔 전화 상담원들도 회사에서 뇌내 이상 증상 완화용 브레인 임플란트 시술하라고 압력 준다는데, 분위기가 이래서야 기사화해 봤자 화제도 안 될 거고."

"그 사람들은 차라리 그게 편할 수도 있어요."

태환의 말에 정호가 그를 빤히 보았다. 뭔가 낯선 기분이 들었다.

여름, 아들을 잃은 태환은 아슬아슬했다. 그때의 태환과 지금의 태환이 같을 수는 없었다. 그래도……. 정호는 갑자기 황부장을 떠올렸다.

그 치열했던 사람들은 어디로 간 것일까?

정호는 잔에 술을 채웠다. 태환의 귀 뒤에서 브레인 임플란트가 빛났다. 어쩐지 목이 타서, 정호는 술을 들이켜며 텔레비전으로 시선을 돌렸다.

김해주 장관이 인사하며 웃는 모습이 나오고 있었다. 그녀가 흐트러진 머리를 귀 뒤로 넘겼다.

검은 머리카락 사이로 드러난 하얀 귀 뒤는 깨끗하기만 했다.

〈브레인 임플란트〉 끝